Para Sir, com amor

LAUREN LAYNE

Para Sir, com amor

Tradução
JULIANA ROMEIRO

para

Copyright © 2021 by Lauren Layne

A Editora Paralela é uma divisão da Editora Schwarcz S.A.

Grafia atualizada segundo o Acordo Ortográfico da Língua Portuguesa de 1990, que entrou em vigor no Brasil em 2009.

TÍTULO ORIGINAL To Sir, with Love
CAPA E ILUSTRAÇÃO DE CAPA Nik Neves
PREPARAÇÃO Laura Chagas
REVISÃO Bonie Santos e Adriana Bairrada

Dados Internacionais de Catalogação na Publicação (CIP)
(Câmara Brasileira do Livro, SP, Brasil)

Layne, Lauren
   Para Sir, com amor / Lauren Layne ; tradução Juliana
Romeiro. — 1ª ed. — São Paulo : Paralela, 2023.

   Título original: To Sir, with Love.
   ISBN 978-85-8439-305-3

   1. Romance norte-americano I. Título.

23-141247	CDD-813

Índice para catálogo sistemático:
1. Romances : Literatura norte-americana   813

Inajara Pires de Souza — Bibliotecária — CRB PR-001652/O

Todos os direitos desta edição reservados à
EDITORA SCHWARCZ S.A.
Rua Bandeira Paulista, 702, cj. 32
04532-002 — São Paulo — SP
Telefone: (11) 3707-3500
www.editoraparalela.com.br
atendimentoaoleitor@editoraparalela.com.br
facebook.com/editoraparalela
instagram.com/editoraparalela
twitter.com/editoraparalela

PARA SIR, COM AMOR

Minha cara Lady,

Não sei como dizer isso de maneira educada, portanto serei direto. A senhora está errada em todos os sentidos da palavra. Ninguém que jamais tenha experimentado um sorbet de limão num dia de calor nesta cidade sabe o que é vida. Sorvete é uma coisa tão prosaica comparado com sorbet. Achava que a conhecesse melhor.

Seu, com gentil desprezo,

Sir

———

Meu caro Sir, com igual desprezo, mas menos gentileza,

Mantenho minha declaração de que sorbet é uma afronta às sobremesas geladas no mundo inteiro. Pago para ver o seu sorbet de limão e ainda aposto um gelato de pistache em qualquer dia do ano.

Lady

1

"Que foi? Que sorriso é esse?"

Guardo o celular na bolsa e volto toda a minha atenção para o neném acomodado em minhas coxas e para a minha mão descansando protetoramente sobre sua barriga quentinha. Limpo uma gota de baba da boquinha linda. "O sorriso sou eu planejando roubar esse neném. E talvez o papai lindo do neném também."

Minha melhor amiga nem se importa com a minha ameaça de roubar seu filho e marido. "Nunca ia dar certo. Felix jura que tem uma queda por judias. Ah, e ele gosta de peitão."

"Posso me converter." Faço um barulhinho fofo para o neném. "E botar silicone."

"Espero que peito falso dê leite. Porque o Matteo aqui ainda mama no peito."

"Ah, você já é do time dos que preferem peito, é?", pergunto ao bebê, que aperta meu dedo com a mãozinha e o sacode, sorrindo para mim.

"Não por muito tempo", responde Rachel. "Estou tentando desmamar o pestinha, mas ele fica cheio de gases quando toma mamadeira."

"Pum por causa de mamadeira?" Olho para ela. "Existe isso?"

"Ah, vai por mim", diz Rachel, num tom sombrio. "Existe. Pena que com criança não dá pra trocar nem pedir devolução."

"Não precisa." Faço mais barulhinhos para o neném. "Vou roubar ele, lembra?"

"Foi o que você falou pra tentar me distrair, mas quero saber é do sorriso de princesa da Disney que você abriu quando viu alguma coisa aí no seu celular. Te conheço há vinte anos e *conheço* esse sorriso. Você está em modo Cinderela."

"Eu não tenho um modo Cinderela."

"Ah, tem sim", devolve Rachel. "Você acabou de dar metade do sanduíche pros pombos. E deu *nome* pra eles."

"E dá pra ser uma nova-iorquina de verdade sem fazer amizade com os pombos do Central Park?"

"E depois você cantou pra eles", continua Rachel.

"Cantarolei. Tem uma diferença sutil, mas crucial."

"Aham, e qual foi a música que você *cantarolou*?"

Aperto os lábios e me abstenho de responder à pergunta. Estava cantarolando "It Had to Be You", versão do Frank Sinatra. Para os pombos. Que, quando não estou no chamado modo Cinderela, sei que não passam de ratos com asas.

A coisa não está boa para mim, e nós duas sabemos disso.

Rachel balança a cabeça bem devagar. "Gracie Madeleine Cooper, você está *apaixonada* e não me contou."

Dou uma risada pelo nariz. "Seria um feito e tanto, considerando que faz quase seis meses que não tenho um segundo encontro com alguém, só *vááááários* primeiros encontros."

Ela estende a mão. "Passa pra cá o celular."

"O quê?"

"Esse sorrisinho bobo aparece toda vez que você olha o celular." Ela se estica e pega a minha bolsa daquele jeito confiante e autoritário que só uma amiga de vinte anos pode ter. "Deixa eu ver."

"O quê? Não! Toma", digo, tentando colocar Matteo no colo dela. "Vamos trocar. Seu bebê pela minha privacidade."

Ela fica boquiaberta. "Você *nunca* liga pra privacidade! Você tá escondendo um segredo!"

"Não tô escondendo nada!"

Estou. É óbvio que estou escondendo um segredo, que é algo delicioso, mas também meio vergonhoso de admitir, mesmo para alguém que segurou meu cabelo sobre uma privada em Coney Island depois que comi muito algodão-doce azul.

Consigo colocar o bebê de volta em seus braços, e Matteo parece ficar do meu lado, pois começa a se mexer, o que me dá uma breve folga da intromissão da minha melhor amiga. Como se tivesse lido meus pensamentos a respeito do negócio com o cabelo, Rachel coloca Matteo no ombro e me dá um elástico. "Prende o meu cabelo", pede ela, dando as costas para mim.

Obediente, seguro seu cabelo grosso e tento passar o elástico pelos cachos maravilhosos. Sorrio com a memória de infância que me vem à mente. Eu, no primeiro dia do terceiro ano, numa escola nova, o rabo de cavalo todo bagunçado, cortesia de um pai viúvo que fez o melhor que podia, mas não entendia nada de cabelo de menina.

Rachel, líder definitiva da turma de terceiro ano da Jefferson Elementary, deu uma olhada no meu rosto sofrido, veio até mim e anunciou que precisava praticar trança embutida e eu seria sua musa.

Desde então, arrumamos o cabelo uma da outra.

"Adoro seu cabelo", digo, passando uma mecha teimosa para dentro do elástico e examinando meu trabalho.

"Tentativa de me distrair do assunto em questão rejeitada", devolve ela, virando-se novamente.

"Você é tão estranha." Mas suspiro e dou o braço a torcer. "Tá bom, se eu contar o que é, você tem que prometer que não vai me dar sermão."

Ela faz cara de ofendida. "Se você gostasse mesmo de mim, não me pediria para negar minha verdadeira natureza."

"Tá bom", eu cedo. "Mas, *quando* estiver me dando um sermão, pelo menos tenta lembrar que já tenho uma irmã mais velha que ainda não entendeu que tenho trinta e três anos, e não dez."

"Vou levar isso em consideração. Continue."

Demoro um pouco, me recostando no banco verde do parque, estudando a energia alegre do Central Park na hora do almoço num dia de fim de verão.

Expiro. "Então, tem esse aplicativo de relacionamento."

"Tinder?"

"Não."

"Bumble?"

"Não."

"OkCupid?"

"Olha, você chutou todos esses rápido demais pra alguém que é casada há sete anos", digo. "E o nome é MysteryMate."

Rachel faz uma careta. "Ih, não gostei nem um pouco. Essa palavra *mate*, parceiro, só soa bem em programas do Discovery Channel."

"É, o nome não é dos melhores", concordo.

O slogan é pior ainda: *Amor a nenhuma vista*. E essa nem é a parte vergonhosa do segredo.

"E como funciona?", pergunta ela.

Estico o braço e arranco um pedaço do sanduíche inacabado dela para jogar aos meus amigos pombos, Spencer e Katharine, em homenagem a Tracy e Hepburn.

"Então, sabe como no Tinder é tudo na base da primeira impressão que você tem da foto da pessoa?", digo. "Bom, nesse é mais ou menos o oposto. Não tem foto. Nem nome, aliás. Em vez disso, você escolhe um desenhinho para ser sua foto de perfil e bota um pseudônimo, e o aplicativo seleciona possíveis *parceiros* pra você."

Enfatizo a palavra deliberadamente com um sorriso largo, e ela revira os olhos. "Tá, entendi. Uma coisa de 'beleza *interior*'. E o que acontece depois que você dá um match?"

Encolho os ombros. "Você troca mensagens com a pessoa. Se der certo, vocês combinam de se encontrar pessoalmente."

"Mas e se a pessoa for *horrível*?"

Dou a ela um gentil olhar de reprovação, e ela dá de ombros e faz carinho nas costas do bebê. "É uma pergunta válida. Ter mentes compatíveis é muito bom, mas atração física é *muito melhor*."

"Bem, até agora, nenhum dos caras que resolvi encontrar em pessoa era *horrível*."

"Mas um deles era *gostoso*, hein? Ah, não, espera. Você falou que não teve nenhum segundo encontro."

"Não tive", digo, meio desanimada. "Todos foram perfeitamente agradáveis, todos eles atraentes do seu próprio jeito. Mas sem química. *Nenhuma*."

Rachel inclina a cabeça. "Então por que você está no modo Cinderela? Você só fica assim quando tá a fim de alguém."

Respiro fundo. "Ok. Aqui vai a parte que vai te dar vontade de usar sua voz de sermão."

Rachel dá um tapinha na garganta e cantarola como uma cantora aquecendo a voz. "Pronto. Desembucha."

"Tem um cara no aplicativo com quem gosto muito de conversar. Mas... ainda não nos encontramos."

"Hmm." Ela pressiona os lábios. "*Até aqui*, sem sermão. Mas por que não encontrar com ele, se tem química?"

Mordo o lábio. "Na verdade ele não está disponível."

"O que ele está fazendo num aplicativo de relacionamento, então?"

"Não foi ele que se cadastrou. Ele tava numa despedida de solteiro, e, sei lá, um dos amigos ficou bêbado e achou que seria hilário roubar o celular dele e criar um perfil."

"Certo, mas se vocês se dão bem..."

"Ele tem namorada", interrompo.

"Ahhhhhh", diz Rachel, arregalando os olhos. "Aí complica. Espera. Você tá tendo um caso cibernético! Com um cara infiel!"

"Não estou. Não mesmo!", repito, diante do olhar dela. "E ele não é infiel. Depois que demos match, mandei uma mensagem, e ele explicou na hora o que tinha acontecido e falou que não estava procurando um relacionamento. Se ele estivesse procurando algum tipo de caso estranho na internet, teria me falado da namorada logo de cara?"

"Não", admite ela. "Mas então por que vocês continuam se falando?"

"Somos só amigos", digo, dando de ombros. "Depois que ele respondeu à minha mensagem, respondi dizendo que tudo bem, aí *ele* respondeu, aí *eu* respondi. Em algum momento no meio disso tudo, descobrimos que nós dois tivemos a nossa primeira paixonite por alguém de *Império dos discos*..."

"Tinha esquecido disso! Você era *louca* pelo A. J."

"Ainda sou", digo com um aceno de cabeça. "E ele tinha uma queda pela Corey. Nós dois moramos em Manhattan, nós dois temos muito pé atrás com mingau de aveia, nós dois perdemos o pai para o câncer de pulmão há quatro anos, nós dois colocamos mostarda no ovo mexido..."

"Que nojo."

"Mas, ao que parece, não gostamos do mesmo sorvete."

"Você tá com aquele sorriso de novo", diz Rachel. "Amiga. Não caio nessa de *só amigos*. Você está apaixonada por ele."

"Mas nunca nem vi o cara!"

13

Rachel aperta os lábios, mudando Matteo de ombro. "A Lily sabe dessa história?"

"Que de vez em quando mando mensagem pra um amigo homem? Por que eu contaria isso pra ela?"

Não acrescento que eu *talvez* tivesse tocado no assunto se na última vez em que jantamos juntas Lily não tivesse falado sem parar de um documentário sobre predadores online que havia acabado de assistir.

"E Caleb?"

"Claro", respondo, sarcástica. "Meu irmão mais novo adora saber tudo sobre a minha vida amorosa."

"Ah-há! Então *é* uma vida amorosa."

Ops. Caí feito um patinho.

"Te falei que o Caleb se mudou pra New Hampshire?", pergunto, numa tentativa péssima de mudar de assunto.

"Falou, e eu *ainda* não entendo direito como alguém se muda de um apartamento no SoHo com aluguel que não pode aumentar pra um celeiro em New Hampshire, mas para de tentar me distrair. *Alguém* sabe da história? Preciso que mais alguém concorde que isso é loucura."

"A Keva sabe", digo, me referindo a minha amiga e vizinha de cima.

Rachel olha para o lado com um leve estremecimento, e sinto um arrependimento imediato. Ela e Keva se encontraram algumas vezes e se dão bem, mas sinto que às vezes ela tem ciúmes da amizade.

"Ei", digo, com carinho, cutucando seu braço. "Você ainda é a amiga número um."

"Eu sei", responde Rachel, com um suspiro. "É só mais um lembrete de que morar no Queens significa que não posso mais te ver com tanta frequência ou saber os detalhes diários da sua vida."

"Mas você tem um *quintal*", contraponho.

"Tá mais pra um quadrado de terra, mas..." Rachel sorri. "É, eu tenho um quintal. Minha mãe tá horrorizada. Juro, parte do motivo pelo qual ela queria que eu trouxesse as crianças pra Manhattan hoje foi porque está preocupada que eles não veem cimento o bastante."

Amy e Sammy, os outros dois filhos de Rachel, estão passando o dia com a mãe dela em Morningside Heights, e essa é a *única* razão pela qual não reclamei mais de não poder ver minha sobrinha e meu sobrinho de facto. Avó vem antes da melhor amiga, e embora eu tenha o cuidado de não dizer isso, o medo de Rachel de que Astoria esteja longe demais de sua antiga vida não é de todo infundado. Ela está a pelo menos uma hora de trem, o que significa que não posso ver minha amiga nem a família dela tanto quanto gostaria.

Rachel me dá uma olhada maliciosa. "Como você acha que ele é?"

Altura mediana. Magro. Cabelos castanhos meio compridos, olhos castanhos calorosos. Sorriso largo.

"Não pensei nisso", digo, casualmente.

"Ah, tá. Mentirosa. Nessas suas fantasias, por acaso ele *é* músico e sagitariano?"

"Tá, agora você me assustou", admito.

"Eu sei", diz ela, parecendo apaziguada por ter o status de melhor amiga restaurado. "Mas você tá se esquecendo de que passamos o nosso tempo de escola todinho discutindo como seriam nossos futuros maridos, com detalhes muito específicos." Ela faz uma pausa. "*Droga*, errei feio."

"Tá querendo dizer que seu porto-riquenho bonitão não é um surfista loiro chamado Dustin? Qual é."

"Ah, Dusty. O que poderia ter sido de nós...", ela diz com ar de sonhadora, antes de se voltar para mim. "Você não tem medo de que o seu amigo misterioso tenha, sei lá, uns cem anos? Com gota e gengivite? E se a *namorada* dele for uma cuidadora da casa de repouso em que ele vive, e o máximo de ação que ele consegue é um banho de esponja?"

"Por mim tudo bem", respondo, empertigada. "Posso ter amigos de outra geração."

Faço um apelo silencioso ao Sirnyc. *Por favor, não tome banhos de esponja.*

Rachel come o último pedaço do sanduíche, então amassa o embrulho com um suspiro. "Minha vontade é te alertar sobre fraude na internet, mas, sinceramente, é uma história fofa demais, contanto que você não faça nada idiota. Tipo combinar de se encontrar num beco escondido."

Arregalo os olhos. "Espera, então eu não devia ter transferido toda a minha poupança pra conta internacional dele e dado meu endereço quando ele pediu pra ver minha gaveta de calcinhas?"

"Tão engraçadinha, você. Aqui, quer dar uma folga pros meus braços de novo?"

"Claro", digo, pegando o bebê e beijando a cabeça dele. "Como você conseguiu fugir com este? Achei que a vovó Becca ia sequestrá-lo também."

"Ah, ela tentou. Mas embora seja capaz de morrer pelos netos, não é muito fã de fraldas, então só precisei falar por alto dos cocôs explosivos pra garantir um pouquinho de tempo pra tia Gracie." Ela dá uma cheirada rápida. "Mas foi um tiro no pé. Acho que ele acabou de tornar minha mentira verdadeira, e estamos com uma situação aqui que precisa ser resolvida agora mesmo."

"Quer trocar a fralda na loja?", pergunto, recolhendo os restos do nosso almoço enquanto ela prende Matteo ao peito numa espécie de *sling* muito sofisticado.

Uma das melhores coisas a respeito da minha loja de champanhe é que fica de frente para o Central Park.

Rachel me lança um olhar de quem pede desculpas, e balanço a cabeça antes que ela possa responder. "Você precisa ir embora. Tudo bem, não se preocupe."

"Preciso. Ai. Virei uma *daquelas* mães, né? Que não conseguem ficar longe dos filhos por mais de duas horas."

"Essas são as *boas* mães", a tranquilizo enquanto começamos a caminhar na direção do lado oeste do parque.

Rachel joga o lixo na lata verde e enlaça o braço no meu, com cuidado para não sacudir Matteo. "Você não precisa vir pra cá comigo", diz ela, conferindo o relógio. "A loja não abre meio-dia?"

"Josh e May estão lá. Além do mais, preciso comprar flores pro balcão, e o Carlos, da esquina da rua 74 com a Broadway, sempre tem as mais bonitas."

"Nossa, sinto tanta falta das barraquinhas de flor de Manhattan. Sinto quase tanta saudade delas quanto da May. Dá um abraço apertado nela por mim, faz muito tempo que não nos vemos. E, espera, quem é Josh?"

"Contratei há pouco tempo. Ajuda principalmente com o inventário e o estoque, mas é fofo ver como está superando a timidez, um cliente de cada vez."

"Fico surpresa que você saiba o que é timidez. Já conheceu alguém que não tenha se encantado com você de cara?"

"Blake Hansel, quinta série."

"Não, ele simplesmente te *adorava*, daquele jeito que os meninos têm de puxar as marias-chiquinhas", diz Rachel, saindo do parque e pisando na movimentada calçada da Central Park West. Nós nos abraçamos, com cuidado para não espremer o bebê.

Dou um passo para trás e me despeço de Matteo, inspirando seu cheirinho de neném misturado com — sim, tem um aroma de cocô explosivo. "Tchau, bonitão. Tem certeza de que não quer fugir comigo?"

"Você, mocinha, vai me mandar mensagem com mais frequência", ordena Rachel, com o indicador apontado para mim, enquanto caminha de costas na direção do apartamento dos pais em Morningside Heights.

Assinto com a cabeça em resposta e dou um tchauzinho.

No instante em que minha melhor amiga me dá as costas, pego o celular para ver se chegou alguma mensagem dele.

Tá, ok. Então talvez eu esteja *um pouquinho* apaixonada por um homem que não encontrei.

Minha cara Lady,

Gelato de pistache, é? É o preferido da minha mãe, nas raras ocasiões em que ela se permite comer algo que tenha de fato algum sabor ou calorias. Infelizmente, confesso que o corante verde que com frequência é acrescentado me dá arrepios.

Seu, com devoção renovada aos sorbets,

Sir

———

Meu caro Sir, com espanto,

Acaba de me comparar com a sua mãe? Não sei o que pensar disso...

Lady

———

Minha cara Lady,

Agora percebo meu erro. Retiro o que disse e lhe asseguro que jamais penso em você como minha mãe.

Seu, com um pedido de desculpas,

Sir

2

Tá, um pouco sobre mim.

Me chamo Gracie Cooper, tenho trinta e três anos, sou filha do meio, nova-iorquina de nascimento e por opção, dona, com orgulho, de uma loja de champanhe chamada Bubbles & More, e amo a minha vida.

Agora, para ser sincera, não posso dizer que esta seja a vida que imaginei quando era criança, e tenho de admitir que a matéria em que eu ia melhor na escola era sonhar acordada, então fiz *muitas* projeções de como seria a minha vida futura. E não. Meus trinta e três anos não se parecem nem um pouco com o que imaginei.

Não tenho o marido nem os filhos. Moro num quarto e sala apertado, num prédio sem elevador, e não no recém-reformado prédio de tijolos marrons. Em meus devaneios, meus pais estavam felizes tocando a loja de champanhe juntos, e eu era uma artista mundialmente famosa (ei, se não é para sonhar grande, para quê sonhar?). Meu irmão e minha irmã moravam por perto, felizes, casados e com os próprios filhos, e, todo domingo, sem falta, nos juntávamos para um jantar de família bem barulhento. Também vale mencionar que, em meus devaneios, o cabelo e o peito da Gracie adulta eram bem mais cheios.

Infelizmente, o destino me trouxe algo diferente.

Minha mãe morreu jovem — um atropelamento a poucos quarteirões da nossa casa no Brooklyn quando eu tinha sete anos. Quatro anos atrás, me preparava para contar à família que tinha sido aceita em uma escola de arte na Itália, apenas para ser pega de surpresa pelo diagnóstico de câncer em estágio IV do meu pai e seu último desejo irredutível de que a Bubbles ficasse na família Cooper.

Minha irmã e meu irmão não estavam exatamente ávidos para assumir a loja, e eu já era a pupila do meu pai nos negócios, portanto, nada de escola de arte.

Em vez disso, me tornei proprietária de uma loja e só pinto nas horas vagas. E, considerando que minha irmã e eu acabamos nos afastando e meu irmão se mudou para New Hampshire do nada... também não temos jantar semanal em família.

Não é a vida que tinha imaginado, mas *é* uma vida boa. E estaria mentindo se não tivesse muito orgulho do que considero meu próprio superpoder: a capacidade de aceitar e abraçar as coisas como elas *são*, e não como eu gostaria que fossem.

Por isso acho tão frustrante que ainda haja um sonho do qual não consigo me desapegar, uma área na minha vida em que meu coração se recusa a se contentar com qualquer coisa que seja menos do que o ideal: *O cara.*

Não importa o quanto eu tente, ou a quantos encontros vá — e, acredite em mim, já fui a muitos —, não consigo deixar de acreditar que, quando o vir, vou saber que é o cara.

Rachel chama isso de modo Cinderela. Eu chamo de ter padrões altos.

Tá bom, padrões *bem* altos.

Mas *por que* eu deveria me contentar com menos do que um primeiro encontro daqueles que te deixam com frio na barriga ou o tipo de romance que a gente vê nos filmes antigos e ouve nas músicas do Frank Sinatra?

Meu músico sagitariano de cabelo castanho comprido, sorriso torto e pancinha está em algum lugar por aí. Tenho certeza.

O que nos leva de volta ao Sirnyc.

É loucura, mesmo na minha cabeça, mas trocar mensagens com ele é o mais perto que já me senti *disso*. É a razão pela qual não consigo abrir mão dessa amizade incomum, porque enquanto o Príncipe Encantado não aparece, o Sir é uma companhia *muito* boa.

Entro na Amsterdam Avenue e sigo em direção à barraca de flores de Carlos, me demorando e desfrutando da energia que envolve a cidade de Nova York no final do verão. Dois táxis quase batem, e os motoristas comunicam seu desgosto com a clássica buzina de Nova York. Duas velhinhas reclamam que o preço do peixe defumado do Zabar's subiu. À distância, uma sirene de ambulância berra. Um homem esguio de fone de ouvido canta uma versão perfeita de "Wait for It", de *Hamilton*, da Broadway.

Sorrio ao ouvir a trilha sonora da cidade. *Minha casa.*

Nasci no Brooklyn, mas moro em Manhattan desde os oito anos. Com todo o respeito aos bons moradores de Prospect Heights, essa vida agitada da cidade, com os arranha-céus e as pessoas sempre muito próximas... *Esta* é a minha Nova York.

Depois que minha mãe morreu, meu pai levou a família para Morningside Heights, um bairro do West Harlem do lado do Upper West Side. Manhattan representou um recomeço para todos nós. Uma chance de seguir a vida sem a minha mãe num apartamento que não tinha a marca dela em todos os cantos. Uma escola nova para mim e meus irmãos, além de um trajeto mais fácil para o meu pai até a loja em Midtown.

Nada disso foi fácil. Ainda me lembro do horror de ter que pedir ao meu pai para comprar absorvente na volta do trabalho, porque minha irmã mais velha estava no acampamento de férias. E é claro que sentia uma falta imensa da minha mãe. Ainda sinto.

Mas algo estranho aconteceu quando meu pai passou pela ponte do Brooklyn com a van de mudança e de repente nos vimos cercados de arranha-céus. Foi como se algo dentro de mim tivesse se acendido — uma impressão de estar no lugar certo.

Uma vez tive um encontro com um cara de Toledo (que, por sinal, *não* disparou aquela impressão de estar no lugar certo) que disse que ou Manhattan entrava no seu sangue ou fazia seu sangue esfriar. É um pouco gráfico e nojento, mas ele não está errado. Eu me encaixo na primeira categoria.

Na Amsterdam, o sinal de pedestres está vermelho, mas, como uma verdadeira nova-iorquina, presto atenção no trânsito, e não nos semáforos, e dou um tchauzinho simpático e meio culpado para os policiais, que ou não viram ou fizeram vista grossa para o fato de que avancei.

O carrinho de flores está no lugar de sempre, e sorrio para o homem baixo que está reorganizando os buquês em seus baldes de água.

"Bom dia, Carlos!"

"Você tá atrasada." Ele me olha feio.

"Eu sei, eu sei. Tive um encontro maravilhoso com um bebê lindo." Passo os olhos pelas opções e fico decepcionada, mas não surpresa, ao ver menos arranjos que o habitual. Em geral, chego aqui o mais cedo possível às segundas-feiras, para ser a primeira a escolher o meu buquê, mas já passa bastante da hora do almoço. Estico a mão em direção a um buquê bonito de rosas amarelas, mas Carlos bate nela e se abaixa para pegar algo do que parece ser uma reserva secreta escondida atrás do carrinho.

Perco o ar ao ver o arranjo deslumbrante. "Nossa, que coisa mais linda."

"Pauline fez ontem à noite e me disse pra não vender pra ninguém que não a srta. Gracie."

"Você guardou pra mim?" Inspiro o aroma das flores. Eu jamais pensaria em misturar frésias, girassóis e rosas rosa-choque — e é exatamente por isso que não sou florista.

"Não foi fácil", resmunga ele, bem-humorado.

"Eu não mereço mesmo você", exclamo enquanto encaixo o buquê no braço esquerdo e, com a mão direita, procuro o dinheiro que deixei no bolso de trás especificamente para isso.

Entrego as notas a Carlos e o faço prometer ficar com o troco e agradecer a Pauline.

No instante em que vou guardar a última nota de vinte no bolso, bate um vento, e ela voa da minha mão.

"Diabos." Não sou de praguejar, mas, por mais que ame esta cidade, suas ruas movimentadas não são lá o lugar ideal para deixar uma nota de vinte cair no chão num dia de vento. Me abaixo desajeitada para pegar, mas bate outro vento, que a leva mais adiante pela calçada, até ficar presa na ponta do que parece ser um sapato masculino caro.

Me abaixo para pegar a nota, mas o dono do sapato é mais rápido que eu e a pesca com seus dedos compridos.

Dou um sorriso de alívio, já esticando a mão na direção do dinheiro, e meu olhar percorre o longo caminho do terno azul-marinho, passando pela gravata marrom tradicional...

Nossos olhos se encontram, e eu congelo. Olhos azul-piscina — sim, isso existe — me encaram de volta, e a surpresa na expressão dele se equipara ao meu próprio espanto.

Todo aquele barulho que mencionei? A trilha sonora de Nova York? Ela desaparece aos poucos, até estarmos só eu, ele e Frank Sinatra cantando "Summer Wind".

Bom, já é quase outubro, mas é perto o bastante.

"*Você*", digo, baixinho.

Não o conheço. Nunca o vi antes. E no entanto *sei* quem ele é. Meu coração sabe. *Este* é o meu Príncipe Encantado, meu amor à primeira vista.

Acontece que ele não é um sagitariano de altura mediana com inclinações musicais, cabelos castanhos compridos, olhos castanhos e pancinha. Ele é alto, magro e sério, com o cabelo preto, rosto anguloso e olhos azul-turquesa.

Está com o celular na mão, mas o guarda no bolso bem devagar, toda a sua atenção em mim. Ele não desvia os olhos do meu rosto, e ao me dar a nota de volta, nossos dedos se tocam e seus olhos se estreitam ligeiramente, como se estivesse meio atordoado. "Quem é..."

"Desculpe, amor. Obrigada por esperar." Uma mulher alta de cabelo grosso cor de mel aparece ao lado do Príncipe Encantado. Ela segura uma sacola da Stuart Weitzman. "Eles tinham uma bota cinza de cano longo. Não resisti."

Ele pisca e olha para ela, e o disco de Frank Sinatra tocando na minha cabeça risca e para no meio da faixa. *Lá se foi o nosso momento.*

A mulher me olha com um sorriso curioso. É bonita. Uma mistura perfeita de amabilidade, saúde e elegância ao estilo Manhattan, cheia de sardas e grandes dentes brancos, num vestido que parece ter sido feito sob medida para seu corpo esbelto e curvilíneo.

Claro. É claro que um homem como ele estaria com uma mulher como ela, pura sofisticação e polidez.

Não uma dona de loja baixinha que dá nomes aos pombos, comeu ovo com mostarda no café da manhã e que provavelmente tem... olho para baixo. *Isso mesmo.* Baba de neném na camisa.

Confiro os dedos deles. Nada de aliança — ainda —, mas tenho certeza de que é só uma questão de tempo.

A moça baixa os olhos para as flores no meu braço, e seu sorriso fica ainda mais bonito. "Que lindas. Onde você comprou?"

Acordo para a realidade e entro em piloto automático, sorrindo de volta para ela. "O Carlos aqui tem as *melhores* flores", digo, apontando para a banca, onde Carlos está ajudando um senhor a escolher o que gosto de imaginar que seja um buquê para sua amada de longa data. Hmm, ou quem sabe para a *nova* amada — uma segunda chance para os dois, que ajudará um ao outro a superar a perda de seus queridos esposos.

Frank Sinatra começa a cantar na minha cabeça de novo, embora mais baixo. *Ufa*. Tudo sob controle.

"*Olha* só essas hortênsias", exclama a mulher bonita. "Preciso delas na minha vida."

Ela passa por mim sem nem pestanejar, o cabelo grosso e a sacola da Stuart Weitzman balançando enquanto avalia as mercadorias de Carlos.

Dou mais uma olhada no Cara e percebo que ele está me analisando como se eu fosse um mistério que não consegue bem desvendar.

Pode olhar o quanto quiser, querido. Você já tem dona.

Sorrio. Um sorriso platônico e animado que é o equivalente a um soco brincalhão no ombro de um amigo. "Obrigada por isto." Levanto a nota de vinte dólares, que, caso as coisas tivessem se desenrolado de outra forma, eu com certeza teria emoldurado e pendurado em cima da lareira da nossa primeira casa.

Pois é. Ele é mesmo o Príncipe Encantado.

Só que de outra pessoa.

Hunf. Tive tanta certeza de que aquele fora O Momento.

Deixa pra lá. Começo a cantarolar "New York, New York" para mim mesma, pego o celular e sorrio ao descobrir que tenho uma nova mensagem no MysteryMate.

Pelo menos ainda tenho o Sir.

Meu caro Sir, estou curiosa,
Acredita em amor à primeira vista?
Lady

Minha cara Lady,
Claro que sim.
Seu, morrendo de curiosidade para saber o porquê da pergunta,
Sir

3

Quando chego de volta a Midtown, já empurrei o homem de terno bonito e olhos turquesa para o fundo da minha memória e do meu coração, onde ele vai ficar numa prateleira ao lado dos meus outros homens perfeitos e inatingíveis, como o príncipe Eric, de *A pequena sereia*, o personagem de Mark Ruffalo em *De repente 30* e, é claro, A. J., de *Império dos discos*.

O sininho que está na porta da Bubbles & More desde antes de eu nascer toca, e assim que entro na loja meu humor melhora um pouco quando vejo que temos três clientes. Não é muito. Mas é melhor do que os *zero* clientes que tínhamos três anos atrás.

A loja sempre foi pequena, com uma receita modesta. Mas, embora trabalhe nela desde que fiz vinte anos, eu não havia percebido que estávamos com dificuldades — nem meus irmãos — até assumir os negócios, depois que papai morreu. Não que tenha sido culpa dele. A realidade da vida moderna é que as pessoas querem poder comprar vodca, Cabernet e Prosecco no mesmo lugar. Querem poder fazer isso pela internet. E querem que seja entregue ao porteiro enquanto elas estão no trabalho.

Apesar de toda a teimosia do papai de que o atendimento ao cliente, o conhecimento sobre o produto e a lealdade dos consumidores locais salvariam o dia, os números diziam o contrário.

E apesar de eu não poder afirmar que champanhe ou o status de dona de loja tenham algum dia sido o meu sonho do jeito que eram para o papai, o desejo de proteger o sonho e o legado de um ente querido é uma motivação poderosa. Nos meses seguintes à morte dele, troquei a faculdade de arte na Itália por um curso de administração aqui na cidade, fazendo todas as aulas do período da manhã, para que pudesse estar aqui quando a loja abrisse, ao meio-dia. Mudei o nome da loja de Bubbles para Bubbles *& More* e expandi o inventário. Além de vendermos champanhe, agora também oferecemos presentes de luxo — o tipo de lugar em que você passa a caminho de um jantar, um chá de panelas ou um aniversário para comprar uma garrafa de espumante e algo divertido para o anfitrião ou o convidado de honra.

Devagar e sempre, a loja começou a fazer dinheiro em vez de perder dinheiro, mas eu estaria mentindo se dissesse que não dormiria mais tranquila se estivéssemos só *um pouquinho* mais confortavelmente no azul. Ou se dissesse que não sinto pontadas de ressentimento pelo fato de que, apesar de meu pai ter deixado a loja para *todos* nós — Lily, Caleb e eu —, meus irmãos estão muito ocupados em ir atrás dos próprios sonhos enquanto só eu luto para preservar o do papai.

Isso me incomoda mais do que eu gostaria.

Mas não sou a única que praticamente cresceu aqui. Não sou a única filha dos Cooper que fazia o dever de casa na mesinha dos fundos ou que passava as manhãs do início da adolescência reabastecendo o estoque antes de a loja abrir e que conseguia recitar a diferença entre champanhe seco e extrasseco muito antes de alcançar a idade mínima para poder beber. E nós três estávamos no quarto de hospital do papai nos últimos dias, quando ele pediu que levássemos adiante seu legado e da mamãe.

Mas essas pontadas de arrependimento e ressentimento são só isso — pontadas. Como disse, fazer o melhor com o que a vida me oferece é o meu superpoder, e tenho orgulho do que conquistei. E o maior motivo desse orgulho é que, além dos belos diários, dos grampeadores rosa dourados e dos guardanapos bonitos, os itens mais populares são as pinturas que vendemos no "cantinho da arte" que organizei.

Minhas pinturas.

E de fato, enquanto um dos clientes recebe uma aula da minha funcionária Robyn sobre as nuances de um Franciacorta na nossa seção de vinhos italianos, os outros dois estão no cantinho da arte, admirando um de meus trabalhos mais recentes — um copo de martíni com estampa de leopardo e uma marca atrevida de batom vermelho na borda. Originalmente, eu me limitava à temática de champanhe. Mas os quadros eram vendidos tão depressa que decidi tentar pintar todos os tipos de vinho, não só espumantes. E depois coquetéis. E então, cafés sofisticados com o desenho do

Empire State na espuma, já que muitos de nossos clientes são turistas à procura de lembranças de Nova York.

Cada nova ideia para uma pintura parece vender melhor do que a anterior, o que é um ponto de orgulho e frustração, sobretudo porque o funcionamento da loja me deixa com pouco tempo para pintar.

Com as flores de Carlos ainda no braço, caminho até o caixa, onde uma senhora de sessenta anos está lendo um dos romances históricos que nunca larga.

"Graças a Deus", diz ela, sem tirar os olhos do livro, assim que pego o buquê da semana passada, que já viu dias melhores. "Essas flores estavam começando a cheirar mal."

"E você obviamente fez de tudo pra tentar remediar isso", digo, bem--humorada.

Ela me espia por cima da armação roxa dos óculos de leitura, em seguida tira os óculos devagar e os deixa cair sobre o peito avantajado, pendurados por uma corrente cor-de-rosa.

Inclino a cabeça e aponto para sua orelha direita. "Isso é um pé de coelho?"

Ela dá um peteleco na bolinha vermelha de pelos com uma unha coral. May Stuckley sempre foi uma cacofonia de cor e senso de moda muito particular. É também a coisa mais próxima que tenho de uma mãe, parte do legado desta loja quase tanto quanto minha *verdadeira* mãe, e uma das pessoas mais importantes do mundo para mim.

"Pé de coelho dá sorte", me explica ela.

"Então por que só um?", pergunto, já que sua orelha esquerda tem um abacaxi cintilante.

"Estava me sentindo meio assimétrica", responde ela, colocando um marcador de aparência antiga, com uma borla na ponta, no livro sobre um conde e sua noiva. "Rachel e o neném estão bem?"

"Estão ótimos", respondo. "Tudo bem por aqui? Obrigada por abrir a loja."

May dá de ombros. "Não fui eu que abri. *Ela* já estava aqui", diz, "baixando" a voz a um sussurro que, de alguma forma, parece mais alto que sua própria voz. Então inclina a cabeça na direção de Robyn, que ainda está discursando sobre a uva Pinot Bianco.

"Captei o tom. E vou ignorar", digo por cima do ombro, indo para o outro lado do balcão para trocar as flores murchas pelas novas.

"Você também não gosta dela", murmura May.

Engulo um suspiro diante da ladainha de sempre. Não *desgosto* de Robyn, embora possa jurar que a mulher às vezes age como se fosse a sua missão de vida garantir que eu desgoste dela. Robyn Frank foi a última funcionária que meu pai contratou antes de ficar doente — uma sommelier que, suponho, ele achava que seria a salvação dos problemas da loja. Preciso admitir que a mulher realmente entende de espumante. Não só o básico, que a cava espanhola tem o melhor custo-benefício, ou que só os espumantes da região de Champanhe, na França, podem ser chamados de champanhe. Robyn vai muito além. Ela sabe as diferenças de sabor entre um espumante com mais uva Chardonnay e um com mais Pinot Noir. Conhece os diferentes tipos de solo, o efeito que a localização de uma videira num penhasco tem no gosto do vinho, o que acontece com uma uva ao sol e uma série de outras coisas para as quais eu sinceramente não dou a mínima, mas que parecem impressionar, com razão, alguns de nossos clientes.

Ela é genial. Às vezes também é difícil e condescendente.

Entro na cave nos fundos da loja. Meus pais sempre a chamaram assim, porque não tem janelas e está sempre fria para manter os vinhos que não são chiques o bastante para ficarem na adega refrigerada, mas ainda precisam ser mantidos a treze graus.

Continuo esbaforida da caminhada, então recebo satisfeita o sopro de ar frio. Jogo as flores velhas no lixo — May tem razão, estão cheirando mal — e lavo o vaso de cristal. Ele tem uma lasca bem grande, de quando Caleb, aos onze anos, achou que era uma boa ideia jogar uma bola de golfe no balcão de uma loja de vinhos, mas nunca vou jogar esse vaso fora.

Não tenho muitas lembranças da minha mãe, e as que tenho são meio enevoadas. Mas me lembro dela organizando meticulosamente flores amarelas — sua cor preferida — nesse vaso, toda semana. Usar o mesmo vaso faz com que eu me sinta mais perto dela, mesmo que eu goste de mudar as cores das flores um pouco mais do que ela.

As flores não precisam de muita arrumação — Pauline é um gênio que produz buquês que ficam lindos só de colocá-los no vaso sem qualquer trabalho. Admiro a beleza delas mais uma vez enquanto carrego o vaso de volta para a loja. Os três clientes foram embora, e May desapareceu, então fico só com Robyn, que antes de me dar sua atenção faz um enorme teatro para colocar de lado o gigantesco tomo sobre vinho que está lendo.

É o tipo de mulher que está mais perto dos trinta, mas parece mais velha — de propósito, tenho certeza. Ela sempre, e quero mesmo dizer *sempre*, usa um blazer preto sobre uma camisa de botão branca e calça preta. Mesmo em pleno verão. O cabelo castanho liso vai até o queixo, e uma vez ela me informou que apara as pontas a cada doze dias, *precisamente*, para manter "o corte". Para completar o visual, seu característico batom fosco marrom-avermelhado que de algum modo enfatiza o fato de que ela nunca sorri.

Sinto que ela está se preparando para fazer uma reclamação e tento me antecipar. "Alguém comprou o Franciacorta?", pergunto, ciente de que divulgar o excelente espumante italiano é um de seus mais recentes projetos de estimação.

Robyn dá de ombros. "Ele disse que passa mais tarde para pegar uma garrafa."

Sinto o coração murchar um pouco. Eles *nunca* voltam para pegar a tal garrafa. Gostaria de poder dizer que perder um cliente não é um problema, mas embora a loja esteja melhor do que estava há um ano, não podemos nos dar ao luxo de deixar nossos poucos clientes saírem de mãos vazias.

"Umas mulheres levaram sua pintura do drinque", ela diz. "*Eu* tive que fechar a compra, porque May resolveu sair pra almoçar mais cedo."

"Que ótimo", digo, ignorando a alfinetada em May. "Fico contente que o quadro tenha achado uma boa casa."

Ela dá de ombros. "Como você sabe que é uma boa casa? Elas podem ser assassinas."

"Claro, aposto que isso é típico de assassinas. Comprar aquarelas com estampa de leopardo enquanto fazem compras com as amigas."

"Não entendi", diz ela, sem notar ou ignorando o meu sarcasmo. "Beber um drinque numa taça desenhada é quase tão ruim quanto beber vinho numa taça desenhada. Não dá pra analisar direito a cor, e se você não consegue analisar a cor, seu nariz não sabe o que esperar."

Olho para o relógio. "Não está na sua hora de almoço?"

"Já *passou*", diz ela, pegando a bolsa. "May nem olhou a escala, então tive que ficar pra cobri-la."

"Deixa comigo", digo, porque realmente não é muito difícil cuidar de uma loja sem clientes. "Pode tirar um almoço bem longo e aproveitar o sol. Está um dia lindo."

"Volto daqui a uma hora, exatamente", devolve Robyn.

"Maravilha."

Pego o celular e me acomodo no banco, com a intenção de mandar uma mensagem para o Sir, quando o sininho da porta toca.

Rezando para que seja um cliente, e não Robyn voltando para me informar que o dia *não* está lindo e que ela *não* gosta do sol, me levanto, pronta para oferecer alguma ajuda, caso necessário.

O homem para diante da prateleira de ofertas na frente da loja. Em geral, as pessoas mexem nas garrafas para ver os diferentes rótulos e preços, mas ele as avalia sem se mover.

Então ele se vira para mim, e meu sorriso de *bem-vindo, caro cliente!* congela antes mesmo de se abrir, pois me vejo encarando dois olhos azul-piscina que já vi antes.

Minha cara Lady,

O que acha de serendipidade? Acaso? Destino? Ou seria tudo apenas mera coincidência?

Seu, com indagações,

Sir

———

Meu caro Sir, após cuidadosa consideração,

Hmm. Não acredito em coincidências...

Mas estou aprendendo do jeito mais difícil que, embora serendipidade possa existir, nem sempre é agradável...

Lady

4

Você me achou, é o que penso.

"Você", é o que digo.

A surpresa em seus olhos me diz que ele está tão chocado por me ver quanto eu. A ruga discreta entre suas sobrancelhas grossas e escuras me diz que ele não sabe bem o que fazer a respeito. Ele olha ao redor, como se para se certificar de que está no lugar certo. "Oi. Estou procurando o dono."

Ai. Todo proprietário de loja logo aprende que "Estou procurando o dono" quase sempre significa uma reclamação ou um discurso brega de vendas.

Ainda assim, me forço a abrir um sorriso animado. "Eu sou a dona. Como posso ajudar?"

A ruga entre as sobrancelhas se transforma numa carranca. "Você é da família Cooper?"

Tento esconder a surpresa. Alguns de nossos clientes mais antigos sabem que somos um estabelecimento familiar, mas não é algo que anunciamos. E esse homem definitivamente não é um cliente antigo.

Se fosse, quem sabe não estivesse casado comigo, em vez de namorando aquela outra mulher, e nós teríamos filhos de olhos azul-piscina...

Ai, Gracie. Toma jeito.

Mantenho o sorriso no rosto e faço que sim. "Sou Gracie Cooper."

Ele me encara por mais um minuto, e algo como decepção lampeja em seus olhos, então ele leva a mão ao bolso e puxa um envelope branco — do tipo comprido, fino e com cara de oficial, e não um envelope do tipo de cartão fofo com os dizeres *estava pensando em você!* que vendemos na loja.

"Vim entregar isso pessoalmente", diz ele. "Parece que os que mandamos pelo correio... se perderam."

No instante em que vejo o envelope e reconheço o discreto logo azul-marinho que se tornou uma praga na minha vida nos últimos meses, reviro os olhos. "Pode levar de volta pro seu chefe."

Ele ergue as sobrancelhas. "Meu chefe?"

"Imagino que você trabalhe para Sebastian Andrews?", pergunto, irritada por saber o nome que assina todas as cartas.

O homem me encara com frieza antes de responder: "Eu *sou* Sebastian Andrews."

Sem dúvida ele se divertiu ao me surpreender com o seu nome tanto quanto eu gostei de surpreendê-lo, mas não se engane: é uma surpresa.

Na verdade, por um momento todo o meu mundo parece girar em negação. Como é possível que em uma hora eu tenha ido de achar que esse homem era o amor da minha vida a descobrir que ele representa tudo o que odeio no mundo dos negócios?

Sebastian Andrews trabalha para a V. Andrews Corporation, a empresa de quem alugamos este imóvel. Nos últimos três meses eles vêm fazendo uma oferta, que não nos interessa, de pagar pela última metade do nosso contrato de dez anos, e cada carta é redigida num tom mais frio e seco que a anterior.

"De todos os homens do mundo", murmuro. "Tinha que ser você."

Sebastian Andrews pisca os olhos impressionantes. "Perdão?"

Opa. "Falei isso em voz alta?"

"Falou. Você achou que não?"

Faço um gesto com a mão. "Achei que tinha superado a mania de deixar escapar tudo o que penso, embora pensamentos sejam meio como uma porta giratória, não acha?"

"Nem um pouco."

"Mas deviam ser, não?", insisto.

"O que devia ser o quê?", pergunta ele, com cautela.

"A vida não seria mais interessante se todo mundo fosse um pouco mais aberto?" É uma pergunta retórica, mas esse homem rígido em seu terno formal parece considerá-la com seriedade.

"Na verdade, discordo completamente. Se todo mundo soltasse todos os seus pensamentos para todas as pessoas, se perderia a alegria única que é conhecer uma pessoa em particular."

É um argumento maravilhosamente válido, e minha opinião a respeito dele sobe um pontinho, muito embora minha irritação aumente dez vezes mais.

"Posso ajudar com alguma coisa? Uma boa garrafa de Tattinger para comemorar a nova bota cinza da sua namorada?", sugiro, com a minha melhor voz de vendedora.

Ele estreita os olhos. "Não estou aqui pra comprar nada."

"Justo o que todos os donos de loja adoram ouvir."

"Você recebeu as cartas da minha empresa", diz ele. Não é uma pergunta.

"Recebi, sim. Papel de excelente qualidade."

"Você abriu?"

"Algumas."

Ele tensiona a mandíbula. "E as outras?"

"Foram para uma caixa *muito* especial."

Sebastian Andrews parece cansado. "Deixa eu adivinhar. A lata de lixo?"

"Não!" Que insulto. Eu o convido a se juntar a mim atrás do balcão, e, com um suspiro, ele obedece.

Me arrependo na mesma hora, porque é um espaço pequeno e ele tem de ficar perto de mim, o suficiente para que eu sinta o cheiro de sua colônia, algo amadeirado e masculino.

Aponto para o triturador de papel que mantemos embaixo do balcão, indicando a pilha de fragmentos brancos amassados. "Só usamos isso para os papéis mais *especiais*."

Sem achar graça, ele se vira para mim e nossos olhares se encontram. Mais uma vez, sinto aquela estranha atração que senti na calçada, aquele sussurro de pombas brancas e um felizes-para-sempre. Só que agora a atração também está coberta de frustração, não apenas porque ele tem uma namorada, mas também porque é um robô corporativo que parece não ver nada de mais em tentar intimidar um adorado estabelecimento familiar de quarenta anos a fechar as portas.

Sebastian Andrews volta para o outro lado do balcão. Fico onde estou, e quando ele coloca a última carta que trouxe consigo no balcão entre nós, o gesto parece um divisor de águas.

Ele e eu entramos numa batalha silenciosa de determinações contrárias pelo que parecem minutos, embora eu tenha certeza de que não passou de alguns segundos.

"Abra", ordena ele.

"Não, obrigada. Não estou interessada."

A mão que ele deixou sobre o balcão se contrai, seus dedos tamborilam um de cada vez, de pura irritação. "Você nem sabe o que está escrito."

"Está escrito que vocês querem tirar a gente do mercado."

Ele tem a audácia de revirar os olhos. "Não romantize a situação."

"Não *romantize* a situação?", repito, ofendida. "Garanto a você que a minha preocupação com o sustento dos meus funcionários, com o meu próprio sustento, está extremamente fundamentada em fatos e lógica."

"Se isso for verdade, você deve a seus funcionários e a si mesma buscar a melhor opção para eles."

"Ah, e fechar a loja é a melhor opção?"

"Fizemos uma oferta muito convincente. Você saberia disso se tivesse encontrado um lugar menos *especial* para as minhas cartas."

"Ah, posso pensar num lugar menos especial", digo, com meiguice.

Ele tamborila os dedos de novo, mais rápido, mais irritado, e isso me enche de... alguma coisa.

Sou a filha do meio até a medula, acostumada a ser a pacificadora, a deixar todo mundo confortável, a usar o charme para atenuar conflitos e situações tensas, mas, pela primeira vez na vida, não quero aliviar a tensão do momento. Por mim, Sebastian Andrews pode *se engasgar* de raiva que não estou nem aí.

Infelizmente, serei privada do prazer de assisti-lo estrebuchar, porque o sininho toca de novo. Olho para a porta de entrada e, ao reconhecer uma de nossas clientes fiéis, aceno para ela.

"Com licença", digo. "Preciso atender os clientes que compram."

"Gracie Cooper, tudo o que peço são cinco minutos para discutir uma oferta de negócios que seria benéfica tanto para..."

"Entendido." Pego a carta. "Pode deixar que vou ler com calma mais tarde."

Mantendo os olhos nos dele, me abaixo e coloco a carta no triturador. Se a encarada de antes foi como uma guerra fria em silêncio, dessa vez o barulho estridente da oferta dele sendo picada em um milhão de pedacinhos é como o grito de um guerreiro.

Ele balança a cabeça, tendo a audácia de parecer decepcionado comigo.

"Se um dia precisar de ajuda para comprar um espumante", digo, por entre os dentes, "terei o prazer de recomendá-lo a um de nossos concorrentes, na esquina da rua 64 com a Colombus".

Em termos de frases de efeito, não foi exatamente brilhante, mas fico satisfeita de ao menos ter tido a última palavra antes de sair de trás do balcão e ir até a minha cliente sem olhar para trás.

"Oi, Nicola, tudo bem?", pergunto.

Nicola Cirillo é uma publicitária que mora num dos arranha-céus chiques da região e passa na loja pelo menos uma vez por semana. Tem seus quarenta e alguma coisa, talvez até uns cinquenta muito bem conservados, vive para receber amigos e compra com frequência caixas de vinho para seus brunches, noites de jogos, sessões do Oscar, festas para assistir ao Super Bowl etc.

A maioria da clientela fiel sabe do que gosta e compra os mesmos rótulos de novo e de novo, para o desgosto de Robyn. Nicola, por outro lado, está sempre atrás de novidades. Robyn não vai gostar nem um pouco de saber que perdeu a chance de vender seu Franciacorta.

"Como foi a noite de jogos vintage?", pergunto, lembrando o motivo de sua última visita à loja.

"Um arraso, obrigada. Uma curiosidade pra você: jogar Candy Land meio altinha é mais divertido do que você imagina. E, aliás, você estava certíssima quanto ao espumante do Novo México. Quem diria que o Sudoeste é capaz de produzir algo daquela qualidade?"

"Acabamos de receber mais algumas caixas. Posso pegar algumas garrafas?" Estou cada vez mais ciente de que Sebastian Andrews ignorou a minha deixa para ir embora e agora está vagando pela loja, fingindo olhar os produtos.

"Não", disse Nicola, passando os dedos com unhas bem-feitas pelo cabelo loiro comprido ao avaliar a vitrine de rosé. "Estou com uma comichão de fim de verão. Quero um vinho divertido e rosado de segunda-feira. Só pra mim", diz ela, com um sorriso.

Muitos dos nossos clientes têm comichões de fim de verão, e foi exatamente por isso que arrumei na frente da loja a vitrine temática que Nicola examina agora. Junto dos vinhos rosé, que gritam *me beberique ao sol*, também coloquei umas bobeirinhas de verão: guardanapos para drinques azul-piscina, pingentes brilhantes de fruta para taças de vinho e rolhas de garrafas de champanhe coloridas.

Por dentro, estou com comichão para substituir tudo isso pela vitrine de outono, mas quando percebo que Nicola está encantada com um saca-rolhas em formato de óculos escuros da Audrey Hepburn, sei que tenho pelo menos mais uma semana para tentar reduzir o estoque de verão.

"Você tem esse gelado?", pergunta ela, pousando o dedo no gargalo de um Rotari Rosé.

"Quase certeza que sim", digo. "Deixa eu conferir."

Uma rápida visita à seção refrigerada confirma que tenho uma garrafa gelada e que Sebastian Andrews continua à espreita. Dou uma olhada feia para seu perfil, mas ele está ocupado demais para notar, fingindo examinar uma garrafa de Dom Pérignon.

Volto até Nicola, que continua segurando o saca-rolhas de óculos enquanto dá umas espiadelas na direção de Sebastian Andrews.

"Uau", diz sem som para mim. Ela se abana.

Eu sei. Mas espera só até ele abrir a boca e estragar tudo.

Acho que ainda consigo pensar comigo mesma afinal.

"Mais alguma coisa?", pergunto, erguendo a garrafa que ela pediu.

"Só isso. Ah, isso aqui também", diz ela, me entregando o saca-rolhas. "Não preciso, mas é fofo demais pra deixar passar."

Me encho de orgulho por meu tino profissional ao ouvir essas palavras, porque "não preciso, mas é fofo demais pra deixar passar" era justamente a clientela em que eu estava apostando quando decidi acrescentar o *& More*.

Tá vendo, Sebastian Andrews? Estamos indo muito bem.

Mais ou menos.

Distraída, Nicola pega uma latinha de balas escandalosamente caras e a desliza na minha direção enquanto fecho a compra. Embrulhadas em papel rosa e preto, as balas têm formato de taça de champanhe e um leve gosto de baunilha. Escondo com cuidado outro sorriso de vitória.

Arrumadas numa tigela de cristal junto ao caixa, são uma das nossas compras impulsivas mais populares.

Coloco a garrafa de champanhe numa sacola branca estreita feita de papel grosso e coloco as balas e o saca-rolhas ao lado. Mais uma de minhas melhorias. Costumávamos usar o saco de papel pardo que é padrão da área, e depois colocá-lo dentro de uma sacola plástica igualmente feia. Depois de fazer uma matéria sobre branding no curso de administração, decidi que a Bubbles & More podia se diferenciar para criar uma experiência de luxo, mesmo depois que você saísse da loja, carregando uma sacola fina e atraente, que podia levar para o happy hour com os amigos sem estragar seu visual.

"Muito obrigada", diz Nicola, soprando um beijo para mim. "Você sabe que vou voltar. Eu sempre volto."

Ela olha na direção de Sebastian Andrews uma última vez, então ouço o tilintar do sininho e fico sozinha de novo. Com ele.

Sebastian caminha devagar até o caixa, e não me surpreendo ao ver que ele não tem uma garrafa de vinho na mão. Nem preciso dizer que ele não é do tipo que compra guardanapos de festa, já que está aqui. Levanto as sobrancelhas. "Você viu a placa na porta dizendo que é proibido vadiar, não viu?"

Não tem placa nenhuma, mas não importa, porque ele ignora a pergunta e pega, curioso, uma das latas de bala da tigela. "Oito dólares por uma latinha dessas."

A leveza de seu tom é mais insultante do que se ele tivesse sido sarcástico. "São um dos nossos produtos mais vendidos."

"Não duvido." Ele devolve a latinha com cuidado à tigela. "A margem de lucro cobre o custo da sacola chique?"

Ele não tem como saber isso, mas a pergunta me atinge bem no poço profundo, escuro e interminável de preocupação que reservo para as crises de ansiedade das três da manhã.

Ou talvez ele *saiba*, porque mantém o olhar fixo no meu, sem desviá-lo. Ele enxerga demais. É quase como se soubesse que a margem de lucro das balas é quase nula, e que o custo de sacolas brancas, bonitas, bem-feitas e resistentes o suficiente para transportar uma garrafa de champanhe de cem dólares é astronômico. E não, as balas não cobrem isso.

Incorporo o esnobismo de minha irmã mais velha e o encaro com o nariz empinado, o que, penso comigo, é bastante impressionante, considerando que tenho um metro e sessenta e ele deve ter no mínimo um e oitenta. "Pequenos luxos são uma característica crucial da marca Bubbles."

"Claro que sim. E lucro? Viabilidade no longo prazo? Sua própria segurança financeira? Essas também são características da marca Bubbles?"

Não sou de sentir raiva, mas sinto uma pontada inconfundível de indignação com a condescendência dele. "Você está passando dos limites, Sebastian Andrews."

Ele cede, assentindo com a cabeça. "É verdade. Peço desculpas. Mas lojas físicas convencionais estão virando coisa do passado em *todas* as áreas, Gracie Cooper. Não é vergonha nenhuma admitir que esta loja nunca vai te deixar rica."

"Nunca teria vergonha de admitir isso", digo, calma. "Na verdade, digo com muito orgulho que há coisas mais importantes na vida do que ser rica."

Ele não pergunta *que coisas?*, mas sua expressão me diz que é o que ele está pensando.

Os olhos injustamente bonitos se voltam para o buquê que eu segurava quando nos conhecemos, antes de eu perceber que ele era um tubarão num terno muito elegante.

"Aproveite as flores", diz ele, de algum modo fazendo com que isso soe como a última palavra numa discussão, antes de se virar e sair pela porta.

O sininho toca com a sua saída, e fito perplexa os lindos botões, ouvindo tudo o que ele não disse.

Aproveite as flores. Mas elas não vão salvar a sua loja.

Meu caro Sir, em plausível negação,

Acha que mutilar alguém pode ter uma justificativa válida?
Brincadeira. Mais ou menos.

Lady

———

Minha cara Lady,

Ela tem um lado sombrio! Considere-me intrigado. Vizinho
barulhento? Namorado infiel? Parente tóxico?

Seu, em absoluto sigilo,

Sir

———

Frustração no trabalho. Algumas pessoas são tão... mas tão...
nem tenho palavras.

Lady

———

Ah, sim, sei bem como é. A palavra que está procurando
na verdade são duas: *absolutamente enervante*.

Algumas pessoas são absolutamente enervantes.

———

Sim! É exatamente isso. Esse indivíduo me enerva
absolutamente.

———

Sei como é. Sei como é.

5

Minha irmã, Lily, é uma dessas pessoas lindas. Quando era criança, eu não percebia. Quando me tornei adolescente, tinha um pouco de ciúme. Quando me tornei adulta, aprendi que existem coisas mais importantes do que beleza exterior.

Brincadeira! Quase nunca olho para ela sem pensar: *Que droga, genética, isso não é justo!*

Não me entenda mal, estou satisfeita com o que vejo no espelho. Meu cabelo é meio fino, mas aprendi que se não o deixar passar da clavícula, ele não fica com uma aparência muito desarrumada. Ao natural, fica a meio caminho entre castanho-claro e loiro, mas, com uma ajudinha de tintura para cabelo de farmácia, estou mais para loira. Tenho o queixo forte do meu pai e os olhos azuis e a estatura pequena da minha mãe.

Lily é outra história. Também tem os olhos azuis da mamãe, mas com o cabelo castanho-escuro e os cílios absurdamente grossos do papai. Ela tem olhos que poderiam ser descritos como "estonteantes", já o meu namorado do tempo de escola descreveu os meus como "meio azulados?". Acho que o ponto de interrogação no final foi o que mais me ofendeu.

Lily também é alta, curvilínea e tem uma presença que captura a atenção de todos onde quer que esteja. E, neste momento, está na Bubbles & More.

"Oi!", cumprimento, surpresa, erguendo os olhos do laptop em que checo o balancete da semana. Que não está nada bom.

Fecho o computador e me levanto para abraçar minha irmã. "Não sabia que você vinha."

"Tive que dar um pulinho na Bergdorf", diz ela, inspecionando minha vitrine de verão. Lily torce o nariz por um instante mínimo, então endireita os guardanapos de festa numa pilha arrumada, sem saber que eu os tinha colocado em leque por um motivo.

Sinto uma pontada de irritação, mas deixo para lá. A pontada de mágoa pelo fato de que ela só veio me visitar porque já estava na área é muito mais difícil de deixar de lado.

O que aconteceu com a gente?

Lily e eu sempre fomos diferentes, mas também éramos próximas. Ela é sete anos mais velha, tinha catorze quando mamãe morreu, e, de muitas maneiras, fez papel de mãe naqueles primeiros anos. Era Lily que servia o macarrão com queijo quando papai ficava até tarde na loja, que me ajudava com a divisão de numerais grandes e que me fazia cafuné quando eu tinha um pesadelo.

Mesmo depois que se casou com o namorado da escola e saiu de casa, continuamos nos falando todos os dias, e ela ainda ajudava na Bubbles nos finais de semana. Quando eu já estava em meus vinte e tantos anos, Lily e Caleb haviam seguido com as próprias vidas. Eu era a única filha que continuava ajudando o papai com a Bubbles, e nenhum dos dois perguntou se eu queria ou não estar ali.

"Como estão as coisas?", pergunta ela.

"Tudo ótimo!"

Lily me olha com atenção, do mesmo jeito que fazia quando me perguntava se eu tinha ido bem na prova de estudos sociais.

Eu também mentia naquela época, e ela sempre sabia.

Ela passa os olhos pelas prateleiras de espumante. "Você trocou a Itália pela Espanha."

"Tem tido muita procura por cava", digo, dando de ombros. "Mas, se dependesse da Robyn, tudo que não fosse champanhe de verdade estaria no fundo da loja, atrás de uma cortina preta."

Ela coloca a bolsa preta chique no balcão e caminha até o fundo da loja para dar uma olhada nos quadros. "Você aumentou a quantidade de pinturas à venda."

Dou de ombros, me sentindo um tanto acanhada. "Tem muito turista aparecendo nos fins de semana atrás de uma lembrança. Estava ficando meio apinhado."

"Que maravilha!", diz ela, animada, pegando uma de minhas obras mais recentes — uma fadinha rosa usando uma concha com um laço para pegar champanhe de uma taça *coupé*.

"Sempre esqueço como você é talentosa", comenta ela. "Você sempre desenhou bem, mas estes são... incríveis." Ela passa os olhos por vários trabalhos. "São todos seus?"

"Sim. Tentei trazer trabalhos de outras pessoas também, mas..."

Lily abre um sorriso orgulhoso. "Não venderam tão bem quanto os seus?"

Espalmo as mãos com um sorriso. "O que posso dizer? Sou um gênio."

"É mesmo", diz ela, guardando com cuidado o quadro da fada. "Sempre tive ciúme do fato de que você tem um passatempo no qual é boa de verdade."

Um passatempo. Parte da alegria que senti com seus elogios se esvai. Nunca ocorreu a minha família que minha arte poderia ser mais do que um passatempo, e isso me irrita mais do que eu deveria permitir, considerando que nunca falei para eles que já desejei que fosse mais do que isso.

Quando ela se vira para mim, ainda sorri, mas há algo mais em seu olhar — preocupação misturada com hesitação.

"Fala logo", peço, com um suspiro.

"Não quero me intrometer."

Isso é novidade.

"Lily."

Minha irmã inspira fundo. "Alec foi a um evento beneficente no Guggenheim, no sábado."

A primeira coisa que noto, com interesse, é a escolha de palavras. *Alec foi*, e não *nós fomos*. Eventos beneficentes em museus sempre foram a praia da Lily. Já do meu cunhado, nem tanto. Ele é um cara importante na cidade, mas também é introvertido. Trocaria um evento formal por um livro e um copo de uísque sem pensar duas vezes, então o fato de ele ter ido a um evento desses sem ter sido arrastado por Lily é... incomum.

"Parece que ele encontrou o filho de uma das famílias mais famosas de Nova York..."

Fecho os olhos e finjo roncar, esperando que ela chegue ao ponto.

"Os Andrews."

Arregalo os olhos. *Não*. Esses Andrews, não. É um sobrenome comum, um dos sobrenomes mais comuns, sem dúvida...

"Gracie." A voz de Lily é suave, mas com uma reprimenda. "Como você pôde esconder de mim e do Caleb que a Bubbles recebeu uma oferta de compra? A empresa também é nossa."

E, no entanto, é a primeira vez que você pisa aqui em meses. Faz anos que o Caleb não aparece.

Mas a frustração que sinto em relação aos meus irmãos não é nada comparada à raiva que tenho de Sebastian Andrews. O insuportável não conseguiu o que queria de mim e foi falar com o meu cunhado?

De todas as cartadas machistas e *traiçoeiras*...

"Vou matar esse desgraçado", murmuro.

Lily arregala um pouco os olhos. "Uau. O que não estou sabendo?"

Me recosto pesadamente contra o balcão. "É uma longa história."

"Estou com tempo", diz Lily, levantando o indicador. "Só um minuto."

Lily vai até a seção refrigerada, abre uma das portas de vidro e volta com uma garrafa de Pol Roger. Então tira um envelope preto fino da bolsa e pega uma nota de cinquenta dólares. Ela começa a dar a volta no balcão para alcançar a caixa registradora e está prestes a abrir o laptop, mas coloco a mão em cima do computador. O balancete ainda está aberto, e os números são péssimos.

"Mais tarde eu cuido disso."

Lily pisca com a rispidez do meu tom, mas dá de ombros, pega a garrafa e começa a abrir o lacre com destreza. Papai sempre brincava que os filhos já sabiam abrir uma garrafa de champanhe antes de largarem a mamadeira, embora ele fosse antiquado e só nos deixasse tomar a bebida quando fazíamos dezoito anos, e mesmo assim só uns golinhos do que ele estivesse provando.

A aula de verdade vinha quando a gente completava vinte e um anos, e ele abria uma garrafa de Dom Pérignon. Tínhamos uma vida modesta. Não éramos do tipo que toma Dom Pérignon. Mas, nos aniversários de vinte e um anos, fingíamos que sim, e era mágico. Apesar de que, em retrospecto, foi muito injusto da parte dele. Provar algo tão luxuoso e delicioso logo na primeira taça de champanhe é péssimo. O espumante que cabe no meu orçamento não chega aos pés.

Pego duas taças no armário alto e antiquado que temos atrás do caixa. Meu pai nos ensinou que espumante deve ser bebido em taças apropriadas, do contrário é melhor nem beber. Robyn apoia essa filosofia com fervor, e suspeito que essa é metade da razão pela qual foi contratada. Ela havia impressionado meu pai com um papo de olfato, aroma, buquê e *danificar as bolhas*.

Pessoalmente? Acho besteira. Claro, é bem provável que tenha respaldo científico, mas, para mim, vinho não é sobre ciência. Vinho — em especial o espumante — é sobre o *momento*. Um espumante de dez dólares, bebido num copo de plástico para comemorar um noivado, ganha de lavada de uma garrafa de trezentos dólares de champanhe Cristal bebida numa taça de cristal por alguém entediado com a vida.

"Essas são novas", comenta Lily, admirada, pegando uma das taças que tirei do armário. Ela enche a taça com destreza, deixando as bolhas chegarem bem perto da borda, mas sem transbordar, e então passa para a outra. Repete o processo até as bolhas estarem na altura certa para serem bebidas.

Já bebi esse champanhe específico — bastante bom para o preço — dezenas de vezes, mas levo a taça ao nariz mesmo assim, por puro hábito. Lily faz o mesmo, mas não giramos a taça como faríamos com um Cabernet mais robusto. É um *sacrilégio* girar bolhas.

"Então", começa ela, dando um golinho no champanhe e me encarando com aquele olhar de irmã mais velha. "Sebastian Andrews."

"Ui. O pior. Um monstro de terno."

Ela levanta as sobrancelhas escuras. "Eu o conheci. Muito rápido, no casamento de um amigo em comum, ano passado. Mas me pareceu perfeitamente educado. E embora eu seja uma senhora casada, também reparei que ele é ridiculamente bonito."

"Ele é ridículo, sem dúvida. Ridiculamente *presunçoso*, acha que o mundo tem de se curvar aos caprichos dele."

"E o capricho atual é encerrar o contrato de aluguel da loja?"

Faço que sim.

Lily beberica o champanhe. "Espero que você o tenha mandado praquele lugar."

"Lily!"

"O quê? É o legado da nossa família. Acho um absurdo que um robô corporativo, por mais bonito que seja, venha com um cheque gordo e tente acabar com um negócio local sem nem titubear."

Bebo meu vinho para esconder o ressentimento. Uma coisa é defender um legado familiar com palavras. Outra é ser a única que trabalha para isso.

Alheia à minha frustração, Lily pega uma das latas chiques de bala e sorri. "Já se perguntou o que o papai acharia desses trecos que você acrescentou?"

"Esses *trecos* são a única coisa que mantém o negócio."

Ela me olha surpresa, não sei se pelas palavras em si ou o meu tom. Sempre fui a que suavizava as farpas do meu pai teimoso, o jeito autoritário da minha irmã e a impulsividade do meu irmão. Costumava me orgulhar de ser a pessoa bem-humorada e fácil da família, mas recentemente comecei a me perguntar se eu também não vinha servindo um pouco de capacho.

"A loja está ok?", pergunta ela.

"Está ok", respondo, repetindo intencionalmente a palavra que ela usou. "Mas não está ótima. Não está nem *bem*. Apesar de toda a insistência do papai de que um toque pessoal e atendimento de qualidade ao cliente salvariam a lavoura, é difícil fazer frente ao poder da internet e da entrega grátis."

Ela tamborila as unhas no balcão. "A gente pode se aproximar do mercado virtual. Pedir pro Caleb refazer o site, deixar as pessoas comprarem online."

"Já pedi cinco vezes pro Caleb refazer o site", digo, bebendo o champanhe. "Ele sempre diz que vai fazer, mas entre os projetos pelos quais ele recebe e o tempo que passa brincando de lenhador..."

"Mas..."

"Eu sei que você quer ajudar", interrompo com delicadeza. "Mas, com todo o respeito, sou eu que toco o dia a dia da loja. Sou eu que vou arrumar um jeito de lidar com o Sebastian Andrews."

Não digo que minhas fantasias incluem um saco de cadáver.

"Tem razão." Ela ergue as mãos espalmadas. "Tem toda a razão. Vamos mudar de assunto."

"Obrigada", respondo, apertando sua mão. "Como está a reforma?"

Há dois anos, Alec e Lily saíram do quarto e sala que alugaram por mais de uma década e compraram um apartamento de três quartos em Tribeca. Apesar do endereço chique e do edifício sofisticado, os antigos proprietários tinham um gosto questionável: muito preto na cozinha e um banheiro que só posso descrever como laranja de cone de construção. A pia era em formato de borboleta.

Dizer que a reforma era um projeto ambicioso é um eufemismo, mas Lily, sendo Lily, a enfrentou com unhas e dentes. O banheiro laranja néon seria pintado com tons claros de cinza e lilás, os armários laqueados em preto da cozinha substituídos por armários de madeira branca e vidro, a ilha de aço inoxidável da cozinha refeita em mármore preto. O segundo quarto seria transformado em quarto de hóspedes, o terceiro em escritório ou quarto do bebê.

A parte de mim que mal pode esperar para ser tia está *muito* curiosa quanto ao destino do terceiro quarto, mas não sei bem como perguntar. Sei que eles sempre quiseram ter filhos — estão tentando engravidar naturalmente, mas também já tentaram vários tratamentos de fertilidade. Sei também que a biologia é uma merda e que, embora mulheres de quarenta anos *tenham* filhos, nem sempre é a coisa mais fácil.

"A obra está ótima", diz ela, embora seu sorriso não chegue nem perto de seus olhos. "Mas não quero falar da minha vida chata de casada. Me conta da sua vida de solteira. Saindo com alguém?"

"Tentando", murmuro.

Ela sorri. "Continua correndo atrás do conto de fadas?"

Ergo minha taça. "Continuo correndo atrás."

"Quem sabe o Sebastian Andrews não está disponível", provoca ela.

"Não está." Tomo um gole generoso de vinho. "Tem uma namorada linda com um cabelo perfeito e sardas de um jeito que você nunca viu na vida."

"Aposto que não é tão linda quanto você."

Dou uma risada pelo nariz. "Num dia bom eu sou bonitinha, mas duvido que faça o tipo do Sebastian, nem ele faz o meu."

Ela faz um bico. "Não fique brava comigo se eu der uma de irmã mais velha pra cima de você, mas... já pensou que talvez seja a hora de desapegar do seu tipo? Sou totalmente a favor de saber o que quer, mas se o sr. Perfeito ainda não apareceu..."

"Ele está por aí", digo, descontraída, tentando não pensar no Sir, muito indisponível.

Ela parece querer discutir, mas em vez disso olha para o champanhe, girando a taça para um lado e para o outro, a pulseira de tênis que Alec comprou para ela no ano passado, no vigésimo aniversário deles, produzindo um pequeno caleidoscópio no balcão. "Tem falado com o Caleb?"

"Uma mensagem aqui, outra ali", respondo casualmente, ciente de que ela sempre se incomodou por não ser tão próxima dele quanto eu. "Ei, vamos combinar de fazer uma chamada de vídeo com ele um dia desses. Estou com saudade daquela cara boba."

Ela sorri. "Eu também."

Pego o celular para mandar uma mensagem para ele e, meia hora depois, me despeço de Lily com um abraço, com um encontro de irmãos marcado na agenda para a semana seguinte.

Dou uma olhada no relógio, vejo que já passou um pouco da hora de fechar, viro a plaquinha que diz "Aberto" e tento não ficar desanimada com o fato de que durante todo o tempo em que Lily esteve aqui não apareceu nenhum cliente.

Volto para dentro da loja e por um momento a avalio como um estranho o faria — como talvez Sebastian Andrews fizesse. Olho as prateleiras bem abastecidas, cheias de garrafas que, dia sim, dia não, são cuidadosamente espanadas para disfarçar o fato de que elas não têm tanta saída. O piso de madeira escura está limpo, mas arranhado de um jeito que espero que pareça atemporal, quando na verdade não há margem no orçamento para tratar a madeira.

Volto para o laptop com a intenção de reexaminar os tristes balancetes e com a vã esperança de que eu tenha feito alguma conta errada — de que eu tenha contado uma despesa duas vezes ou digitado errado uma venda. Em vez de abrir o computador, pego a foto emoldurada que fica na prateleira atrás do caixa. Foi tirada no aniversário do meu pai, poucas semanas antes de a mamãe morrer. Tínhamos ido à praia, em Jersey. Meu pai tinha esbanjado numa câmera nova e, por um breve instante, conseguira que nós quatro — as três crianças e minha mãe — déssemos uma pausa em tudo o que estávamos fazendo, fosse construir castelos de areia, tomar picolé ou ler, para posar para uma foto.

O vento bate no cabelo loiro da minha mãe, e seus óculos de sol são tão grandes quanto seu sorriso enquanto ela se agacha na areia e traz nós três para perto de si. Lily e eu estamos de maiô roxo combinando e sorrimos obedientes para o *digam xis* de papai. Caleb, aos seis anos, armado com um balde e uma pá de plástico, está carrancudo por ter tido de parar de construir o fosso de seu castelo de areia pelos dez segundos em que precisou ficar parado.

Não é uma foto perfeita, mas *é* um momento perfeito.

Uso a foto como combustível para me lembrar por que eu faço isso, por que mantenho a loja viva, quando às vezes parece dolorosamente difícil. A foto é um lembrete de que este espaço, esta loja, não é sobre os números no meu laptop, que estão mais baixos do que qualquer um de nós gostaria. É sobre família. A família Cooper.

Se Sebastian Andrews tem um problema com isso, ele pode vir falar *comigo*, e não com o meu cunhado.

Não estou alta — não exatamente, mas bebi vinho suficiente para me sentir alvoroçada e pronta para a guerra. Pego uma das cartas de Sebastian Andrews — a primeira, a única que não rasguei. Releio-a, muito embora já saiba o que diz. Eles querem pagar pelos anos remanescentes do aluguel e estão interessados em conversar conosco se pudermos entrar em contato no número a seguir e marcar uma hora e um lugar que seja conveniente para nós.

Conveniente uma pinoia.

Não tem nada de conveniente em alguém tentar roubar o seu trabalho.

Vou entrar em contato com eles, sim, mas não pela razão que Sebastian Andrews imagina.

Pego o celular e digito o número, mas antes de apertar o botão de ligar, deixo o telefone de lado e alcanço uma esferográfica e um bloco de papel amarelo. São 21h45 de uma quinta-feira, o que significa que minha ligação vai cair na caixa postal. É melhor preparar o que quero dizer.

- *A Bubbles não está à venda.*
- *Se você tem um problema com isso, pode vir falar comigo, e não com o meu cunhado.*
- *Como alguém com olhos tão bonitos pode ter uma alma tão feia?*

Risco esse.

- *Vai pro inferno.*

Circulo esse. Essa é a minha tese.

Talvez eu esteja mesmo um pouco alta, mas é isso que me dá a coragem de que preciso para apertar o botão de ligar, limpar a garganta e ficar de pé enquanto me preparo para fazer o meu pequeno discurso.

Estou esperando uma mensagem gravada genérica e o sinal, então o brusco "Sebastian Andrews" que vem do outro lado da linha me pega desprevenida.

"Alô?", diz uma voz masculina mal-humorada, obviamente impaciente, depois de um momento de silêncio.

"Ai, droga, esse é o número do seu celular?", exclamo. Tá bom. Talvez eu esteja mesmo um pouco alta.

Agora é ele que fica em silêncio. "Quem está falando?"

"Gracie Cooper. Desculpa ligar tão tarde. Achei que fosse o número do seu escritório..."

"E é."

Franzo a testa e olho para o relógio na parede, cujos ponteiros são — você adivinhou — garrafas de champanhe.

"São quase dez da noite."

"Bom, graças a Deus você ligou para me avisar, Gracie Cooper. Eu jamais saberia se não fosse por esta ligação."

Ignoro o sarcasmo e me sento no banco, apoiando os calcanhares na trave de madeira do banco e acomodando os cotovelos nos joelhos. "Você sempre trabalha até tão tarde?"

Outro momento de silêncio, como se ele estivesse tentando decidir se vale a pena me responder.

"Não", diz, afinal. E depois: "Às vezes".

"Você atende o próprio telefone? Achei que tivesse uma frota de belas assistentes de salto alto para lidar com essas tarefas mundanas."

"O nome do meu assistente é Noel, e ele sai do escritório às seis. Posso ajudar em alguma coisa?"

"Ah, claro." Pego meu bloco e limpo a garganta afetadamente.

"Lá vamos nós", o ouço murmurar.

"A Bubbles não está à venda", proclamo com clareza, enunciando cada palavra.

"Ninguém está pedindo pra você vender a empresa, só abrir mão do espaço. Você pode ir pra outro lugar, talvez um bairro em que o aluguel seja mais barato. Você *leu* alguma das cartas antes de destruí-las?"

Ignoro a pergunta e olho para o bloco, a irritação borbulhando de novo dentro de mim.

"Ah, sim", digo, jogando o bloco no balcão e entrando na briga. "Como você se atreve a passar por cima de mim e ir falar com o meu cunhado?"

"Como eu me atrevo?" Ele tem a audácia de parecer espantado.

"Sou eu que toco a loja. E não Alec. Por conseguinte, eu tomo as decisões."

"Por conseguinte."

Franzo a testa. "Você fica repetindo o que eu digo. Não estou sendo clara?"

"Não, não é isso. Só admirando a escolha de palavras."

"Bem, então vê se presta atenção no contexto", devolvo. "Como *você* se sentiria se eu passasse por cima de você e fosse discutir negócios com a sua cunhada?"

"Não tenho irmãos e não sou casado. *Por conseguinte*, não tenho cunhada."

"Por que não?"

"Por que não tenho irmãos? Você teria que perguntar isso pros meus pais."

"Não, por que você não é casado?", explico. "Sua namorada é tão bonita", acrescento, diante da falta de resposta.

Sim. Definitivamente meio bêbada. Pego uma barra de cereal com manteiga de amendoim da cesta de petiscos.

"Acredite se quiser, minhas exigências pra pedir alguém em casamento vão além de *bonita*."

Encaixo o celular na orelha, abro a embalagem e dou uma mordida enquanto penso no que ele acabou de dizer. "E quais são as suas exigências?"

"Foi pra isso que você ligou, Gracie Cooper? Pra discutir a minha vida pessoal?"

"Não, isso não estava na minha lista."

"Você tem uma lista?"

"Tenho." Pego o bloco de novo. "Número um, não está à venda. Número dois, você não tinha nada que passar por cima de mim e ir falar com o meu cunhado. Número três..."

"Número três?", pergunta ele, já que fiquei quieta.

Leio o terceiro item da lista, sobre os olhos lindos, o item que risquei. Pulo esse. Não estou *tão* bêbada assim.

"Número três", digo, sorrindo. "Vai pro inferno."

Sebastian — quando foi que comecei a pensar nele só como *Sebastian*? — deixa escapar um suspiro.

"Olha, só pra esclarecer, eu não *passei por cima* de você e fui atrás do seu cunhado. Não sou um vilão num drama jurídico medíocre. Estávamos no mesmo evento, nos mesmos arredores. Um conhecido nos apresentou, perguntou se a gente se conhecia. Num esforço de manter a conversa e achar algo em comum, mencionei que tinha conhecido você esses dias. Ele perguntou o contexto, e eu falei que tinha uma proposta de negócios para você. Garanto que se soubesse que seria assediado com um telefonema tarde da noite por causa disso, nem teria tocado no seu nome."

Termino a barra de cereal enquanto escuto a explicação. Parece verdade. Ainda o odeio.

"Isso não é assédio", digo, amassando a embalagem e jogando no lixo.

"Ah, não?"

"Não. Assédio é ficar mandando cartas pra uma loja de bairro que claramente não quer nada com você e depois vir atrás da pessoa no trabalho dela quando você não consegue a resposta que queria. *Isso* é assédio."

"Não", diz ele, com uma paciência controlada. "Isso é fazer negócios."

"Não é o jeito como *eu* faço negócios."

"Não, eu vi o jeito como você faz negócios", devolve ele. "Em vez de reconhecer que seu modelo de negócio está ultrapassado e que a sua base de clientes está encolhendo, você posterga o inevitável colocando um termo genérico no nome da loja e vendendo bugigangas de dez dólares e quadros fofinhos de Fada Sininho."

Quadros fofinhos de Fada Sininho.

A frase me dói *muito* mais do que Lily reduzir minha arte a um passatempo. Não sei se é o champanhe, a barra de cereal ou a combinação dos dois, mas de repente me sinto um pouco enjoada.

"Sinto muito. Eu não deveria ter ligado tão tarde", digo, em voz baixa, a fúria pela injustiça substituída pelo cansaço do coração partido. "Tenha uma boa noite."

"Gracie Cooper..."

Se ouço uma ponta de remorso em sua voz, a ignoro e encerro a chamada.

Meu caro Sir, com os sentimentos feridos,

Já deixou um comentário afetá-lo mais do que deveria? O tipo de alfinetada de alguém de quem você nem gosta e que deveria ignorar, mas que em vez disso o deixa acordado à noite porque… dói?

Lady

———

Minha cara Lady,

Dada a natureza difícil de definir de nossa correspondência, talvez isso seja uma intromissão, mas confesso que a primeira reação que tive à sua mensagem foi pedir o nome e o endereço do culpado. Duelos ainda estão em voga, não?

Mas, infelizmente, seria uma hipocrisia da minha parte. Também tenho passado a noite acordado, não por causa de algo que ouvi, mas por causa de algo que falei. Um comentário impulsivo e irrefletido que eu gostaria de desdizer.

Talvez quem quer que a tenha magoado sinta o mesmo remorso? Se não, me avise sobre o duelo…

Seu, com a aurora,

Sir

6

Já mudei de apartamento algumas vezes nos últimos onze anos, mas nunca mudei de bairro. A cidade às vezes gosta de chamar este lugar de Midtown West ou Clinton, mas não se engane: nós, locais, o chamamos por seu verdadeiro nome, Hell's Kitchen.

Sei que soa infernal (não pude perder a piada), e embora tenha os seus momentos, claro, o bairro não chega a ser tão violento quanto costumava ser. Não que seja glamuroso — não posso pagar por um lugar glamuroso, mas também não é o que eu *quero*.

Moro num edifício sem elevador, na rua 54, entre a Nona e a Décima Avenidas, num quarto e sala pequeno, mas bonitinho. Ele tem bancadas de granito, ar-condicionado central e box de vidro? Claro que não. Tem parede de tijolo exposto, um ar-condicionado de janela que dá para o gasto e muita personalidade? Sim. Tem sim.

Se pudesse mudar uma coisa, eu, como a maioria dos nova-iorquinos, não recusaria um lugar maior. Minha sala de estar funciona como ateliê, o que significa que para assistir à televisão preciso mover o cavalete e para me sentar no sofá tenho que tirar o plástico que protege o couro sintético das manchas de tinta.

Mas virou o meu normal, então nem noto mais. Sempre que começo a me sentir um pouco apertada, lembro que sou uma artista na cidade, e então me sinto muito sortuda. Bem, não uma artista *profissional* — em geral isso deixaria implícito que eu seria capaz de viver da minha arte, algo que não sou.

Mas saber que as pessoas compram as coisas que eu crio? Não tem sensação igual, e compensa o inconveniente de ter que me espremer contra a parede para passar pelo cavalete e conseguir abrir a janela — algo que faço no instante em que entro em casa numa tarde ensolarada, porque o apartamento tem o cheiro muito marcante de *gato*.

"Cannoli, meu amor, o que foi que você fez na sua caixinha?"

O gato preto e branco pula no encosto do sofá e me encara. *Fiz uma coisa. Limpa.*

"Pro menor gato da ninhada, até que você produz bastante", murmuro, fazendo um carinho atrás de suas orelhas enquanto dou a volta em meu trabalho atual para lidar com as alegrias de ser dona de um gato de apartamento.

Paro e avalio a aquarela no cavalete. É extremamente menininha. Um drinque rosa numa taça tradicional de martíni, com uma versão estilizada dos contornos da cidade de Nova York ao fundo. Tem um ar muito explícito de *Sex and the City*, mas a aquarela e o horizonte da cidade fora de escala suavizam a cena de um jeito que você não se surpreenderia tanto se visse uma fadinha de asas turquesa sentada no alto do Empire State. Na verdade, gostei da ideia. Acho que vou fazer isso.

Quadros fofinhos de Fada Sininho.

"Sebastian Andrews não tem ideia de que eu encaro isso como elogio", digo, olhando para Cannoli.

O gato para de limpar a pata por um instante. *Ele não estava te elogiando.*

"Eu sei, eu sei", resmungo.

Cuido da caixa de areia, tiro a roupa de trabalho — um vestido amarelo-claro e sandálias de salto grosso — e visto uma calça cinza de moletom e uma camiseta branca. Namorei um programador fofo na faculdade por mais ou menos um ano, e de longe a melhor coisa que tirei do relacionamento foi descobrir como é bom usar camisetas masculinas. Como não tenho mais um homem na minha vida para surrupiar as dele, compro as camisetas surpreendentemente macias e baratas para mim.

É cedo demais para jantar, mas pulei o almoço, então pego um pão de forma. Como o peito de peru acabou, e Cannoli tem prioridade no atum, faço um sanduíche econômico de manteiga de amendoim e geleia. Recostada contra a bancada da cozinha, dou mordidas metódicas e me pergunto o que fazer com o restante do dia.

Quase nunca folgo aos sábados — um dos dias mais movimentados na Bubbles. Mas Josh, o último funcionário que contratei, tem pedido mais horas — e mais responsabilidade — ultimamente, então saí às três para deixá-lo a cargo da clientela da tarde e da noite sob a supervisão atenta de May.

Robyn também está na loja hoje, o que para todas as outras pessoas é motivo de irritação, mas, pela primeira vez, fico grata por seu conhecimento extenso e exasperador sobre champanhe. Josh é um profissional dedicado e ótimo com os clientes, do seu jeito gentil e tímido, mas não sabe muito sobre espumantes e talvez seja a única pessoa do mundo que de fato procura pelas palestras de Robyn. Ele anda até com um caderninho de couro para fazer anotações. É muito fofo.

Ouço as três batidas rítmicas na porta, inspiradas por Sheldon, de *The Big Bang Theory*, e sorrio, porque só tem uma pessoa no mundo que bate à minha porta desse jeito.

Keva Page é a minha vizinha de cima, que além de compartilhar meu fanatismo por *The Big Bang Theory* é exatamente o tipo de amiga que toda mulher adulta precisa ter. Não que eu ame Rachel menos, mas é legal ter alguém próximo o bastante para dar um pulo na sua casa sempre que lhe dá na telha. Keva preenche o vazio que ficou na minha vida social quando Rachel se mudou para o Queens. Ela é a Miranda ousada e corajosa para a minha Charlotte — sem o cabelo maravilhoso — romântica.

Abro a porta, e ela dá um pulo de onde estava, prestes a enfiar minha chave reserva na fechadura. Quando tenho de trabalhar até mais tarde, ela sempre dá uma olhada em Cannoli para mim. "Ei! Você tá em casa. Só ia deixar isso na sua bancada." Ela mostra a garrafa aberta de Merlot na mão. "Vou fazer um trabalho em Cape May e não queria que essa belezinha aqui virasse vinagre enquanto eu estiver fora."

"Uh, vai pra praia, é? Que inveja! Tá com pressa ou quer beber uma taça?", pergunto.

"Hmm, os dois", diz ela, entrando com a mala vermelha de rodinha no apartamento. Ela me entrega a garrafa, vai direto para o armário onde guardo as taças e pega duas. "Vamos ser rápidas, mas não precisa economizar na dose."

"Casamento?", pergunto, servindo o vinho. Keva é chef assistente de uma empresa de bufê. Não uma do tipo que serve maionese de batata em tigelas enormes e enroladinhos de salsicha, e sim uma do tipo *chique*. Arancini de açafrão, trouxinha de caranguejo trufado e ravióli caseiro de ricota com pesto de pistache e rúcula são algumas de suas obras-primas mais recentes, que pude provar com a maior satisfação.

Além de supertalentosa, Keva é o tipo de pessoa que esbanja energia e que declara que vermelho é a sua cor preferida e não tem vergonha disso. Está sempre de batom vermelho e, quando não está trabalhando, usa esmalte vermelho combinando. Em protesto silencioso ao uniforme branco e sem graça, ela me informou que só usa lingerie vermelha, o que deve explicar ao menos em parte por que sua vida amorosa é muito melhor do que a minha.

"Festa chique de noivado", responde ela, tomando um gole de vinho e ajeitando um pouco mais para trás a faixa de seda — também verme-lha — que sempre usa no cabelo escuro. Seu cabelo está preso num co-que bem-feito, do jeito que ela usa para trabalhar, mas sei que, no ins-tante em que o expediente termina, Keva tira o elástico e deixa os cachos pretos fazerem sua mágica.

Ela se mudou para o prédio mais ou menos um ano depois de mim, e nos conhecemos quando um entregador deixou o macarrão dela por engano no apartamento 4C (o meu) em vez de no 5C (o dela). Pensando que era a comida chinesa que eu tinha pedido, aceitei a entrega antes de perceber que estava errada. Subi com a sacola para entregar eu mesma no apartamento certo e, quando ouvi a música tema de *The Big Bang Theory* pela porta, decidi ser melhor amiga de quem quer que estivesse do outro lado.

Ela nota meu sanduíche triste de manteiga de amendoim e, balançan-do a cabeça, me repreende. "Não é nem manteiga de amendoim *caseira*."

"Não sei como enfiar isso na sua cabeça maravilhosa, mas nem todo mundo faz a própria manteiga de amendoim."

"Pois deveria." Ela dá uma mordida e lambe a geleia do polegar. "Tá bom, tenho uma viagem chata de trem com o meu chefe nervosinho. Vê se me ajuda a sobreviver a isso e me conta a última do seu corresponden-te sexy, e se a história ainda não tiver chegado em sexo virtual, mente pra mim e finge que sim."

"Nossa, espero não estar tão desesperada assim", murmuro. "Estou?"

Ela termina meu sanduíche. "Bem, vamos ver, a última vez que você saiu com alguém foi..."

"Há duas semanas, um tempo respeitável."

"Aham. E o último beijo...?"

Não respondo — estou ocupada demais tentando lembrar —, e ela balança a cabeça para mim. "Tô falando. Sexo virtual."

"Pela, sei lá, *milésima* vez, o Sir e eu somos só amigos. E para de repetir *sexo virtual*. Acho que ninguém mais fala disso."

"Ah, fala", diz ela, com um risinho de canto, terminando o vinho. Ela olha o celular. "Droga. Tenho que ir, ou o Grady vai me dar um sermão."

"Por falar em beijo e sexo..." Balanço as sobrancelhas. Keva e o chefe, Grady, têm uma relação intensa ao estilo "te odeio tanto, mas secretamente te quero demais", e a sonhadora de comédia romântica em mim não aguenta mais esperar que eles cheguem ao final feliz.

"Prefiro comer imitação de caranguejo a ficar com o Grady", diz ela, com nojo o bastante para deixar claro que imitação de caranguejo é o que há de mais baixo na opinião dela.

Suspiro. "Então estamos as duas sem nenhuma atividade nesse departamento."

"Eu não falei isso." Keva dá uma piscadinha.

Talvez eu devesse investir em lingerie vermelha...

Keva pega a alça da mala e dá um tapa na minha bunda antes de seguir até a porta. "Assiste um episódio de *Big Bang*, termina a sua obra-prima, depois vai atrás de um big bang, mesmo que seja só virtual. Isso é uma ordem."

Ela me joga um beijo e fecha a porta. Balançando a cabeça, bebo o vinho e decido fazer duas das três coisas.

Meu caro Sir, com frustração,

Já sentiu que as pessoas mais próximas a você são as que menos te entendem?

Lady

———

Minha cara Lady,

Com muita frequência.

Seu, em frustração mútua,

Sir

———

Meu caro Sir, dando seguimento,

Já sentiu que a pessoa que mais te entende é alguém que você nem conhece pessoalmente?

———

Minha cara Lady,

Já.

7

"Meu Deus." Me aproximo da tela do computador, estreitando os olhos. "Isso é um cavanhaque?"

Meu irmão ri e passa a palma da mão nos pelos bagunçados que crescem no queixo. "É. Que tal?"

"Adorei", digo ao mesmo tempo que Lily, à esquerda na tela, diz que odiou.

Acaba de passar das oito da noite de domingo, e nós, os três irmãos Cooper, mais May, finalmente fazemos a nossa videochamada em família. Lily, de seu apartamento; Caleb, da casa em New Hampshire; May e eu, da loja.

"É muito bom ver você", exclamo depressa, antes que Caleb e Lily comecem a se alfinetar. "Com ou sem pelos na cara. Mas estou chocada. Tem internet aí onde você mora?"

Meu irmão ri e bebe um gole de cerveja. "Dei um jeito aqui, com dois palitos e um pouco de linha de pesca." Ele desvia os olhos de mim, suponho que para olhar na direção de Lily em sua tela. "Cadê o Alec?"

Minha irmã dá de ombros. "Negócio de trabalho."

Domingo à noite?

Depois de servir uma taça de espumante *brut* de Sonoma para nós duas, May me empurra de lado e ocupa a câmera do laptop, fazendo cara feia para Lily. "Não lembro quando foi a última vez que vi esse menino."

Sorrio com a ideia do muito sério Alec ser chamado de menino aos quarenta e um anos de idade.

Lily dá de ombros mais uma vez. "Sabe como é... o trabalho toma muito tempo dele."

May nunca tentou se inserir em nossas vidas como uma figura materna, mesmo depois que ela e meu pai começaram a namorar. Ela sempre deixou que a gente fosse até ela, e acabávamos indo mesmo. Até o Alec. E, quando se trata de May, uma vez que você entra no ninho dela, fica lá para sempre, seja para ser bicado ou protegido.

"Quarta à noite", anuncia ela. "Você e Alec vão lá em casa comer lasanha vegetariana. Você também, Gracie. Caleb se livrou dessa, não porque mora em outro estado, mas porque não vou aproveitar minha lasanha de beringela se tiver que olhar pra esse troço brotando no queixo dele."

"*Nãããão*", exclama Caleb, em falso desespero. "Não faça beringela sem mim!"

Lily hesita. "May, agradeço o convite, mas não sei se..."

"Quarta à noite", repete May, colocando um ponto-final.

Minha irmã solta um leve suspiro e assente, antes de mudar de assunto. "Caleb, por acaso a Gracie contou pra *você* que tem uma empresa grande querendo comprar a loja? Porque pra mim ela não falou nada."

"É sério?", pergunta ele, parecendo chocado.

"Não é nada de mais", digo, mordiscando um pedaço de queijo. "Pense nisso mais como um vírus recém-descoberto que leva o nome de Sebastian Andrews. Os sintomas incluem náusea, extrema irritação e ondas aleatórias de raiva."

"Mana!" Caleb parece se divertir muito. "A Branca de Neve por acaso ficou com *raiva*? Finalmente encontrou alguém que não se encaixa no conto de fadas?"

Pois é. Não posso dizer que eu tenha escondido meu vício em contos de fadas de... qualquer pessoa.

"Não, não", respondo, enfiando o resto do queijo na boca. "Na verdade ele tem um papel importante. Como o vilão."

"Um vilão com uma bunda e tanto", acrescenta May.

Eu me viro para ela. "Você nem viu o cara."

"Pesquisei no Google", devolve May, pragmática. Ela ergue a cabeça para tomar um gole da taça, e os brincos de guitarra azul néon balançam.

"E você digitou 'bunda do Sebastian Andrews'?", pergunto.

Qual será que foi o resultado? Não chego a perguntar. Mas fico com vontade.

"Não estou nem aí, a bunda dele pode ser melhor que a da J. Lo", interrompe meu irmão. "Espero que você tenha mandado esse cara pro inferno, Gracie."

"E não é que eu mandei?!", digo, com muito orgulho.

"Ótimo", acrescenta Lily, resoluta. "Que bom que estamos de acordo quanto a manter a Bubbles na família."

Meu irmão concorda com a cabeça, mas sinto o olhar de May em mim. "Gracie?"

"O quê?" Pego outro pedaço de queijo, sobretudo para não ter que olhar nos olhos de ninguém, nem através de uma tela.

"Vocês estão todos de acordo?", insiste May.

"Claro que estamos", intervém Lily, indignada. "A loja é mais importante pra Gracie do que pra qualquer um de nós. É ela que está sempre lá."

"E que escolha eu tinha?" As palavras escapam da minha boca antes que eu possa evitar, e meus dois irmãos parecem desnorteados.

Inspiro fundo. "Não foi isso que eu quis dizer", acrescento. "A Bubbles é importante pra mim, é claro. Só que às vezes sinto que estou fazendo toda a parte difícil sozinha."

May aperta minha mão. *Vai em frente.* Aperto a mão dela de volta e sorrio, feliz de ter uma aliada. Inspiro fundo de novo. "Não estou dizendo que a gente tem que vender. Só que preciso de ajuda."

"Droga." Caleb passa a mão no rosto. "Tô me sentindo um babaca."

"Bom, pois é", acrescenta Lily. "Quantas vezes ela te pediu pra atualizar o site?"

"Ah, tenho certeza de que você tá se desdobrando para passar na loja e ajudar a reabastecer o estoque entre uma ida e outra à manicure", revida ele.

"Pessoal", digo em meu tom ao mesmo tempo gentil e sério de irmã do meio.

"Ok", Lily suspira. "Ok. Do que você precisa, Gracie?"

Preciso duplicar as vendas.

Decido começar com algo menos intimidador. "Bem, sei que vocês não ficaram muito empolgados quando mudei as coisas. Você odiaram as sacolas novas, protestaram contra a adição do *& More*."

"Só porque o papai não teria aprovado", diz Lily, e Caleb concorda com a cabeça.

Ah, claro. *Nisso* eles concordam.

"Eu entendo", digo, calma. "Mas sou eu que fecho as contas da loja e posso dizer que foi só aí que as coisas começaram a melhorar. E elas precisam continuar melhorando. O modelo familiar que nossos pais seguiram não dá mais conta. Estou aberta a ideias..."

"Um logo novo", interrompe Caleb, sempre pensando como designer gráfico. "Sei que fui contra quando você sugeriu, mas você tinha razão. O logo atual tá meio datado, e não dá pra subestimar o poder de um bom *rebranding*. Vou começar a trabalhar numas opções e no site novo."

"Sabe", comenta Lily, "outro dia, fui numa aula de culinária com umas amigas, e eles sugeriam combinações de vinhos com os pratos. Será que a gente podia fazer alguma coisa assim com champanhe...?"

"Claro!", exclamo, animada, pegando um bloco para anotar. "Minha amiga Keva dá aula de culinária. Aposto que ela poderia ajudar. Boa ideia. O que mais..."

Meia hora depois, tenho uma boa lista de ideias para salvar a Bubbles e me sinto mais leve pela primeira vez em meses.

Abre o olho, Sebastian Andrews. Você mal pode esperar.

Minha cara Lady,

Já teve a sensação de que tem uma tempestade se aproximando, mas você não sabe bem em que direção ou qual a origem?

Seu, com previsões de tempo muito ruins,

Sir

———

Meu caro Sir, com guarda-chuvas,

Com certeza, mas preciso confessar que estou vivendo um daqueles dias maravilhosos em que *eu* sou a tempestade.

Lady

8

"Abre." Abro os olhos e encaro os olhos castanho-escuros de Keva enquanto ela avalia meu rosto com atenção. Num gesto com o pincel de maquiagem, ela ordena: "Fecha."

Fecho os olhos, e ela volta a retocar a sombra em minha pálpebra direita.

"Tem certeza de que não é melhor eu pegar emprestado um dos seus vestidos vermelhos?", pergunto.

"Só se você conseguir quadruplicar o tamanho disso em uma hora." Ela dá um peteleco sem a menor cerimônia no meu peito.

"Ai." Massageio meu seio enquanto ela tira a toalha que cobre meu peito.

"Abre", ordena Keva.

Volto a abrir os olhos, e, desta vez, após me examinar, ela aprova o resultado. "Você tá pronta."

"Tem *certeza* de que devo usar esse vestido?", pergunto, descruzando as pernas, sentada em minha cama. "Não é... princesinha demais?"

"Olha, é o seu vestido preferido, não é?", pergunta ela, apoiando o punho no quadril generoso.

"É. Mas não é especialmente sofisticado. Estava imaginando..."

Ela já está fazendo que não com a cabeça, o coque balançando de um lado para o outro. "Você não precisa de sofisticação. Precisa de *poder*. E não tem nada mais poderoso que uma mulher em seu vestido preferido porque ela sabe que fica *bem*."

Abro a boca para argumentar, mas ela aponta o dedo para mim. "Levanta."

Obedeço e deixo ela me guiar até o espelho de corpo inteiro que fica recostado na parede do corredor do lado de fora do banheiro, porque meu quarto mal comporta a cama e uma cômoda.

"Uau", digo ao me ver. Ela tem razão, o vestido é um dos meus preferidos. É meio azul-piscina, com os ombros à mostra, corpo ajustado e saia curta rodada.

Meu rosto, porém, está... uma obra-prima. Ainda pareço *eu mesma*, mas uma versão mais poderosa. Ela fez algo para deixar meus olhos mais azuis, mais diretos, e, no entanto, não parece que estou usando maquiagem.

"Não falei?", diz Keva, orgulhosa. "Você parece uma mistura da Veronica Mars com uma Cinderela de um universo alternativo."

"Eu ia tentar uma coisa mais Olivia Pope", admito.

Keva faz que não. "Errado. Olivia Pope é *exatamente* o tipo de coisa que ele espera. Agora você vai pegar o cara de surpresa e deixá-lo sem chão."

"Gosto bastante da ideia", digo, voltando para o quarto e pegando uma sapatilha bege da sapateira que fica pendurada na porta do armário.

Keva tira o sapato da minha mão e o deixa cair no chão. "Não, usa aquele." Ela indica o sapato de salto rosa-choque que comprei para combinar com o vestido de madrinha para o casamento de uma amiga da faculdade e que nunca mais usei.

"Um *pouquinho* de Olivia Pope é bom", explica ela.

"Não tem a menor chance de eu conseguir andar duas quadras enormes usando isso. Não conseguiria atravessar nem dois quarteirões normais."

"É por isso que você vai de táxi."

Dou uma risada pelo nariz. "Pra ir a Columbus Circle? Vou ter que devolver minha carteirinha de nova-iorquina."

"Vai ter que devolver a sua carteirinha de nova-iorquina *desleixada*", corrige ela. "Hoje você pode ser outro tipo de nova-iorquina. Aquela que pega táxis sem nem pensar."

Ela tira uma nota de vinte do sutiã e me oferece.

Faço que não com a cabeça. "Não vou aceitar isso."

"Porque estava aninhado no meu peito?"

"Eca. *Aninhado?* Não, não quero porque não vou pegar seu dinheiro, ainda mais pra pegar um táxi pra andar dois quarteirões."

Keva revira os olhos e, sem a menor cerimônia, enfia o dinheiro no *meu* sutiã.

Desistindo, suspiro e pego o sapato rosa-choque. "Tá bom. Mas só porque uma nota de vinte dólares tem uma parte nessa reunião."

Keva me encara. "Quê?"

"Deixa pra lá", digo, lembrando que não cheguei a contar a Keva de quando conheci Sebastian Andrews na calçada e por um instante quase o promovi a herói da minha história.

Agora que sei que ele é o vilão e que estou prestes a entrar em seu território, uma nota secreta de vinte dólares parece uma jogada apropriada.

Calço os sapatos e estremeço, pois eles apertam meus pés na mesma hora. Vou mesmo precisar de um táxi.

Na noite passada, em vez de dormir, fiquei imaginando como seria o dia de hoje. Imaginei *tudo* na cabeça, até como devia ser a sede da Corporação Andrews: minha imaginação optou por muito vidro e aço inox.

No fim, eu estava cem por cento certa. Só o elevador já parece uma nave espacial, mas em vez de astronautas sou acompanhada de homens de terno cinza e azul-marinho e mulheres de vestido elegante e calça social.

O clichê sobre os nova-iorquinos só usarem preto não chega a ser de todo falso, e me sinto meio deslocada em meu vestido azul chamativo e nos sapatos rosa-choque, até uma mulher de meia-idade atrás de mim no elevador dar uma batidinha em meu ombro.

"Licença", diz ela, com um sorriso. "Estou louca para saber, onde você comprou esse sapato?"

"Ah!" Eu me viro e sorrio para ela ao dizer a marca. "Mas já vou logo avisando, não é a coisa mais confortável do mundo."

A porta do elevador se abre, e ela dá um suspiro, me contornando para sair. "Nunca é. Mas vale a pena. São lindos."

O elogio é exatamente o que o meu ego precisava, e me sinto mais confiante em relação à reunião que tenho pela frente.

Por ser um dos Andrews, o escritório de Sebastian fica no penúltimo andar do prédio de cinquenta andares, então todos os meus companheiros de elevador já se foram quando chego ao 49º andar.

Assim como o saguão de entrada, o escritório é moderno e elegante — muito mármore branco, couro branco e aço inox —, mas o visual é suavizado, surpreendentemente, por dois buquês deslumbrantes de flores em ambos os lados do grande balcão de recepção.

"Uau!", exclamo, esquecendo de manter a linha e indo até as flores para tocar uma hortênsia, que contrasta perfeitamente com as bocas-de-leão cor-de-rosa e com as rosas amarelas. "Que lindo."

O homem de cabelo preto e óculos de tartaruga atrás do balcão sorri. "São mesmo, não? A gente costumava encomendar os arranjos de um florista corporativo genérico. Só rosa branca e lírio." Ele dá um bocejo dramático. "Mas umas duas semanas atrás o sr. Andrews descobriu um florista de bairro na Amsterdam. Ele não entrega, mas até que eu gosto de sair do escritório e dar uma olhada nos buquês da semana."

Olho para ele. Ele não pode estar falando do Carlos.

Se estiver, fico feliz por Carlos e Pauline. Esses buquês devem ter custado uma nota.

Mas fico irritada por mim.

A ideia de Sebastian Andrews comprar flores no mesmo lugar que eu é tão... enervante.

"Você deve ser o Noel", digo, estendendo a mão. "Meu nome é Gracie Cooper. Falamos por telefone alguns dias atrás? Muito obrigada por ter achado um minutinho pra mim na agenda do sr. Andrews."

Ele parece surpreso, como se ninguém jamais se desse conta da sua presença, muito menos soubesse o seu nome.

"Sim, claro", diz ele, ajeitando os óculos no nariz e olhando para a tela do computador. "Sinto muito, ele só tem meia hora disponível, mas, pra ser sincero, é raro ele ter algum tempo livre assim de última hora."

"Meia hora é tudo de que eu preciso", respondo.

"Você chegou um pouco cedo, ele está numa ligação", diz Noel. "Posso te oferecer alguma coisa pra beber enquanto espera? Água? Café? Chá? Temos uma máquina chique de espresso."

"Estou bem, obrigada", digo, indo até a elegante, mas confortável, área de espera. Assim que me acomodo com uma revista *Citizen* antiga, a edição Homem do Ano com Carter Ramsey — quem não gosta de fantasiar com um jogador de beisebol gostoso? —, Noel chama meu nome.

Olho para cima, e ele acena para a porta. "O sr. Andrews está disponível."

Fico em pé, pego minha bolsa e aliso as costas do vestido para ter certeza de que não estou vivendo o pesadelo que *de fato* tive na noite passada, em que apareci com o vestido enfiado na calcinha. Implorando aos meus pés já apertados que aguentem só mais meia hora dentro desse sapato, entro na sala de Sebastian.

Eu tinha a esperança de que houvesse alguma coisa para criticar — um troféu de caça medonho ou algum tipo de câmara de tortura, mas o pior que posso dizer é que é uma sala genérica. Mesa grande, cadeiras pretas, vista da cidade... Tá bom, não tem nada de genérico nisso.

"*Uau*", exclamo, correndo os olhos pela vista do Central Park e de todo o Upper East Side logo atrás. Começo a andar na direção da janela e então paro. "Posso?"

Ele faz um gesto para as janelas que vão do chão ao teto de um jeito que me faz pensar que não sou a primeira a ficar embasbacada. "Olhar é de graça, foto custa dez dólares."

"Ah, então o Homem de Lata faz piada, é?", digo, contornando a mesa dele e caminhando até a janela. Com o canto do olho, tenho a impressão de vê-lo conferir minhas pernas e meus sapatos. Tento esconder um sorriso com cuidado. E o frio que sinto na barriga.

"Homem de Lata", repete ele baixinho, levantando-se, mas sem se aproximar de mim, enquanto contemplo a deslumbrante vista de Nova York à minha frente.

Sem olhar para ele, faço um gesto mais ou menos em sua direção. "Você entendeu. Alto. Magro. Controlado."

Ele passa um bom minuto sem dizer nada, embora eu sinta que ele me avalia, e de repente o ambiente à nossa volta fica... carregado?

Não. Ele tem namorada. E eu tenho um... amigo na internet.

Nós nos odiamos.

Ainda assim, Sebastian me surpreende ao se aproximar e parar a uma distância respeitável, mas perto o bastante para que eu sinta o cheiro de seu perfume, perto o bastante para que eu me sinta pequena ao seu lado.

Ele enfia a mão esquerda no bolso enquanto aponta algo a sua frente com a mão direita. "Não dá para ver bem o letreiro por causa do andaime da construção que tem na frente, mas ali está a Bubbles."

Giro a cabeça devagar para ele. Sebastian nem hesitou antes de me apontar, como se ele já tivesse procurado minha loja.

"Você estava me espionando?"

"Estava", responde ele, com sarcasmo. "Corri para esconder o telescópio no armário logo antes de você entrar."

A menção à Bubbles & More me lembra por que estou aqui, e, entrando em modo de negócios, dou meia-volta e contorno a mesa dele.

"Não vai tirar foto?", pergunta Sebastian, com o que parece ser uma ínfima fração de sorriso, mas é difícil saber. Nunca o vi sorrir.

"Não tenho dinheiro", respondo, com doçura. "Não com o meu modelo ultrapassado de negócios e 'quadros fofinhos de Fada Sininho'."

Se o que vi no rosto dele foi mesmo um sorriso, já desapareceu.

"Gracie Cooper..."

Convido-o a se sentar com um gesto, embora seja a sala dele. "Posso falar?"

"Claro", diz ele, num tom tão rígido quanto sua postura, ao retomar seu lugar atrás da mesa, menos homem, e mais... terno e gravata.

Inspiro fundo. "Errei ao passar suas cartas pelo triturador sem responder. Você merecia pelo menos uma resposta, uma confirmação de recebimento. Peço desculpas pela falta de profissionalismo e respeito por seu tempo."

Ele fica em silêncio por um momento. "Obrigado."

"Você me parece ser o tipo de homem que não age sem antes fazer uma pesquisa, então imagino que saiba que a Bubbles é uma empresa familiar."

"Eu sei. Sei que seus pais abriram a loja antes de você nascer."

Faço que sim com a cabeça. "E meus pais já morreram. A Bubbles não é só um negócio para mim, é parte de um legado. *Meu* legado. E que eu quero proteger."

"Proteger contra grandes empresários malvados como eu", diz ele, recostando-se na cadeira com uma das mãos espalmada sobre a mesa, os dedos compridos prontos para tamborilar de irritação. A outra está apoiada no braço da cadeira, de maneira casual, mas num gesto treinado, como se ele tivesse estudado como parecer descontraído.

"Eu entendo de legado, Gracie Cooper", continua ele. "Entendo de empresa familiar. E porque você me parece ser o tipo de mulher que fez a *sua* pesquisa, tenho certeza de que sabe que *esta* também é uma empresa familiar. Você tem alguma ideia do que está atravancando com a sua teimosia? A magnitude da questão, o número de pessoas que se beneficiariam?"

"Também fiz meu dever de casa e sei que esta empresa constrói arranha-céus. Também sei que a última coisa de que esta cidade precisa é de outro arranha-céu sem alma."

A mandíbula dele fica tensa de frustração. "E você pode falar pela cidade?"

"Você pode?", devolvo.

"Fiz minha pesquisa de mercado."

"Aposto que você tem uma apresentação de PowerPoint cheia de gráficos, mas você já falou com as pessoas de verdade? Já perguntou pro povo que anda pela Central Park South — bem na frente da sua janela, admirando os cavalos e as carruagens, comendo um cachorro-quente — o que eles querem de Nova York? Alguma vez já se sentou pra conversar com o Jesse Larson ou com a Avis Napier? Sequer sabe quem eles são?"

Ele responde numa voz curta, os olhos azul-piscina brilhando de raiva. "Esse projeto não vai afetar os cavalos nem os cachorros-quentes. E sim, conheço o Jesse Larson, antigo dono do Little Rose Diner, na Central Park South, atual dono do Little Rose Café, no East Village, que outro dia foi muito elogiado na *New Yorker*. Avis Napier, antiga dona do Central Park Spa, hoje em dia está muito satisfeita num apartamento novo em folha à beira-mar, na Flórida, a cinco minutos de carro da casa da filha."

Meu estômago começa a ficar embrulhado, mas não dou o braço a torcer. "Quem é *você* pra dizer que a Avis está feliz? Você comprou o negócio dela e agora vem com uma história qualquer que te ajude a dormir de..."

Ele se inclina para a frente de repente, já sem o menor fingimento de descontração. Está fervendo de raiva. "A filha da Avis se chama Kathleen. Ela é casada com o Barry. O filho deles, Jon, acabou de completar quatro anos, e a filha, Monica, nasceu no Quatro de Julho. Quando falei com ela na sexta passada, ela tinha saído pra comprar um presente de aniversário pro neto e estava pensando em dar a ele um microscópio que fala. Quanto ao Jesse, recomendo os ovos mexidos com cogumelo e tomilho, embora ele também tenha recomendado a torrada francesa com ricota. Que eu pretendo experimentar na próxima vez que passar lá para fazer um brunch, o que deve acontecer neste final de semana."

Ele se recosta de novo na cadeira, relaxando ligeiramente a postura, mas sem perder a intensidade. "Sim, Gracie Cooper, eu falo com as pessoas."

Mantenho as mãos pressionadas contra a coxa, com medo de que comecem a tremer se eu movê-las, porque *eu* me sinto trêmula. Nada nesta reunião saiu como eu previ em meus devaneios. Era para ele ser um robô frio de terno. Eu é que deveria ser a humana que se importa com as pessoas e com a minha cidade.

Em vez disso, me sinto pequena. Egoísta.

Ele confere as horas, a impaciência muito evidente. "O que você veio me dizer, exatamente? Ou marcou esta reunião só pra depreciar o meu caráter?"

Tento reencontrar minha raiva justificada, e embora minha voz não soe tão estridente quanto no momento em que me sentei, pelo menos não treme nem falha quando empino o nariz para ele.

"Eu sei que a sua empresa é dona do prédio em que alugamos, o que faz de você, essencialmente, meu senhorio. Mas também sei que, enquanto continuarmos a pagar o aluguel, você não pode nos expulsar até o contrato encerrar, o que só vai acontecer daqui a cinco anos."

Agora é a minha vez de me inclinar para a frente. "Posso ter depreciado o seu caráter, mas você menosprezou o meu quando insultou a minha loja e *me* insultou. Quer saber por que marquei esta reunião hoje? Foi pra te *agradecer*. Porque você tinha razão. Eu não estava pensando grande o suficiente e vou remediar isso agora mesmo."

Ele estreita os olhos azul-piscina. "Ah, vai?"

"Vou", repito, confiante, ficando de pé. Dessa vez tenho certeza de que não estou imaginando seus olhos na bainha do meu vestido, que subiu ligeiramente *acima* do que seria considerado adequado para um ambiente de negócios, mas quando seus olhos se voltam para os meus, estão mais irritados do que nunca.

"Espero que se lembre da Bubbles & More toda vez que precisar de champanhe", digo, calma, enquanto pego a bolsa e me viro para a porta.

"Mas talvez seja melhor ignorar a seção de arte — não acho que seja do seu gosto."

Meus pés estão gritando dentro dos sapatos desconfortáveis, mas tento esconder isso o melhor que posso enquanto desfilo em direção à porta.

"Gracie Cooper." Ouço sua voz logo atrás de mim. "Espera."

Não reduzo o passo.

"*Por favor.*"

Engolindo em seco, paro e me forço a virar para ele. Me arrependo na mesma hora, porque ele veio atrás de mim e está bem perto. Perto o suficiente para que eu sinta o cheiro de perfume caro, perto o suficiente para que eu veja a precisão do seu nó de gravata, para que sinta o calor do seu corpo...

Esse último pode ser só um devaneio.

"O que foi?", pergunto, me obrigando a encarar aqueles impressionantes olhos azul-piscina.

Ele me olha de volta, parecendo frustrado, então aperta os olhos com força e balança a cabeça num gesto curto. "Nada. Deixa pra lá."

Engulo de novo. "Tá bom."

"Espera", diz ele de novo, tocando meu braço quando levo a mão à maçaneta.

Dessa vez, quando me viro, ele parece um pouco envergonhado e leva o punho à boca, limpando ligeiramente a garganta. "Você está com. Hum..."

"O quê?", pergunto, mais impaciente.

Seus olhos descem até o meu peito, e antes que eu possa entender o que está acontecendo, ele ergue a mão, e as costas de seus dedos roçam minha clavícula, e seu toque parece deixar minha pele sedenta por mais.

Ele afasta a mão lentamente, e o desejo intenso em meu estômago é substituído por uma pontada de humilhação quando vejo a nota de vinte que Keva enfiou no meu sutiã mais cedo e que devia ter ficado visível.

Sebastian torce os lábios, um sorriso relutante se insinua. "O que você tem com notas de vinte?"

"Me dá isso", retruco, tomando a nota de volta, do mesmo jeito como no dia em que nos conhecemos.

Abro a porta, ignorando sua risadinha, e saio da sala.

Na recepção, um casal mais velho conversa com Noel, e, ao notar meus sapatos, a mulher se interrompe no meio de uma reclamação sobre a aula de hot yoga. "Ah, minha nossa. Quem me dera ser jovem de novo e poder usar um desses."

Estou começando a *detestar* esse sapato. Além de machucar pra burro, está me impedindo de fazer minha Saída Triunfal.

Ainda assim, a mulher parece gentil e sincera em seu elogio, então ofereço meu melhor sorriso. "Obrigada! Mas, pra ser sincera, jovem ou não, estou prestes a comprar um chinelo, porque meus pés não aguentam mais essa prisão pontuda."

A mulher ri e aponta para os próprios pés, em um mocassim branco elegante. "Eu tinha orgulho de conseguir passar o dia inteiro num salto de dez centímetros, até que *bum*. Virei a esquina dos 55, e, de repente, sapatilhas e plataformas baixas viraram minhas melhores amigas."

Uaaaau. Se essa mulher tem mais de 55 anos, preciso começar a investir num bom creme para os olhos, porque jamais teria imaginado que ela tivesse mais que cinquenta. O cabelo escuro na altura dos ombros é grosso e brilhante, sem nem um fio grisalho, e ela tem o corpo esguio e a aparência saudável de quem decidiu abraçar o processo natural de envelhecimento *e* usar protetor solar.

"Achei que eu fosse seu melhor amigo", comenta o homem igualmente atraente ao seu lado, erguendo o rosto do celular com uma expressão magoada. Usando um terno cinza claro sem gravata, com a pele bronzeada e rugas profundas de sorriso ao redor da boca, ele é o par perfeito para ela, e sinto aquela pontada habitual de admiração e ciúme quando vejo duas pessoas que obviamente pertencem uma à outra. *Quero isso para mim.*

Ela dá um tapinha afetuoso no braço dele. "Você está entre os cinco primeiros, querido. Entre a minha sapatilha azul da Tory Burch e a sandália da Fendi. É um bom lugar." Ela leva os lindos olhos azuis para um ponto atrás de mim e seu sorriso se abre um pouco mais. "Sebastian, aí está você."

"Mãe. Pai." A voz grave atrás de mim provoca um arrepio irritante em minha espinha. Só então a ficha cai. São os *pais* dele?

Não. De jeito nenhum duas pessoas tão elegantes e gentis podem ter produzido *esse cara*. Os dois são só sorrisos largos e amabilidade. Acho que nunca vi os dentes dele.

Mas, pensando bem, percebo que os olhos da mulher não são só azuis. São de um azul-piscina, só que muito mais amigáveis que os do filho. E, embora Sebastian não se pareça muito com o pai, o sr. Andrews sênior tem o mesmo ar de quem se formou numa universidade da Ivy League e tem o mesmo controle do ambiente à sua volta.

Com algum atraso, me dou conta de que, se eles são os pais de Sebastian Andrews, ou seja, Vanessa e Gary Andrews, CEO e CFO da empresa, respectivamente. Fico irritada de ter que admitir que imaginei que eles se enquadrassem no estereótipo frio e esnobe, em vez de serem do tipo que conversa alegremente sobre sapatos com uma estranha.

"Obrigado por atrasarem o almoço por mim", diz ele, e olho para Noel de relance, percebendo que quando ele falara que Sebastian Andrews tinha arrumado um horário, na verdade ele havia adiado o almoço com os pais. Para fazer uma reunião... comigo?

É quase tão intrigante quanto as flores de Carlos na recepção.

"Sem problema!", responde a mãe. "A Genevieve também vem?" Começo a contorná-la para sair, mas ela se vira na minha direção de novo. "A namorada do Sebastian ficaria louca pelos seus sapatos."

Genevieve. O nome combina com ela.

Sorrio com educação. "Imagino que sim. Acho que nunca falei sobre algo com tanto fervor quanto ela ao encontrar uma bota cinza de cano longo."

"Ah, você a conheceu!" Vanessa parece encantada. "Sebastian já te contou como eles se conheceram?"

Eu realmente não quero saber, mas pelo jeito como Sebastian enfia as mãos nos bolsos e fecha a cara suponho que ele também não quer que eu saiba.

Olho para ele e abro um sorriso inocente. "Nunca! Mas amo uma boa história."

"Bom", continua a mãe dele. "A mãe da Gen e eu éramos colegas de irmandade na faculdade e viramos melhores amigas. Dividimos apartamento, fomos madrinha de casamento uma da outra, tudo. Até engravidamos na mesma época. A Genevieve nasceu só seis dias antes do Sebastian, e no mesmo hospital. A gente fazia os dois arrotarem junto, trocava fralda junto. Eles são praticamente prometidos desde que nasceram. Nós nunca teríamos forçado nada se eles não estivessem interessados, claro, mas você imagina como ficamos felizes quando entraram na adolescência..."

"A maioria dos meus cabelos brancos é daquela década", comenta o sr. Andrews, passando a mão pelos bastos cabelos ficando grisalhos, mas de um tom castanho bem mais claro que os do filho.

"Que história *adorável*", exclamo, com um sorriso largo para Sebastian. "Minha irmã e meu cunhado começaram a namorar no colégio. Estão casados há vinte e um anos."

"Ouviu isso?", provoca Vanessa, levantando a voz e fitando o filho. "*Casados.*"

Ela alonga a palavra para dar ênfase de um jeito que me faz pensar que não é a primeira vez que eles têm essa conversa, e embora eu não possa negar que esteja um pouco curiosa a respeito da situação, já passou da hora de eu sair daqui.

"Bom, não vou atrapalhar mais o almoço de vocês", digo, fazendo um pequeno aceno. "Foi um prazer!"

"Ah, não peguei o seu nome, moça do sapato maravilhoso."

"Esta é a Gracie Cooper", diz Sebastian.

Os olhos de Vanessa Andrews brilham com algo que parece arrependimento, revelando que ela sabe muito bem quem eu sou e por que estou aqui, mas não consigo odiá-la por isso.

Talvez porque todo o meu ódio esteja concentrado no filho dela.

"Bom, foi ótimo conhecer você, Gracie."

"Igualmente." Sorrio para ela e o marido e aceno para Noel.

Ignoro Sebastian por completo.

Meu caro Sir, com educada curiosidade,

O senhor tem algum animal de estimação? Em teoria, prefiro cachorros. Adoro a lealdade e o amor incondicional, a empolgação que eles demonstram quando você chega em casa. Só que tenho um gato. O nome dele é Cannoli, ele é completamente indiferente a mim, e eu o amo de paixão. O que acha disso?

Lady

———

Minha cara Lady,

Talvez seja exatamente porque o gato é tão indiferente que você o ame tanto. É irritante como uma pessoa que não te dá a mínima pode ser irresistível...

Seu, com toda a minha psicologia de meia-tigela,

Sir

9

Ao que parece, Lily não estava exagerando quando falou que Alec tinha uma agenda ocupada, porque o jantar de quarta-feira na casa da May foi adiado para domingo.

"Achei que você tinha virado vegetariana", digo a May, dando uma mordida num canapé delicioso de ricota enrolado em bacon e salpicado com cebolinha.

Ela para por um momento de misturar uma jarra de seu famoso martíni. "Por que você acharia isso?"

"Por que mais você faria lasanha de beringela em vez de carne?"

Ela volta a mexer a bebida. "Porque é uma delícia."

May usa um vestido transpassado com estampa de papoulas vermelhas e brincos enormes de fatias de toranja que, de alguma forma, combinam perfeitamente com sua cozinha verde-limão. Ela mora na esquina da rua 81 com a Madison, num apartamento do início do século passado, muito imponente, ainda que datado, comprado por ela e seu segundo marido e quarto Grande Amor, que morreu de ataque cardíaco aos quarenta e sete anos.

May teve muitos Grandes Amores, e apesar de eu ainda estar convicta de que há apenas Um Amor Verdadeiro, não posso negar que sou muito grata por meu pai ter sido seu sétimo Grande Amor. Isso a trouxe para a minha vida.

May nunca fala da sua situação financeira, mas, considerando que raras vezes a vejo repetir roupa — ou brinco — e o fato de que mora perto da Madison, imagino que um dos seus Grandes Amores a tenha deixado em ótimas condições.

Saber que ela não precisa trabalhar na Bubbles, mas continua mesmo assim, me faz amá-la ainda mais, bem como o fato de que ela recebe um salário como todo mundo, então não é como se estivesse ali por caridade.

"E então, o que está acontecendo com a sua irmã e aquele menino dela?", pergunta May.

Suspiro, mastigando o queijo com bacon. "Você também notou, é?"

"Que os olhos da Lily não brilham mais quando ela fala do Alec?"

"Vai ver eles estão só brigando."

May olha para a jarra de bebida e deixa a colher bater contra o cristal. "Pode ser."

"Você sabe das coisas", digo. "O que acha que está acontecendo?"

"Se você quer dizer que eu sou velha e já rodei bastante...", ela ergue a colher de cobre e a aponta na minha direção, "está absolutamente certa."

May pousa a colher num pano e indica a bandeja de prata com quatro copos de martíni no pequeno bar embutido atrás de mim.

Ergo a bandeja com cuidado e a coloco na frente dela. Ela usa um coador para servir dois drinques e deixa os outros dois copos vazios, já que Lily mandou uma mensagem avisando que ela e Alec estão presos no trânsito e vão chegar uns minutos atrasados.

May espeta azeitonas com os palitinhos de coquetel em formato de espada de samurai que comprou na Bubbles & More e coloca uma em cada copo. Ela me oferece um dos copos, e os erguemos num brinde silencioso.

"O que eu acho?", pondera ela, antes de tomar um gole de martíni, deixando uma marca de batom coral. "Acho que eles esqueceram como é estar apaixonado. E acho que você tem coisas mais importantes com que se preocupar."

"A loja, por exemplo", digo, bebericando meu drinque.

"Não, querida. Quer dizer, sim, você tem muito trabalho pela frente com a loja. Mas não tem que se preocupar com a vida amorosa da sua irmã. Pelo menos ela tem uma."

"Ai, essa doeu."

"Ah, bola pra frente", diz ela. "Agora, me conta, quem é que está fazendo você sorrir feito boba toda vez que olha para o celular?"

"Eu *não* tô sorrindo feito boba para o celular."

Ela toma um gole demorado e me encara, e porque *nunca* consegui enfrentar esse olhar específico, entrego os pontos.

"Tá bom." Bebo de novo. "É um cara. Que eu não conheço. E que pode ser um tarado."

Já contei do Sir para gente o bastante para esperar os avisos de sempre, mas às vezes até eu me esqueço de que a May é a May e ela segue as próprias regras.

"Ah, você arrumou um Alfred Kralik."

"Um quem?"

"Um belo James Stewart escrevendo cartas muito românticas para uma linda Margaret Sullivan. Faça seu dever de casa, mas faça isso depois. Me conta desse cara. Você já viu o pacote dele?"

Engasgo com o martíni. "May!"

"Pode espernear quanto quiser, mandar foto do pau é normal hoje em dia."

"Em que mundo?"

"Hmm, ou você está sem coragem de pedir a prova ou a coisa dele é torta."

"Não estou interessada na *coisa* dele! Somos só amigos. Ele é meu confidente."

"Meu amor, eu sou sua confidente. Sua irmã é sua confidente. Isso é uma *Situação*." Ela alonga cada sílaba da palavra.

"É... alguma coisa", admito.

"Ah, se é", responde ela, inspirando profundamente. "Já tive meus amores por correspondência."

"Já?", pergunto, me inclinando para a frente. Sempre me impressiona perceber que conheço May quase a minha vida inteira, mas não estou nem perto de descobrir todos os seus segredos.

"Aham. Um na época do Vietnã, mas ele voltou pra casa, se casou com alguma menina boazinha e se mudou pra Nova Jersey." Ela aponta o polegar para baixo e faz um barulho com a boca. "O outro era de San Francisco. Eu estava no final da adolescência. Na verdade, ele tinha escrito para a Janet, minha vizinha — uma garota insuportável. Os dois se conheceram no acampamento de férias. Ele parecia bom demais pra ela, então eu respondi, e ele acabou virando meu amigo por correspondência."

"E o que aconteceu?" Tiro a azeitona do palito com os dentes.

"Morreu. Acidente de barco."

Eu pisco. "May, nenhuma dessas histórias é boa."

"Claro que são. Só não são felizes. Porque o negócio é o seguinte, mocinha. Esse tipo de flerte de longa distância é muito bom, é inesquecível, mas não é real. E se você começou a se convencer de que isso é real, está na hora de cortar pela raiz, porque é uma fantasia. E fantasias não esquentam a cama à noite, nem ajudam a aliviar o fardo do que está acontecendo com a loja agora... Ah, droga! Esqueci de tirar o papel-alumínio da lasanha."

May coloca um pegador de panela que parece uma cabeça de tubarão e vai cuidar da lasanha de beringela.

Dou um suspiro. Ela tem razão. E não gosto que ela tenha razão. Essa coisa com o Sir não saiu do controle, por assim dizer, mas já não sei mais se é inofensiva. Passo muito tempo pensando nele. Começo a me perguntar se isso está me impedindo de olhar para outros homens. Recebi um punhado de convites para conhecer outros caras no aplicativo MysteryMate, mas todos eles parecem um tédio comparados com ele.

Tirando os clientes da loja e o vil Sebastian Andrews, nem me lembro da última conversa decente que tive com um homem.

Sou salva de meus próprios pensamentos pela campainha antiquada ligada ao interfone lá embaixo.

"Manda sua irmã e seu cunhado subirem", ordena May, mexendo a segunda leva de martíni para os atrasados.

Obedeço e, alguns minutos depois de avisar John, da portaria, para deixá-los subir, abro a porta da frente para Lily e Alec. Lily está impecável como sempre, numa calça jeans skinny preta e uma camiseta fofa retorcida, com lacinhos no ombro. Embora ela esteja sorrindo, está com olheiras. Dou um abraço bem apertado nela e me viro para Alec.

Meu cunhado é um cara bonito. Não é especialmente alto, mas é fanático por musculação, então o que falta em altura é compensado com ombros largos, uma presença silenciosa, mas imponente, e olhos castanhos gentis.

Estendo a mão para ele. "Oi, eu sou a Gracie. Acho que já te vi antes, mas não lembro bem onde..."

Ele revira os olhos e me puxa para um abraço. "Eu sei que andei sumido, entendi o recado."

Dou um abraço bem apertado nele também, porque percebo que ele precisa tanto quanto Lily. Quando dou um passo atrás e olho para os dois, fico com o coração apertado, pois percebo que há mesmo uma tensão entre eles.

May chega com a bandeja de martínis, canapés de bacon e mix de nozes e castanhas e manda todo mundo se sentar. Já viemos à casa dela dezenas de vezes ao longo dos anos, e cada um tem o seu lugar. Caleb e eu no longo sofá florido, ao lado do papai, Lily e Alec no sofá menor, de dois lugares, e May no que ela chama de trono, uma poltrona marrom feiosa.

Esta noite, Lily se senta ao meu lado no sofá.

Quero acreditar que é porque ela não quer me lembrar de que papai se foi e que Caleb mora em outro estado, e tenho certeza de que em parte é mesmo por isso. Mas o jeito como ela evita cuidadosamente olhar para Alec quando ele se senta — sozinho — no sofá de dois lugares me faz pensar que tem algo mais.

May estreita os olhos, me indicando que também percebeu, mas, pela primeira vez, parece decidir não comentar.

"Então, Gracie", diz Alec, inclinando-se para a frente e pegando um punhado de nozes. "Ouvi dizer que vocês estão com ideias novas para a loja?"

"Sim!", exclamo, com meu melhor tom de filha do meio animada e apaziguadora. "Vamos começar com uma degustação de champanhe na quinta que vem. Robyn convenceu um amigo, que é sommelier e tem um blog sobre comida de Nova York, a cobrir o evento. Teremos representantes de duas vinícolas diferentes cuidando das mesas, e uma amiga minha acabou de começar a namorar um pianista de jazz que vai tocar ao vivo com o trio dele."

Alec sorri. "Parece muito legal."

"Vai ser", digo, confiante. "Você deveria vir."

"Ele não pode", interrompe Lily, sem erguer os olhos do canapé de ricota enrolado em bacon, que ela analisa com toda a atenção. "Vai viajar. De novo."

Olho de volta para Alec com nervosismo, esperando ver raiva ou irritação pela forma pouco velada com que a esposa expressa seus sentimentos a respeito de sua agenda. Em vez disso, ele fita Lily com uma expressão de anseio e desolação tão intensa que sinto um nó na garganta.

Lily, que continua analisando o canapé, não vê nada disso.

Quando seus olhos azuis enfim procuram os dele, Alec está pegando seu martíni, de cara fechada.

Pensando bem, talvez eu me apegue um pouco mais à minha fantasia online. Parece muito menos doloroso do que isso.

10

"Estou tão feliz que você veio." Dou um abraço em Lily e beijo sua bochecha.

Ela sorri. "Devia ter vindo muito antes. Foi injusto eu e Caleb deixarmos tudo isso por sua conta. Desculpa."

"Tá desculpada", respondo; estou bem-humorada demais para sequer pensar em guardar rancor.

Lily estava arrumando as taças de champanhe alugadas, e, sem falar nada, começamos a trabalhar juntas, ela tirando as taças da caixa de plástico, eu colocando-as na mesa.

O tema da festa de degustação de hoje é *la reentrée*, uma expressão francesa para a volta à "vida real" depois das férias de verão. Considerando que já é início de outubro, estamos meio atrasados com o tema, mas como só agora a umidade do verão enfim passou, esta semana parece que está todo mundo num clima animado de *bem-vindo, outono!*

Todo mundo menos a minha irmã, que, apesar de ajudar com o que pedi, não fez um único comentário sobre as abóboras bonitas de vidro ou as folhas de outono com purpurina em cima da mesa, e ela em geral *ama* tudo que tenha a ver com a estação.

"Mas também", diz ela, distraída, "é bom ter alguma coisa com que me manter ocupada."

Começo a enfileirar as taças com cuidado. "Pra onde o Alec foi mesmo?"

"Chicago. Espera, não. Boston? Nem lembro mais." Sua voz soa absolutamente distraída, como se não soubesse mesmo quando ele volta, mas também não se importasse.

"Algum plano pro final de semana?", pergunto, tentando animá-la.

"Não... Tenho umas coisas pra arrumar em casa."

"Você e o Alec deviam viajar", sugiro, casualmente, ainda arrumando as taças. "Que tal os Hamptons? Na baixa temporada não deve ser difícil encontrar um lugar. Ou mesmo um bate e volta pro Vale do Hudson pra ir num daqueles mercados do produtor."

Ela para de tirar taças da caixa, e vejo que tem uma expressão confusa no rosto, como se eu tivesse sugerido que ela raspasse a cabeça ou aprendesse a bordar.

Penso na avaliação de May: *eles esqueceram como é* estar apaixonado.

Receio que ela esteja certa, e não tenho ideia do que fazer. Eu provavelmente não deveria fazer nada. Não é o meu casamento, e não é da minha conta.

No entanto, quando penso na Lily e no Alec, não os vejo como têm estado ultimamente — cansados. Tensos. Vejo-os na festa de formatura. Na manhã seguinte ao noivado. No dia do casamento. No dia em que compraram a casa.

Acredito, do fundo do coração, que a história deles tem um final "felizes para sempre". É que eles acabaram de chegar na parte da maçã envenenada.

Ela olha para baixo e pega outra taça pelo pé, e eu toco com carinho as costas de sua mão. "Lil, o que está acontecendo?"

Ouço minha irmã engolir em seco, então vejo seus cílios compridos piscarem repetidas vezes e sei que ela está tentando conter as lágrimas.

"Nosso equipamento não funciona", responde ela, com a voz trêmula.

Solto uma risada surpresa. "O quê?"

Ela usa a manga da camisa para secar o nariz discretamente. "A in vitro não deu certo. Uns meses atrás, o especialista em fertilidade disse que, apesar de não ser impossível a gente engravidar, talvez a gente devesse considerar métodos alternativos de começar uma família."

"Ah, Lily." Na mesma hora, faço menção de abraçá-la, mas ela faz que não depressa com a cabeça. Sei que está tentando desesperadamente manter o controle, então só aperto seu braço.

"Achei que eu já estivesse em paz com isso. A gente já conversou sobre barriga de aluguel, adoção, mas aí a gente meio que... parou de falar."

"Por quê, você acha?"

Ela aperta os olhos com força. "Estou tão brava com ele. Eu queria ter engravidado lá atrás, mas ele ficava dizendo que queria construir a carreira antes. Na época, amei ele ainda mais por isso. Porque ele queria ter certeza de que poderia sustentar um bebê e eu, mas também porque ele falou que queria trabalhar dobrado *antes* de ter um filho, pra ser o tipo de pai que participa da vida das crianças. Claro, a gente sempre ouve dizer que a fertilidade das mulheres diminui com a idade, mas eu só... Eu realmente achei que íamos conseguir."

"Talvez ainda consigam. Ou, como você falou, existem outras maneiras de ter filhos, e você seria uma ótima mãe."

"Eu sei", diz ela, com uma confiança que lhe é tão característica que sorrio apesar do aperto no coração que sinto por minha irmã — e também por Alec.

"Vocês já pensaram em fazer terapia?"

Ela ri pelo nariz. "Pra isso ele teria que estar presente, né? Eu admito que andei meio distante. Mas o jeito dele de lidar com a situação é trabalhar ainda mais. Agora a gente mal se vê, e quando se vê, tem essa... distância."

Lily suspira. "Não sei o que fazer, Gracie. Não sei mesmo. Talvez seja você a esperta, mantendo distância dos homens. Por que eles têm que ser tão *difíceis*?"

Por algum motivo, penso logo em Sebastian Andrews. Difícil está longe de explicar o sujeito. Ou o que sinto quando estou perto dele.

Para não falar do misterioso Sir.

Os dois comprometidos.

Difícil, de fato.

"Você sabe que pode falar comigo. Sempre que quiser", digo, baixinho.

"Eu sei", responde ela, me puxando para um abraço. "Às vezes esqueço que minha irmãzinha não precisa mais de ajuda pra fazer um coque pra aula de balé e que na verdade ela é uma ótima ouvinte."

Nós nos abraçamos, e eu a aperto com força. "Quais as chances de você me ajudar com o cabelo de novo?"

Ela dá um passo atrás e me avalia de um jeito que não me incomoda tanto quanto me incomodaria porque significa que, pelo menos por ora, sua atenção está em outra coisa que não na sua tristeza. "Você não vai usar isso, vai?"

Faço uma dancinha sexy em minha combinação de roupas desmazeladas e tênis. "Claro que vou. Vem um jornalista aí, pra cobrir a degustação. E se quiserem uma foto minha pro artigo? Preciso estar no meu melhor!"

Ela balança a cabeça, e eu a empurro para os fundos da loja, para o banheiro dos funcionários, e mostro o cabide com a capa protetora pendurado no gancho da porta. Eu a ouço ligar o aquecedor, abrir a capa e dar um gritinho que não parece dela: "Ai, eu *amo* esse vestido! Faz séculos que não te vejo usando."

"Desencavei outro dia", digo enquanto ela tira o vestido do cabide e me entrega. É o mesmo vestido azul que usei para ir ao escritório de Sebastian, e apesar de a reunião não ter saído como planejei, gostei de como me senti quando o usei.

Além do mais, para ser sincera, meu armário é meio mirrado, já que meu orçamento para roupas só dá para peças de baixo e camisetas masculinas de pacote.

"Por favor, me diz que você também trouxe alguma coisa pra ajeitar o cabelo", diz ela enquanto me visto, vasculhando a bolsa de pano que ganhei numa feira de livros no Brooklyn. "Ahá!", comemora, pegando um modelador de cachos e ligando-o na tomada.

Calço a sapatilha bege com laço de couro — o sapato rosa de salto jamais sobreviveria a noite toda.

Lily tira o elástico do meu cabelo, libertando-o do rabo de cavalo frouxo, e então começa a enrolar as mechas no modelador, virando cada uma numa direção diferente da anterior, para evitar o que ela chama de "cachinhos da Shirley Temple".

"Cadê o spray de cabelo?", pergunta.

"Hmm..."

Ela suspira. "Sem spray, esses cachos não vão durar mais que uma hora, mas é melhor do que o rabo de cavalo. Acho."

"Pode parar com os elogios efusivos. Assim eu fico com vergonha!"

"Fica aqui", ordena ela, erguendo o indicador.

Um minuto depois, ela volta com uma cadeira dobrável e a sua bolsa, da qual tira um estojo de maquiagem. Ela abre a cadeira e aponta. "Deixa eu consertar a sua cara."

"Não sabia que precisava de conserto", resmungo, mas me sento.

"Não precisa", diz ela, passando bronzeador nas minhas têmporas. "Você é perfeita. Mas hoje a gente tem que transformar a garota normal fofa em mulher de sucesso. Vira." Ela gira o dedo, e eu viro de frente para o espelho.

"Uau! Nada mau! Você evoluiu muito desde a sombra azul e o blush vermelho dos meus dias de recital da escola", digo.

"Ei, aquele visual ficou demais", diz Lily. Ela passa um dos cachinhos para o outro lado da minha cabeça. "Pronto. Agora ficou com mais volume." Ela sorri. "Você tá linda, e eu sou um gênio."

Reviro os olhos e olho o relógio. "Ai, droga! As pessoas já estão chegando!"

"Deixa com a May", ela me tranquiliza. "A noite vai ser ótima. Sei que às vezes o papai fazia eventos de degustação, mas nada parecido com isso, não à noite, com música ao vivo e uma decoração linda de abóbora."

"Você *notou*", exclamo, encantada. "Sabia que você ia gostar. Vamos torcer pra que as outras pessoas também gostem. Na verdade, tô torcendo só pra que apareçam."

O nervosismo que eu estava cuidadosamente evitando chega todo de uma vez, porque apesar de eu ter distribuído panfletos para outras lojas da região, ligado para todos os amigos que já fiz e postado o evento nas redes sociais, não tenho ideia se as pessoas vão aparecer.

Lily segura a minha mão enquanto abro a porta da cave, e de imediato o nervosismo se transforma em felicidade. Faz só dez minutos que o evento começou, e embora a loja não esteja exatamente lotada, tem gente o suficiente para que pareça uma festa de verdade.

Sorrio, olhando ao redor. A banda é muito *boa*, as pessoas — até Robyn — estão sorrindo, os fornecedores que patrocinaram a degustação têm um público engajado, May parece encantada com o sujeito que está encantado com seu grande decote, e...

Do outro lado da sala, uma loira bonita com sardas no rosto num vestido branco impecável ouve com toda a atenção a explicação do vendedor de uma vinícola de Napa sobre as nuances do Blanc de Blanc que ela está experimentando. O homem que a acompanha não está prestando a menor atenção.

Está ocupado demais me encarando, e quando seus olhos azul-piscina encontram os meus, ele ergue a taça num brinde silencioso e zombeteiro.

Embora não troquemos uma única palavra, num acordo tácito, Sebastian Andrews e eu acabamos sozinhos num canto isolado da loja onde podemos trocar farpas em particular. Na seção de arte. A seção com a *minha* arte, não que algum dia eu vá contar isso para ele.

Sebastian tem duas taças nas mãos, e sou pega desprevenida quando ele me oferece uma. Pisco, surpresa, e ele encolhe os ombros. "É da vinícola da Califórnia. Um Blanc de Pinot Noir."

Ele fala como alguém que tem muita familiaridade com vinhos espumantes, e não alguém que acabou de aprender o termo numa degustação. Outra surpresa. Irritante.

"O que você está fazendo aqui?", pergunto.

"Ah, desculpa", diz ele, claramente nem um pouco arrependido. "Era só para convidados?"

"Não, mas..."

Ele baixa a cabeça um pouco para falar baixinho no meu ouvido. "Talvez eu só goste de apoiar pequenas empresas locais."

Tento pensar numa resposta espirituosa, mas a proximidade dele me distrai tanto que chega a ser irritante.

Quando ele se afasta e me olha nos olhos, sua expressão tem um quê de diversão que nunca vi antes. Isso, somado à revelação da semana passada de que ele conhece Avis e Jesse e o óbvio carinho que sente pelos pais, leva a crer que o homem é cheio de camadas.

Uma descoberta muito, muito irritante.

Ele desvia os olhos dos meus, devagar, quase com relutância, como se percebesse onde estamos. Seu olhar então vai de uma pintura a outra. "Fadas."

"Quadros fofinhos de Fada Sininho", corrijo. Então, porque me sinto na obrigação de defender minha versatilidade como artista, digo: "E não são todos de fada".

"Não, não são. Este em especial é muito interessante." Ele aponta a taça para o drinque roxo com a silhueta estilizada de Manhattan ao fundo, em tons de violeta. Trouxe-a esta tarde para a loja, depois de virar a noite trabalhando para terminá-la a tempo da festa, na esperança de que ela encontre um novo lar.

"Genevieve ia adorar", acrescenta ele. "Roxo é a cor preferida dela."

O Blanc de Pinot Noir na minha taça, um vinho que em geral tem um sabor tão complexo, com notas de morango e cereja, de repente parece meio azedo.

"Você deveria comprar pra ela", digo como quem não quer nada, me virando para ficar ao lado dele de frente para os quadros. "Melhor ainda, deixa que eu compro pra vocês. Seria o presente de noivado perfeito."

Digo isso para alfinetar, um lembrete de que ouvi a conversa dele com a mãe, que parecia muito interessada num casamento.

Mas me sinto meio culpada quando vejo uma expressão consternada passar pelo rosto dele.

"Desculpa", digo baixinho. "Não é da minha conta."

"Não, não é." Então ele olha para a taça. "É complicado."

"Complicado como?", pergunto porque estou genuinamente curiosa, sobretudo agora que conheço a história dele com Genevieve. E, o que é ainda mais desconcertante, quero saber porque parece que na verdade ele quer me contar.

"Bom, pra começar, não estamos namorando."

Olho para ele de repente. "O quê?"

Ele dá de ombros e torna a olhar para a aquarela, mas não acho que a esteja vendo de verdade. "Somos só amigos. Fomos amigos a vida toda, embora a minha mãe não estivesse errada quando falou do namoro. A gente vai e volta desde a adolescência, tentando fazer com que dê certo só porque parece que tem que dar certo. Uns meses atrás, estávamos juntos de novo, mas eu terminei." Ele faz uma pausa. "Dessa vez é pra sempre."

Eu pisco. "Mas vocês ainda vieram juntos hoje?"

Ele me oferece um meio sorriso. "Ela adora champanhe. E quando você tem tanta prática em terminar namoro como Gen e eu, e ainda tem que ver a outra pessoa nas férias, acaba aprendendo a ir direto para a fase da amizade sem grandes constrangimentos."

"Impressionante", murmuro. "E por que dessa vez o término é pra sempre?"

Ele não responde.

"Hmm, ok, me avisa quando eu chegar perto", digo, tomando um gole de vinho. Nós dois fingimos analisar os quadros, e eu começo a listar os potenciais entraves no relacionamento deles. "Você é gay. Ela é lésbica. Ela gosta de gato. Você prefere cachorro. Posicionamentos políticos opostos. Um de vocês gosta de abacaxi na pizza, o outro acha que fruta na pizza é uma aberração. Ela quer passar o verão em East Hampton, você quer ir pra Southampton. Você é viciado em pornografia. Vocês não conseguem chegar num acordo sobre qual aparelho de jantar comprar. Ela dorme com barulhos de baleia, mas você gosta de silêncio e uma luz noturna. Apareceu outra pessoa..."

Ele me olha, só por um segundo, mas é obviamente um sinal.

"Ah", digo em tom de brincadeira, tentando ignorar a forma irritante como meu coração se enche de esperança ao descobrir que ele está solteiro, só para murchar de novo ao entender que tem outra mulher na jogada. "Aí fica difícil."

"Não é nada disso", devolve ele, meio irritado.

Olho para ele, convidando-o a continuar.

"É só..." Ele expira com uma risada silenciosa. "Complicado. E nem sei por que estou te contando isso."

"Talvez porque você saiba que eu já te acho o pior, então pode me contar qualquer coisa que a minha opinião a seu respeito não vai piorar?", sugiro, piscando várias vezes.

Ele revira os olhos e se vira para mim. "E você?", pergunta, procurando meus olhos. "Tem namorado?"

"Mais ou menos", respondo, pensando no Sir. Então sorrio e repito as palavras dele. "É complicado."

Por um momento, acho que ele vai sorrir de volta, e parece que nos entendemos de um jeito que não sinto há muito tempo. Bem, tirando minhas conversas online com o Sir.

Você também se sente assim? Quero saber.

"O que foi?", ele me cutuca, como se tivesse captado a pergunta que não fiz em voz alta.

Bebo um golinho do champanhe para ganhar coragem e resolvo me sentir destemida. "No dia em que a gente se conheceu. Por acaso você..." A coragem diminui um pouco, então aperto os lábios com força, olho para meus pés e tento de novo: "Por acaso você sentiu...".

Ele estreita os olhos para mim. "O quê? Por acaso senti o quê?"

Engulo em seco e dou um pulo quando May grita meu nome em sua voz de sargento. Perco toda a ousadia. Começo a me virar para ver o que ela quer, mas o olhar de Sebastian me mantém fixa, como se tentasse me dizer algo em silêncio...

"Gracie?", May me chama de novo, dessa vez mais gentil.

Relutante, me viro e vejo May e Robyn de pé ao lado de um homem magro de nariz grande, que sei, pelo Twitter, ser o sommelier blogueiro que preciso bajular se quiser uma boa resenha para a loja.

Nunca me ressenti tanto de minhas obrigações com a Bubbles & More quanto nesse momento, mas, como sempre, faço o que tenho que fazer.

Respiro fundo e me afasto de Sebastian. "Desculpa, com licença."

Ele assente, e sinto seus olhos nas minhas costas enquanto ando.

Não voltamos a nos falar pelo resto da noite, mas toda vez que procuro por ele, e sou obrigada a admitir que o faço com muita frequência, vejo que está ao lado de Genevieve, assentindo agradavelmente para quem quer que esteja falando com ele.

E, em todas as vezes, ele parece sentir o meu olhar, pois seus olhos encontram os meus. Os momentos de contato visual são breves — não passam de alguns segundos.

O frio na barriga dura muito, mas muito mais tempo.

Meu caro Sir, com irritação,

Às vezes você também quer algo que não pode ter — que você não deveria querer? E quanto mais você tenta parar, a vontade só aumenta?

Lady

———

Minha cara Lady,

Muito. E espero que você consiga o que quer, mas que não pode ter — pelo menos um de nós deveria.

Seu, também com meus anseios,

Sir

———

Meu caro Sir,

O que você anseia?

Lady

11

O Sir não responde minha pergunta, mas não consigo parar de pensar na última mensagem dele.

Também com meus *anseios*.

Anseios!

Não deixei de pensar em Sebastian, mas agora esses pensamentos estão competindo com o Sir, dois homens igualmente inatingíveis, e os dois provocando pontadas idênticas de, bem, *anseio*.

Depois de três dias seguidos do que só posso descrever como suspiros adolescentes por causa da noite de degustação de champanhe e da última mensagem do Sir, canso de ficar deprimida e me jogo com fervor na arte, numa tentativa desesperada de esquecer os dois.

Não me lembro de quando me apaixonei pela arte. Ela sempre fez parte da minha vida, é a coisa que nasci para fazer. Pintura a dedo. Cartolina. Giz pastel. Eu amava tudo e era boa em tudo.

Na medida em que é possível ser mestre em pintura a dedo.

E meu amor pela arte só aumentou com o passar do tempo. No oitavo ano, uma aluna de uma faculdade de arte da cidade foi ensinar a gente a desenhar uma natureza-morta. A maior parte da turma ficou feliz por ter a aula de estudos sociais substituída pela aula de arte naquele dia. Mas, cara, eu fiquei realmente fixada naquela tigela de frutas. Apaguei tantas vezes a sombra da maçã que a estudante de artes — Juliet — teve que me dar outro papel, e ela ficou comigo até mais tarde, depois da aula, para explicar como eu podia dar mais dimensão ao traço só mudando o ângulo do lápis.

Mas minha lembrança mais vívida é de quando descobri que o meu negócio era *aquarela*. Foi numa tarde de domingo. Eu tinha dezessete anos, e Caleb e eu passamos a manhã ajudando papai a tirar o pó de todas as garrafas antes de ele abrir a loja, ao meio-dia. A tarde era nossa para fazermos o que quiséssemos, pois àquela altura ele já tinha contratado a May.

Estávamos indo para casa pelo Central Park — um caminho que eu só podia fazer durante o dia, e só quando Caleb estava comigo, porque, apesar de mais novo, ele era muito maior que eu. Na época, Caleb estava passando por sua fase de viciado em Ultimate Frisbee, e quando viu um grupo jogando uma partida num dos gramados, implorou para jogar por alguns minutos.

Como estava atrasada com as leituras que tinha de fazer no verão, me sentei num banco, na esperança de progredir em *As vinhas da ira*, mas Steinbeck não podia competir com a aula de arte a poucos metros de mim.

Um grupo de dez adultos estava diante de uma das pontes icônicas do Central Park, e um homem magro de barba cerrada caminhava por entre eles, oferecendo comentários bruscos e palavras ásperas de encorajamento.

Eu já conhecia a técnica da aquarela, mas minha experiência com ela tinha se limitado a um dia, no quinto ano. A qualidade da tinta era péssima, os pincéis podiam muito bem ser pedaços de palha, e o papel era folha comum de impressora.

Nem preciso dizer que não entendi a mágica da aquarela.

Mas, ao observá-los ali do banco em que eu estava, fiquei fascinada por como o mesmo tema podia mudar tanto de um artista para o outro. Ao me aproximar, vi como as cores se misturavam de um jeito imprevisível, ou não se misturavam. E o modo como os que eram mais generosos com a água obtinham um tom mais suave, e os mais reservados tinham um resultado mais vívido.

Uma mulher nervosinha de boina de verdade na cabeça mandou uma indireta em alto e bom som, dizendo que achava que a aula custava quarenta dólares, enquanto me olhava de lado.

Envergonhada, peguei a carteira azul da Fossil que meu pai me dera de Natal. O ríspido instrutor deu uma olhada nas minhas duas notas de cinco e duas de um — toda a minha mesada — e, em vez de frisar que faltavam vinte e oito dólares, recusou meu dinheiro com uma piscadela e me ofereceu as próprias tintas e pincel para eu usar naquela tarde.

Outra mulher, muito mais legal que a primeira, me deu um bloco e um cavalete extra que tinha levado para uma amiga que não pudera ir.

Não vou dizer que a minha pintura da ponte naquele dia ficou melhor do que a de ninguém — era uma turma de nível intermediário, e eu sem dúvida era iniciante —, mas não tinha importância. Não foi a ponte que me cativou, foi a técnica. Observar os alunos pintando uma aquarela não chegava aos pés de experimentar sozinha.

Quando me dei conta, minha ponte era basicamente um grande borrão de cores, graças a muitas tentativas e erros, e a maior parte da turma já tinha ido embora. Fiquei com os olhos cheios d'água ao devolver as tintas para o instrutor, porque sabia que ele tinha me dado algo muito mais duradouro do que suas aquarelas, que, descobri mais tarde, eram de qualidade profissional e muito caras.

O jogo de frisbee do Caleb tinha acabado, e embora eu não tenha dúvidas de que ficar sentado assistindo a um bando de amadores pintar fosse a última coisa que um adolescente inquieto de quinze anos ia querer fazer a tarde inteira, acho que sua intuição de irmão entrara em ação, e ele percebeu que me arrastar para ir embora teria sido cruel.

Na volta para casa, ele disse que eu parecia possuída e "meio psicótica".

Na tarde seguinte, eu estava no sofá, sofrendo com Steinbeck, quando Caleb chegou da casa de um amigo e, sem fazer cerimônia, jogou uma sacola plástica no meu colo. Sem dizer uma palavra, foi para o banheiro, e eu despejei o conteúdo da sacola no sofá.

Meu irmão tinha comprado um estojo de aquarela, pincéis de plástico azul e um bloco de desenho com folhas grossas. Não era um material chique, mas eu também sabia que ele estava economizando a mesada para comprar um videogame novo — e, em vez disso, gastou com material artístico para mim.

Chorei e o abracei até ele ameaçar devolver tudo se eu não parasse. Nunca amei tanto o meu irmão.

Meu pai era outra história. Não que *não* me apoiasse — todo material artístico que eu colocava nas minhas listas de Natal em geral aparecia debaixo da árvore —, mas eu só podia "fazer arte" depois que terminasse o dever de casa (justo) e minhas tarefas na Bubbles (às vezes isso parecia menos justo).

Meu pai era do tipo que achava importante seguir uma paixão. Desde que fosse a paixão *dele*. Na época em que Lily se casou e meio que abandonou a loja, Caleb estava muito ocupado com as namoradas, o esporte e a escola e só aparecia para trabalhar na Bubbles de vez em quando, nos finais de semana. Eu também estava ocupada. Eu tinha amigos. Um ou outro namorado. Aulas. Mas nada disso impedia meu pai de presumir que eu estava disponível para trabalhar na loja quando ele me pedia, e eu sentia culpa demais em relação a abandoná-lo para dizer não.

Não tenho como fingir que a Gracie adolescente não se ressentia do fato de que Caleb podia fazer o que bem entendesse, que Lily tinha escapado via Alec, mas que eu estava presa na loja. Mas também *gostava* que papai dissesse que eu era seu braço direito. Gostava de às vezes saber mais da loja do que a sabe-tudo da Lily. Gostava de ser a preferida da May, e talvez a do papai também.

Mas o que eu gostava *mais* do que tudo isso eram as tardes e os raros dias de folga em que eu podia só pintar.

Dias como hoje, em que a Robyn e o Josh estão cuidando da loja no que provavelmente será uma terça-feira tranquila, como acontece na maioria das terças-feiras. Dias em que o único item na minha lista de coisas por fazer é limpar aquele Tupperware fedorento na geladeira (hoje eu limpo!) e trabalhar no meu último quadro.

Estou adorando este. É mais ousado que o habitual. Um copo de base larga. Líquido cor de âmbar — uísque, acho, embora eu não beba uísque. O pano de fundo, como em quase todas as minhas obras, é a cidade de Nova York, mas é Nova York vista de uma janela — a janela de um apartamento. Do apartamento de um homem.

Já pintei homens antes, mas quase sempre como parte de um casal — caminhando pelo Central Park de mãos dadas, uma garrafa de champanhe na outra mão dele, duas taças na dela. E já fiz algumas encomendas para casais de noivos e uma série de Dia dos Namorados que esgotou quase de imediato.

Mas é a primeira vez que faço um homem sozinho. Não sei se vai vender — minha clientela é quase toda feminina, ou de homens que compram para mulheres. Mas estou gostando do desafio de tentar transmitir o magnetismo de um Clooney com uma pitada do charme de Dean Martin e a austeridade de um Clint Eastwood.

Ponho os fones de ouvido, coloco Queen para tocar e me entrego a "Bohemian Rhapsody".

Uma hora depois, quando estou com cãibra na mão e a playlist já acabou, tem uma mulher na minha cozinha que não estava aqui quando comecei a pintar.

Meu coração dá um pulo, mas se acalma depressa. Já estou acostumada a Keva entrar na minha casa sem tocar a campainha, e, sem que eu tenha precisado pedir, ela nunca me interrompe quando estou trabalhando. Com frequência, é o cheiro que me desperta do transe criativo, o que faz com que eu me pergunte como não o notei antes, porque meu apartamento está com um cheiro divino de manteiga refogando.

"Oi, amiga", diz ela por cima do ombro enquanto mexe alguma coisa no fogão com uma das mãos e serve uma taça de vinho com a outra. Ela levanta a garrafa. "Chianti?"

"Por que não?" Pego uma taça, e ela serve sem derramar uma gota, embora não desvie o olhar do queijo quente nem por um instante.

Olho à minha volta. Tem *muito* queijo quente nessa cozinha, feitos com uma meia dúzia de pães e queijos diferentes.

"Fissura da TPM?"

"Não é um palpite ruim", responde ela, usando a borda de uma espátula — dela, não minha, ela odeia meus utensílios de cozinha — para testar se o que parece ser um pão de passas já está crocante.

"Amanhã tenho um chá de bebê de última hora. Parece que a mulher de algum político local passou a gravidez inteira com desejo de queijo quente, então resolveram fazer uma festa com uma mesa de queijos quentes e querem seis opções diferentes. De início queriam dez, mas eu os convenci de que era loucura. E como o Grady vai sair com alguém hoje, sobrou pra mim fazer a seleção, mas é melhor assim, já que ele teve a audácia de sugerir queijo de *castanha de caju*."

"Que horror", digo, leal, avaliando a meia dúzia de sanduíches na bancada da cozinha. "Algum desses já foi rejeitado?"

"Escolhe um e me diz o que você acha, com sinceridade, porque são todos bons, e eu tenho que tirar algum. Mas nem pensa em cortar o de gouda defumado no *sourdough*, grelhado na gordura do bacon. Esse fica. Ah, e imagina que todos eles vão ficar muito melhores, porque vou fazer com pão caseiro, a massa tá descansando lá em casa. Por isso que eu tô aqui." Ela aponta a espátula na minha direção. "A temperatura lá tá *perfeita* pro pão crescer, e não posso bobear."

Todos os sanduíches têm mais ou menos a mesma cara, então pego o mais próximo de mim e dou uma mordida na ponta, fechando os olhos e deixando escapar um gemidinho. O queijo é cremoso e um tiquinho fedido, e tem um sabor doce e um amargo que se complementam perfeitamente.

"Taleggio, escarola e cebola caramelizada", diz ela, ajeitando a faixa no cabelo com a mão que segura a taça de vinho.

"Em geral, eu não poria folhas num queijo quente", falo, limpando a boca com as costas da mão. "Mas o gosto amargo funcionou muito bem aqui. Esse por enquanto tá na lista."

Pego outro sanduíche, que lembra um pouco o que serviam na cantina da escola às sextas-feiras, só que é um milhão de vezes melhor. Olho para ele espantada. "Nunca comi um queijo americano gostoso assim."

"É porque é caseiro", explica ela.

"Foge comigo, por favor." Dou outra mordida, bebo um gole de vinho e fito minha amiga com adoração. "Vamos viver felizes pra sempre, só nós duas e esse queijo."

"Eu até toparia", responde ela, conferindo a parte de baixo do sanduíche que está fazendo e então desligando o fogo. "Mas tem uma parte do corpo que você não tem e que eu gosto *muito*. Se bem que, se for pra ter encontros iguais ao de ontem, posso até mudar de ideia."

"Achei que você estivesse animada com esse." Olho os sanduíches, pensando qual vou experimentar, e pego um que parece ser de maçã com Brie.

"Estava. Mas ele me disse que eu pareço a Beyoncé."

"E daí?", digo, com a boca cheia de uma coisa maravilhosa. "É um baita de um elogio."

"Amiga, toda vez que um homem diz que você parece a Rainha Bey no primeiro encontro, antes mesmo da bruschetta chegar na mesa, enquanto baba pros seus peitos, é porque ele só tá interessado numa noite e nada mais. *Blerg*", diz ela, erguendo as mãos espalmadas. "Não tem nem discussão."

Ela pega um dos queijos quentes que já experimentei, dá uma mordida e aponta o sanduíche na direção do meu trabalho em andamento. "Você estava completamente mergulhada hoje, nem percebeu quando me distraí ralando queijo e deixei a manteiga queimar na segunda leva."

Giro os ombros de leve e limpo os dedos engordurados no avental sujo de pintura. "É, tô tentando um tema diferente. Masculino. Um pouco mais frio. Difícil acertar as linhas. Começou meio lavado demais, aí acabou ficando muito escuro, mas depois de errar algumas vezes, estou ficando satisfeita."

"Adorei. É mágico, como tudo o que você faz, mas também meio sexy. Além do mais, que olhos!" Ela dá um arrepio sexy. "Imagina se existissem olhos assim na vida real? Eu ia precisar levar um banho de mangueira o tempo todo."

Os olhos? Franzo a testa e olho para a pintura, então jogo o sanduíche que acabei de pegar de volta no prato, sem o menor apetite.

Pintei os olhos do homem de azul-piscina.

Lá se vão os planos de usar a arte para esquecer os homens.

Meu caro Sir, com curiosidade descarada,

Sei que você veio parar neste aplicativo por engano, mas estava pensando — por que razão seu amigo fez um perfil justo aqui? Está longe de ser o aplicativo mais popular que existe, e a ideia de dar match com alguém sem se ver não é para todo mundo.

Lady

———

Minha cara Lady,

Boa pergunta. Na despedida de solteiro em questão, o noivo e a noiva tinham se conhecido neste aplicativo. E, espero que não se sinta ofendida por isso, expressei minha descrença de que esse método pudesse ser eficaz. Eu era tradicional demais para acreditar que seria possível se apaixonar pela internet, ainda mais por alguém cujo rosto nunca vi.

Imagino que esta conta tenha sido criada sem o meu conhecimento em retaliação direta ao meu ceticismo taxativo.

Seu, na esperança de ter abrandado sua curiosidade,

Sir

———

Meu caro Sir,

Não é ofensa nenhuma, me sinto compelida a dizer que esse é um assunto a respeito do qual não vamos concordar. Também sou uma pessoa tradicional, e é por isso que eu argumentaria que há algo de encantador em duas almas criarem uma conexão apenas pelas palavras. Embora, dito isso, seja possível alegar que seu argumento é melhor, já que está num relacionamento com alguém que conheceu na vida real, enquanto eu não tive muita sorte em encontrar amor nesta porcaria.

Lady

Minha cara Lady,

Não é tanta vantagem quanto imagina. O relacionamento a que se refere chegou ao fim. E o fato de que você não teve sorte em encontrar amor, bem, confesso que considero isso uma pena.

Sir

12

Minha vida amorosa pode ser uma bagunça, mas profissionalmente as coisas nunca estiveram tão boas. Ou tão agitadas. Nas semanas depois do evento de degustação de champanhe (que o amigo blogueiro da Robyn descreveu como "um toque bem-vindo de charme do velho mundo"), inaugurei uma rifa semanal, na qual os clientes podem deixar um cartão de visita ou nome e telefone num papelzinho para participar do sorteio de uma cesta de presentes.

Organizamos um happy hour chamado *adivinha qual a uva*, em que abrimos uma garrafa de alguma bebida divertida e deixamos as pessoas tentarem identificar as uvas em troca de brindes.

Até a Robyn entrou no clima de inovação e está organizando um quiz sobre champanhe. Mas a ideia da Lily, da aula de culinária, é a que está exigindo mais planejamento e que tem me deixado mais animada.

Decidimos receber casais nessa primeira versão, na esperança de que haja um mercado para ideias diferentes para encontros amorosos. Eu nunca teria dado conta disso se não tivesse uma vizinha e melhor amiga que trabalha num bufê. Se a Keva e o Grady não tivessem me emprestado alguns equipamentos — de graça — e doado seu tempo — também de graça —, tenho certeza de que seria um prejuízo.

No entanto, as únicas coisas pelas quais a Bubbles está pagando são os funcionários, May, Josh e Robyn estão todos trabalhando esta noite, e a conta do supermercado, que, diga-se de passagem... *não* foi barata.

Mas os ingressos também não são. O que me deixou preocupada, no começo. Para cobrir o custo da comida e do champanhe *e* ter algum lucro, tive de cobrar trezentos dólares por casal.

May ficou encarregada das reservas, e não só vendemos todos os doze lugares como tivemos que criar uma lista de espera de pessoas que pediram para ligarmos caso houvesse alguma desistência, e até agora não houve nenhuma.

Parece um milagre, ainda que não tanto quanto o milagre de que Keva e Robyn, duas pessoas que me pareciam feito óleo e água, tenham ficado amigas instantaneamente no processo de planejar o cardápio e harmonizar os vinhos.

Dez minutos antes de a aula começar, estou conferindo se todas as bancadas de trabalho têm as taças adequadas até que me viro e vejo Keva com alguma coisa na mão, indo na direção do rosto de Robyn.

"Ah, melhor não", diz Robyn, balançando rápido a cabeça enquanto segura o pulso de Keva. "Gracie, diz pra ela que não fico bem nisso."

Quando olho mais de perto, vejo que o objeto na mão de Keva é o batom vermelho da Dior que é a sua marca registrada.

"Fala pra ela que ela tem que usar", insiste Keva. "Não aguento mais olhar pra esse marrom opaco."

"É cereja fosco", diz Robyn, teimosa, defendendo o batom que é a sua própria marca registrada.

"É horrível", insiste Keva. "Gracie, diz pra ela."

De jeito nenhum vou fazer uma coisa dessas, embora concorde que o cereja fosco da Robyn não é exatamente um visual que me agrade.

"Keva, deixa ela em paz. Além do mais, faz tempo que *eu* imploro pra você me deixar experimentar o seu batom, e agora você está obrigando a Robyn a usar?"

"Não, amiga. Essa cor não ia ficar bem em você", diz Keva, ainda concentrada na boca de Robyn como se planejasse atacá-la.

Robyn concorda com a cabeça. "Não ia mesmo. Você ia ficar apagada."

"Sério?", pergunto a ela. "Acabei de te defender contra o bullying da Keva."

"Só experimenta", continua Keva, ainda olhando para Robyn. "Se você odiar, tenho lenço removedor de maquiagem na bolsa, e você pode voltar a ser um cadáver dos anos noventa."

Ainda cética, Robyn estreita os olhos para o tubinho preto, então suspira e estica a mão. "Tá bom."

"Nada disso." Keva afasta a mão dela e dá um passo à frente, segurando Robyn pelo queixo e forçando-a a fazer um biquinho. Ela passa o batom vermelho e dá um passo atrás.

Eu pisco. Em questão de dez segundos, Robyn parece uma pessoa completamente diferente.

Keva inclina a cabeça. "Que tal, Gracie? É meio laranja, mas eu gostei."

"Você ficou mais..." *Viva. Gentil. Amigável.* "Ficou ótimo em você", digo a Robyn.

Ela parece em dúvida, e quando abre o espelhinho que Keva lhe oferece, sua expressão não revela nada. Ela fecha o espelho e o devolve. "Gostei."

"Eu sei", diz Keva, dando de ombros.

"Que *bom* que resolvemos isso", digo. "Agora, sobre o fato de que doze pessoas estão pra chegar a qualquer momento..."

"Pode parar." Keva levanta o indicador para mim. "Lembra o que eu falei? Nada de nervosismo. Já dei dezenas de aulas de culinária, então uma refeição simples de três pratos não é nada demais. E a Rob já preparou os comentários sobre os vinhos. O espumante inglês que ela harmonizou com o bolinho de caranguejo é de cair o queixo. Agora...", ela me dispensa com um gesto, "... tenho que treinar minha fala de abertura."

"Você tem uma fala de abertura?"

"Eu sou a animadora da festa."

Robyn faz que sim, em solidariedade, e eu balanço a cabeça, na dúvida se essa aliança me irrita ou me deixa feliz.

Os casais começam a chegar, quietos e um pouco inseguros a princípio, mas o burburinho começa a aumentar aos poucos, à medida que o espumante de boas-vindas que Robyn escolheu começa a fazer efeito, e os casais ocupam suas bancadas de trabalho.

Os equipamentos podem ter sido emprestados de graça, mas a instalação não foi a coisa mais fácil do mundo. Para abrir espaço para seis bancadas de cozinha com rodinha, fogões de indução e tábuas de corte, tivemos de mover vários displays, e uma parte do estoque teve que ser deixada temporariamente na cave. Ainda assim, a Bubbles tem um bom tamanho para uma loja física em Manhattan, então com um pouco de criatividade não só conseguimos encaixar as seis mesas, como também conseguimos espaçá-las de modo que cada casal possa ter o próprio espaço.

É um excelente programa para casais, se eu puder opinar. Não que eu saiba do que estou falando, já que faz uma eternidade que não faço parte de um casal.

Além disso? O Sir está solteiro.

Repito. O. Sir. Está. Solteiro.

Fico dividida entre a euforia e a decepção por ele não ter expressado nenhum interesse em me encontrar ou transferir o que quer que seja a nossa relação para algo um pouco mais íntimo.

E então tem também o irritante fato de que me sinto um pouquinho aliviada, porque não consigo tirar um certo homem de negócios de olhos azul-piscina da cabeça.

"Tudo certo?", pergunto a May, que está fazendo o check-in dos casais no iPad da loja. Os brincos de hoje têm formato de minhocas de gelatina, um é vermelho e amarelo, o outro, verde e amarelo.

"Tudo certo. Mas a estação seis está pela metade", diz ela, apontando na direção da seção de arte. Minhas aquarelas estão sempre cuidadosamente embrulhadas em plástico, mas coloquei tudo nas prateleiras de cima esta noite, por precaução.

"Pela metade?", pergunto.

"Só apareceu metade do casal."

"Ah." Meu coração se aperta de leve pela pessoa que levou bolo. "Que... triste."

"Pois é", concorda ela, me conduzindo até a estação. "É por isso que ele precisa de um par."

"De jeito nenhum", respondo, tentando fincar os pés, mas May é forte feito um touro, e o pobre homem solitário é como a bandeira vermelha sendo agitada diante dela.

"Eu não posso. Tenho que cuidar do..."

"Bobagem. A Keva está cuidando de tudo, depois dela tem a Robyn, você tem eu e o Josh pra resolver qualquer imprevisto, e a Lily está de plantão. Se a gente precisar de você, você vai saber."

Ela me leva até a bancada, pega o avental preto simples que Keva trouxe e o enfia nas minhas mãos. "Divirta-se", diz, com uma piscadela.

Com um suspiro, me viro para pedir desculpas ao cliente que, quando pagou pela aula, certamente não estava interessado em passar a noite cozinhando com a dona da loja.

Ele se vira para mim, e o mundo parece um lugar um pouco melhor.

Sebastian me olha com uma expressão que não revela nada. "Gracie Cooper."

"Sebastian Andrews." Engulo em seco. "Cadê o seu par? A sua mulher misteriosa vem hoje?"

Estou mais do que um pouco curiosa a respeito da mulher misteriosa e *complicada*, responsável pelo término com Genevieve.

Ele dá de ombros. "Vim sozinho."

Fico esperando uma explicação, mas como ele não fala nada, estreito os olhos e pergunto: "Senhor Andrews. O que você está fazendo aqui?"

"Vim aprender que tipo de comida combina com champanhe."

Estreito ainda mais os olhos. "Primeiro a festa de degustação. Agora isso. Você está me *espionando*. Torcendo pra que eu pise na bola, pra você vir com a sua oferta no instante em que isso acontecer."

"Claro", responde ele, calmo. "Gastar trezentos dólares na noite de hoje é um exemplo perfeito de sabotagem monetária."

Josh aparece trazendo uma bandeja com as taças com o vinho de boas-vindas. Aparentemente somos os últimos a ser servidos, pois só há duas taças na bandeja que ele equilibra com cuidado — ele passou a tarde inteira praticando com copos de plástico cheios d'água —, e Sebastian pega as duas e me entrega uma antes que eu possa recusar.

"É um Riesling Sekt alemão." Josh enuncia cuidadosamente o termo que, até ontem, quando Robyn o ensinou, sequer conhecia. "Um espumante descontraído e charmoso, com teor alcoólico relativamente baixo, notas iniciais de pera *bosc* e um toque final aveludado de baunilha que é fundamental."

Disfarço um sorriso para a sua declamação perfeita das anotações de Robyn. "Obrigada, Josh." Faço menção de devolver a taça, mas meu tímido funcionário já está correndo na direção de May.

Sebastian bebe um gole. "É bom."

"Claro que é bom. É assim que tocamos um negócio de sucesso."

Coloco uma pequena ênfase na palavra "sucesso" para deixar bem claro que a Bubbles & More não está mais perto de ser intimidada a fechar as portas.

Já que estou com a taça na mão, tomo um golinho e examino Sebastian, que parece estranhamente à vontade para alguém que é o único solteiro numa sala cheia de casais.

"Por que não trouxe a outra mulher?", pergunto.

"Como é?"

"No dia da degustação você falou que terminou com a Genevieve por causa de outra pessoa."

Ele olha para a taça. "Foi isso que eu falei?"

"Hmm..." *Não foi?* "Sim?"

"Não tem ninguém aqui além de você e eu, Gracie Cooper."

Como se eu precisasse ser lembrada. Toda vez que fico perto desse sujeito, o restante do mundo parece desaparecer, e as músicas do Frank Sinatra na minha cabeça ficam cada vez mais intimistas.

Na playlist atual: "I'm a Fool to Want You".

Exato, Frank. Exato.

Por sorte, Keva, com sua voz alta e retumbante enchendo o ambiente, apresenta a si mesma e Robyn ao grupo, e depois explica a estrutura da aula.

Não quero interromper nem chamar a atenção para mim, então me afasto para o canto e olho surpresa para Sebastian quando ele passa o indicador na alça do avental que deixei na mesa e o oferece a mim, com um desafio evidente nos olhos.

Deixo minha taça na bancada e tomo o avental preto da mão dele, ignorando seu sorrisinho e passando a alça fina pela cabeça. Enquanto me atrapalho tentando alcançar as faixas nas costas, sinto algo roçar a minha mão. É a mão dele.

Fico absolutamente imóvel enquanto Sebastian dá um nó na minha cintura com movimentos metódicos e eficientes. Viro a cabeça para sussurrar um obrigada quando os dedos dele passam para a lateral da minha cintura. Fico sem ar. Ele desliza o dedo de leve sob a faixa — e percebo que é para desenroscá-la —, mas ele se demora um segundo além do necessário. Sinto o calor de sua pele, mesmo através do suéter fino, e devo ter bebido mais rápido do que imaginava, porque me sinto meio tonta.

Ele afasta a mão e limpa a garganta de leve, pega a taça novamente e concentra toda a sua atenção em Keva, que está descrevendo o primeiro prato — um blini de salmão defumado, que, ela explica, é só um jeito empolado de falar panquequinha, arrancando algumas risadas do grupo —, enquanto Josh e May distribuem em silêncio as cestas com os ingredientes necessários.

"Falando sério agora. Por que você está aqui?", pergunto a Sebastian assim que Keva nos diz para começar. "Quer ver se descobre algum risco de incêndio? Uma violação da licença pra vender bebidas alcoólicas?"

"Gosto de champanhe e quero aprender a cozinhar", diz ele, pegando um vidrinho de alcaparras da cesta e examinando-o.

"Você não sabe cozinhar?"

"Na verdade, não. Você sabe?"

"Não", admito. "Quer dizer, mais ou menos. Quando era criança, meu irmão, minha irmã e eu tínhamos que fazer o jantar uma vez por semana. Minha irmã às vezes usava um livro de receitas de verdade e fazia alguma coisa passável, mas eu e o meu irmão em geral fazíamos macarrão de caixinha e molho pronto."

"Qual era a sua especialidade?" Ele me passa a embalagem de salmão defumado.

"Meu bolonhesa de caixinha é muito bom, também me viro bem com molho em lata. E a sua?"

"Delivery. Sou muito, muito bom em pedir delivery", responde ele.

Dou um leve sorriso. Acho que ele também.

Quando terminamos de arrumar os ingredientes, Keva explica os próximos passos, encorajando os que não conseguem ver direito a mesa dela a se aproximarem, o que Sebastian e eu fazemos. Ela fatia a cebola roxa e o salmão, rala um pouco de casca de limão-siciliano, mistura a massa do blini... E faz tudo parecer tão fácil.

Vinte minutos depois, Sebastian ergue o olhar da tigela de metal em que está mexendo e confere minha tábua de corte. "Parece que você acabou de dissecar um bicho, e não muito bem."

"É, bom..." Fico na ponta do pé para conferir a tigela dele. "E isso aí parece massa cerebral. A dela tinha tanta bolha assim?"

Nossos olhares se encontram por um instante. "Vamos trocar", dizemos ao mesmo tempo, e ele me entrega a tigela e dá a volta para me substituir na tábua de corte.

Dez minutos de risos depois, bebericamos o Deutz Millésime que Robyn escolheu e nos posicionamos diante do júri supremo. Keva está na nossa bancada, com as mãos no quadril, olhando para o nosso prato final. Ainda não disse uma palavra.

Sebastian e eu nos fitamos com o canto dos olhos, e ele aperta os lábios como se estivesse segurando o riso. Eu tenho menos sucesso e deixo escapar uma risadinha quando olho de novo para o que só pode ser descrito como um massacre. De alguma forma, conseguimos deixar nossa panqueca queimada e completamente crua, o salmão ficou tão picado que parece mingau, e Sebastian se entreteve *demais* ralando o limão-siciliano, então tem uma bela de uma película amarela brilhante cobrindo todo o prato, parecendo algum tipo de mofo fosforescente.

Keva me olha e balança a cabeça. "Como que você não aprendeu nada comigo esse tempo todo?"

"Ok, mas olha", digo, ainda tentando não rir. "Não ficou *bonito*, mas tá gostoso. Você sempre diz que se a comida for boa, não importa que aparência tem."

"Eu sou uma chef de cozinha. Literalmente nunca falei isso", devolve ela. "Mas quer saber, vai em frente e testa a sua teoria."

Ela dá um garfo para cada um de nós e ergue as sobrancelhas. Sebastian e eu pegamos os talheres meio em dúvida. "Você primeiro", diz ele, baixinho.

"Covarde", murmuro, dando uma garfada pequena e levando-a à boca. "Meu Deus."

"Ficou bom?", pergunta ele, dando a própria garfada. Ele mastiga um pouco e para. "Meu Deus", diz.

Consigo mastigar e engolir uma garfada, mas não tento uma segunda, nem ele. Ficou salgado demais por causa da alcaparra (colocamos mais do que a receita pedia), estranhamente crocante por causa da semente de limão-siciliano que entrou sem querer, e tudo em volta é *mole* demais.

Keva só balança a cabeça e se afasta, parecendo perplexa.

"A gente vai se sair melhor no próximo", digo, tomando um gole d'água.

"Pior não pode ficar", diz ele, bebendo a própria água.

Robyn explica o vinho seguinte — o espumante inglês que Keva estava elogiando mais cedo —, e esperamos enquanto ela e Josh percorrem a sala, enchendo as taças, antes de começarmos o bolinho de caranguejo.

"Muito corajoso escolher frutos do mar", comenta ele. "Não tem medo de que a loja fique cheirando como uma peixaria amanhã?"

"Keva me garantiu que frutos do mar só cheiram mal quando estão *estragados*, e que quando são frescos, como os que ela comprou, não têm cheiro, desde que a gente tire o lixo assim que a aula acabar."

"Você acreditou?"

"Não completamente." Pego um biscoito, que é a única coisa comestível na mesa. "Mas fico mais tranquila de saber que se a gente tiver que fechar as portas por causa do cheiro de peixe, quem vai ter que lidar com o problema é o dono do prédio. Ah, espera, você vai só derrubar tudo, né?"

Até então, a expressão dele tinha sido muito leve e tranquila a noite inteira, mas o comentário o deixa tenso, e me arrependo de ter falado. Por um lado, quero lembrar que ele é o inimigo e a razão pela qual está aqui.

Por outro lado... Estou meio que me divertindo. Muito.

"Que tal uma trégua nos assuntos de trabalho?", sugere ele. "Só por hoje, não vamos discutir negócios."

"Combinado", aceito, agradecida.

"Então", diz ele, com um sorriso travesso. "*Minha* vez de fazer perguntas intrometidas sobre a sua vida pessoal. Como vão as coisas com o seu cara? Ou é uma mulher?"

"Homem. E as coisas vão..." Sorrio, meio melancólica, enquanto tento explicar a estranha mistura de sentimentos que tenho quando penso no Sir. O frio na barriga. O clima de romance à moda antiga. A empolgação quando chega uma mensagem nova.

A frustração de saber que ele não é real.

"Ah", comenta Sebastian. Sua voz soa ligeiramente mais seca, e olho para ele, curiosa.

"Então é aquela fase", completa.

"Que fase?"

"A fase boba apaixonada."

"*Boba*?", repito, indignada.

"Não boba", ele se corrige, depressa. "É só que dá pra ver que ele é importante pra você."

"Sim. Ele é."

"Da outra vez você falou que era complicado. O que tem de complicado na história? Ele não sente a mesma coisa?"

113

Olho para ele irritada. "*Adorei* que essa tenha sido a sua primeira teoria. Mas a verdade... A verdade é que não sei como ele se sente."

"Você pode perguntar pra ele", sugere Sebastian, estendendo a taça para Robyn encher. Faço o mesmo, ignorando o olhar descaradamente curioso que ela lança na nossa direção antes de se afastar.

"Ah, sério? Posso perguntar pra ele?", devolvo, sarcástica.

"É só uma ideia, em geral homens não são muito bons na área emocional."

"Verdade. Eu devia perguntar. É só que..." Torço o nariz, confusa. "Por que eu tô falando disso com você? Não falo dele pra quase ninguém."

"É só que o quê?", insiste ele, virando e tirando um prato do caminho para poder se recostar na bancada e ficar de frente para mim.

"E se eu me decepcionar?", digo depressa para deixar as palavras saírem pela primeira vez. Para ele, de todas as pessoas. Não para a Rachel, nem para a Keva, ou Lily, ou May, mas para o Sebastian Andrews.

"Como assim?"

Solto um suspiro, tentando organizar os pensamentos. "É difícil de explicar. Mas eu construí uma imagem tão maravilhosa desse cara na cabeça que acho que talvez eu não esteja insistindo para ir adiante com ele porque estou preocupada que a fantasia não corresponda à realidade." Estremeço. "Você me acha uma idiota."

"Não acho", diz ele, baixo, olhando para a taça. "Acho que entendo mais do que você imagina."

"Tá, então lá vai outro medo meu", digo, aparentemente sob efeito do espumante. "E se prepara, porque estamos entrando em território de paixonite adolescente, mas... e se ele não gostar de mim tanto quanto gosto dele?"

Sebastian assente devagar. "Também entendo disso. E não é território adolescente. É território *humano*. Ninguém quer descobrir que não é correspondido."

Nossos olhos se fixam um no outro por um instante que parece... importante, de alguma forma.

Nós dois desviamos o olhar.

"E como foi que você conheceu o sr. Complicado?", pergunta ele, enquanto Josh entrega para ele a cesta de ingredientes para o bolinho de caranguejo. "Encontro às cegas? Amigo em comum? Aplicativo?"

Ah, sabe como é, a gente ainda não se conhece de fato.

Posso estar contando a ele coisas que não falei para mais ninguém, mas *esse* detalhe humilhante é o meu limite.

"Não sei se você sabe", digo, devagar, enquanto tiramos a farinha de rosca, os ovos e a carne de caranguejo da cesta, "mas até umas poucas semanas atrás, eu tinha certeza absoluta de que existia só uma pessoa certa pra cada um, e que o meu par ia me encontrar, meio tipo a princesa Jasmine. Ou então eu ia encontrá-lo, tipo a Pequena Sereia."

Ele levanta as sobrancelhas. "Você acha que vai resgatar a sua alma gêmea de um naufrágio?"

Sorrio para ele. "Sebastian Andrews! Seu conhecimento de filmes da Disney me impressiona."

"Eu faço o que posso." Ele inspeciona um limão-siciliano, e espero que não esteja planejando trucidar este igual fez com o outro. Seus olhos azul-piscina encontram os meus. "E você o encontrou? Ou ele encontrou você?"

"Bem, aí é que tá... a sensação é essa, mas não quero estar errada." Pego um pimentão vermelho e o levo ao nariz, distraída, então me viro para ele. "Você já teve total certeza de que devia estar com uma pessoa, mas não tem a menor ideia de como fazer isso?"

"Na verdade... Já. Duas vezes", admite ele. "E você?"

"Já." Minha voz sai bem baixinho agora, quase um sussurro. "Duas vezes."

Seus olhos se escurecem com o que parece ser irritação ou... *ciúme*?

Keva começa a explicar a arte de fazer bolinho de caranguejo, e me afasto depressa de Sebastian e vou até a mesa dela para assistir à demonstração.

Em parte porque preciso de toda a ajuda culinária possível.

Em parte porque não posso deixar que Sebastian Andrews saiba que, durante uma fração de segundo, numa calçada de Manhattan, achei que *ele* fosse a pessoa certa.

13

Sebastian e eu olhamos para o nosso patético *parfait* de morango.

"Achei que ela tinha dito que era fácil", comenta Sebastian, num tom levemente acusatório.

"Achei que ela tinha dito que não era possível ficar pior do que o bolinho de caranguejo", acrescento.

Ele me passa uma colher. "Vamos provar juntos, desta vez?"

Pego a colher meio relutante. "A gente tem que provar?"

"É só morango numa gosma laranja e creme batido com sabor de amêndoa. O que pode ter de ruim nisso?"

Pego a colher com um suspiro.

"Um", conta ele, enquanto enfiamos a ponta das colheres ao mesmo tempo no *parfait*. "Dois..."

Levamos as colheres à boca.

"Três..."

Ruim demais. Tão ruim, mas tão, tão, tão ruim que é o máximo de ruim que isso pode ser.

Ele me passa o meu copo d'água e então pega o dele. "Meu Deus."

"Pois é, caso não tenham entendido, vocês tiraram zero", diz Keva por cima do ombro a caminho da porta da frente, carregando um monte de equipamentos de cozinha.

Sebastian parece ofendido. "Nunca reprovei em nada na vida."

"Eu já", digo, animada, um pouco solta por causa do champanhe, embora tenha tomado o cuidado de não beber demais. Baixar a guarda perto desse homem parece... perigoso.

"Em quê?", pergunta ele, curioso.

"Psicologia. Primeiro ano de faculdade. Não é uma história que valha a pena contar, mas resumindo: você supera."

Como a nossa experiência culinária ficou entre as piores do grupo, a maior parte das pessoas liberou as bancadas antes de nós. Grady chegou com o caminhão do bufê, e quatro das bancadas de cozinha com rodinhas já foram retiradas da loja. Mas ainda há muito o que limpar para que a loja fique pronta para abrir amanhã, e começo a recolher as taças de champanhe da nossa mesa. Como as alugamos por uma noite, só precisamos passar uma água e colocá-las de volta na caixa.

Robyn aparece do nada e tira as taças da minha mão. "Deixa comigo."

Pisco para ela, confusa. Nunca, nos quase dois anos em que trabalha aqui, ela tomou a iniciativa de ajudar com as tarefas mais mundanas na loja.

"Esse batom combina *mesmo* com você", elogio, referindo-me a mais do que só o modo como a cor ilumina seu rosto.

"Obrigada!", agradece ela, animada. "Keva falou que ficou um pouco quente demais pra minha pele, então no sábado vamos procurar uma cor mais azulada. E como assim você não me falou que ela conhece o sommelier do Blago, na Terceira Avenida? Ele é lindo, solteiro, e a Keva vai tentar apresentar a gente."

Tudo que sou capaz de fazer é piscar para ela, me perguntando o que aconteceu com a Robyn que conheço — e, cá entre nós, aturo — há quase cinco anos.

Também estou cada vez mais consciente de que Sebastian ainda está aqui, o único não funcionário na loja. E que isso não parece estranho. Talvez porque sei que ele é meio que o senhorio? Mas isso não devia tornar a situação *mais* estranha?

Sinto o olhar de Robyn alternando entre mim e Sebastian, obviamente especulando, e quando tento pegar o *parfait* de morango fracassado, ela entra na minha frente. "Por que você não encerra por hoje, chefe? Você já passou o dia todo arrumando a loja pra aula."

"Todos nós passamos", argumento.

"É, mas você também fez todo o planejamento e a organização, e já perdeu noites de sono o suficiente por todos nós."

"Não perdi noites de sono!" Perdi sim, sem dúvida, porque tudo o que fazemos na loja parece importar demais. Um deslize que seja, um dia fraco, uma semana mais lenta...

Mas a parte mais preocupante é que às vezes me pergunto se, caso a loja afundasse, isso não seria uma bênção disfarçada.

Com as mãos cheias de pratos sujos, Robyn segue para a frente da loja, e eu olho para Sebastian. Ele já tirou o avental, o que me faz perceber que ainda estou com o meu. Desato a faixa da cintura e levanto os braços para tirar a coisa pela cabeça, e então dou um grito, pois sem querer puxei o cabelo da nuca.

Em silêncio, Sebastian vai até as minhas costas. "Você se enroscou aqui", murmura, baixinho. "Espera um pouco."

Ele passa meu cabelo por cima do ombro para ver melhor o que está fazendo. Não movo um músculo enquanto seus dedos quentes roçam a pele sensível da minha nuca. Sinto suas unhas curtas arranharem de leve a minha pele quando ele solta a tira do avental e sinto o calor de seu corpo na sala quente demais.

"Pronto", murmura ele, tirando o avental pela minha cabeça. Dessa vez sem puxar o cabelo.

"Obrigada", digo, sem olhar direito para ele. "Aparentemente não sei usar avental, mas ainda bem que você tem habilidade."

"Um desperdício, considerando o resultado", diz ele, apontando para o *parfait* derretido, que mais parece um experimento espumoso de laboratório de química que deu errado.

"Tomara que os outros tenham se saído melhor", comento, um pouco triste. "Odiaria imaginar que cobramos trezentos dólares por uma comida que as pessoas nem puderam comer."

"Tenho certeza de que fomos os únicos a fazer três pratos intragáveis. Todo mundo parecia estar se divertindo muito, e pelo menos ficou alimentado."

"Acha mesmo?" Olho para ele. Digo a mim mesma que a aprovação dele importa por motivos profissionais, mas a forma como meu coração dispara diz que não é por isso.

Ele encolhe os ombros. "Sim. Com certeza. Ninguém parecia estar indo embora com fome."

"Ninguém além de você."

Ele sorri de leve. "Confesso que comeria alguma coisa."

"Isso é um jeito educado de dizer que você tá morrendo de fome? Porque *eu* tô." Puxo a cestinha de biscoitos, mas está vazia, e foi a única coisa que comi desde o burrito do almoço, enquanto arrumava a loja.

Sebastian tinha arregaçado as mangas da camisa para cozinhar — e não, a distração provocada por seus braços fortes não teve nada a ver com o meu desastre na cozinha, por que a pergunta? —, mas ele acabou de desdobrar as mangas e está colocando as abotoaduras num gesto tão masculino que a minha boca fica meio seca.

"Então me paga uma comida", diz ele, apenas, pegando o paletó que tinha deixado no encosto de uma cadeira, longe do alcance do nosso desastre culinário.

"Perdão?", pergunto, ainda distraída, enquanto ele encolhe os ombros no paletó azul-marinho. Em algum momento da noite ele afrouxou a gravata um pouquinho e abriu o botão de cima. Fico esperando que ele feche o botão e aperte a gravata, mas ele não o faz. É uma versão mais descontraída de Sebastian Andrews.

Este é o *Sebastian*, me dou conta.

"Me paga uma comida", repete ele, com um sorrisinho. "Quero um retorno pelo dinheiro que eu gastei."

"Você bebeu champanhes *excelentes*. Não é como se tivesse sido roubado."

"Verdade. Mas me inscrevi numa aula de culinária. Acho que o site dizia que o evento incluía uma refeição de três pratos." Ele pega o celular. "Posso conferir..."

"Ai, meu Deus, ok. Eu reembolso metade. O que é mais do que justo, já que você bebeu o vinho, e essa foi a parte mais cara."

O brilho em seus olhos se apaga. "Deixa pra lá. Eu não estava pedindo reembolso."

"Então o que..."

Agora ele abotoa a camisa. E aperta o nó da gravata. "Obrigado pela noite interessante, Gracie Cooper."

Sinto o coração murchar. Aquele breve vislumbre de Sebastian, o homem, se foi, e de uma hora para a outra ele voltou a ser o formal Sebastian Andrews.

Ele se afasta sem olhar para trás, parando junto à porta da frente para dar passagem para Keva e Grady, e então deixa a loja.

Sinto algo se agitar no meu peito e, quando olho para baixo, vejo minha bolsa e as unhas magenta de May. "Gracie. A gente limpa a loja. Vai pagar uma comida praquele menino."

Tem muitas coisas que eu poderia e deveria dizer. Que a aula de culinária foi ideia minha, então eu que tenho que limpar a loja. Que *eles* deviam ir para casa enquanto eu cuido do resto.

Que Sebastian está longe de ser um menino.

Que eu não tenho nada que pagar comida para ele.

Que eu não tenho nada com ele e *ponto-final*.

Em vez disso, dou um abraço rápido e agradecido nela, e então me vejo na Central Park South olhando de um lado para o outro, pois me dou conta de que ele não ia voltar para o escritório a esta hora e não tenho ideia de para que lado ele mora.

Por sorte, a rua está relativamente vazia a esta hora num dia de semana, e vejo seus ombros largos movendo-se em direção à Broadway. Ele tem uma passada longa, então tenho que andar rápido, e mesmo assim não vou conseguir alcançá-lo a menos que eu corra. E minhas sandálias desajeitadas não vão colaborar.

"Sr. Andrews!"

Ele não olha para trás. Nem mesmo diminui o passo.

"Sebastian!"

Ele para e vira lentamente na minha direção, enquanto espera que eu o alcance. Então me olha com aqueles olhos azul-piscina, questionadores, e talvez com um pouco de desconfiança.

Sorrio. "Não posso pagar nada chique. O que você acha de comida árabe?" Aponto com a cabeça para as barraquinhas de comida da Columbus Circle.

Algo caloroso e surpreendente acontece em seu rosto, e é de tirar o fôlego.

Fico balbuciando para disfarçar minha reação: "É meio superfaturado, já que é bem na área turística, mas o kebab deles é ótimo pra absorver o excesso de champanhe".

"Experiência própria?", pergunta ele, enquanto caminhamos em direção à barraquinha num acordo silencioso.

"Nasci e cresci numa loja de espumante, então, sim, sei como prevenir ressaca."

Ele me olha. "Você algum dia quis fazer outra coisa que não fosse entrar no negócio da família?"

Sorrio. "Lógico. Você não?"

"Claro."

Olho para o perfil dele, então desvio o olhar. "Astronauta? Médico? Bombeiro?"

"Jóquei."

Dou uma risada e meço seu um metro e oitenta de altura. "É sério?"

"Quando eu tinha onze anos, um sócio da família deu ingressos para os meus pais para um camarote chique no Kentucky Derby. Eu mal tinha visto um cavalo na vida antes disso, mas fiquei fascinado e decidi que não tinha trabalho mais legal do que voar por uma pista enlameada nas costas de um cavalo."

"Quanto tempo durou o sonho?", pergunto quando entramos na fila da barraca de comida, atrás de um casal de adolescentes.

"Mais do que você imagina. Minha mãe explicou com muita delicadeza que jóqueis costumavam ter uma certa altura e que a genética talvez não estivesse a meu favor, mas fiz a minha pesquisa. A média de altura de um jóquei era um metro e cinquenta e sete, e eu estava perfeitamente na faixa, na época. Mas aí..."

"Espichou?", pergunto.

Ele faz que sim. "Demais. Fui de um e sessenta pra um e oitenta da noite pro dia."

"Devastador."

"Um pouco. Apesar de que entrar pro time de beisebol da escola no segundo ano serviu de consolo."

"E aposto que as meninas devem ter gostado da sua espichada, depois de anos sendo mais altas do que os meninos da escola, e que isso ajudou, não?"

Ele sorri de leve e não nega. "Ajudou, sim."

Chega a nossa vez de pedir. Ele olha o cardápio, então olha para mim. "Vou pedir o mesmo que você."

"Com molho picante ou sem?"

121

"Um pouco, mas não exagera."

"Então você não é dessas pessoas que pedem mais pimenta só pra provar pros outros que é forte?"

"Essas pessoas existem?"

"Ô se existem. A maioria dos meus ex-namorados", digo, sorrindo para o homem atrás do balcão. "Oi, Omer."

"Gracie! Onde foi que você se meteu? Tudo bem?"

"Tudo ótimo! Só meio ocupada, mas no bom sentido. Como vão as coisas por aqui?"

"O mesmo movimento de sempre. Não tenho do que reclamar. Vai pedir o de sempre?"

"Sim, mas dois desta vez. E duas águas."

Sebastian pega a carteira, mas coloco a mão sobre a dele, tentando ignorar o jeito como o simples contato faz meu coração pular. "Você me pediu pra te pagar uma comida. Então me deixa pagar."

Me preparo para a recusa dele. Mas quero fazer isso para mostrar que não sou uma dona de loja atrapalhada, e sim uma mulher de negócios que construiu alguma coisa. É importante para mim.

Ele assente devagar.

Omer me dá o troco, e enfio tudo no copo de gorjetas. Pego duas garrafas de água na cuba de gelo na frente da barraca e dou um passo para o lado para deixar o casal atrás de nós fazer o pedido enquanto o cozinheiro prepara o nosso, e Sebastian me acompanha.

Ele abre a água e toma um gole, então a fecha de novo. "E o que você queria ser?"

Distraída por um saxofonista tocando uma versão decente de "It Had to be You", me volto para ele. "O quê?"

"Antes de resolver ser dona de uma loja de champanhe. O que você queria ser?"

"Ah. Artista."

Sebastian não fala nada, aparentemente também concentrado no saxofonista. Ele me entrega a garrafa dele e me surpreende ao tirar uma nota de vinte da carteira e jogá-la na caixa do saxofone, a única nota de vinte num mar de notas de um e algumas de cinco. O homem pausa a música para dar um sorriso banguela a Sebastian. "Obrigado."

122

Sebastian acena para ele e se volta para mim com um sorriso travesso. "Ora, ora. Outra nota de vinte dólares."

"Daqui a pouco não vou poder olhar pra uma dessas sem pensar em você", digo sem pensar.

As palavras provocam algo na expressão de Sebastian, mas Omer me chama para buscar a comida antes que eu possa identificar o que é.

O Central Park fica aberto até a meia-noite, mas as noites estão ficando cada vez mais frias, então tem menos gente hoje do que no auge do verão. Encontramos um banco e nos sentamos. Estou com fome demais para conversar direito, e a primeira mordida me faz girar os olhos para trás.

"É bom, né?", pergunto de boca cheia, olhando para Sebastian, que já engoliu três mordidas.

Ele faz que sim e limpa a boca com um guardanapo de papel fino. Ele leva o kebab à boca como se fosse dar outra mordida, então para e franze a testa para ele. "E por que você não foi em frente?"

"Por que não fui em frente com o quê?"

"Por que não virou artista?" Ele dá outra mordida.

Dou de ombros. "Provavelmente o mesmo motivo pelo qual a maioria dos jovens de dezoito anos do meio-oeste que se mudam pra Hollywood nunca conseguem ir ao Oscar. Tem coisa que é pra ficar no campo dos sonhos."

"Que tipo de artista você é?"

"Amadora", digo, vagamente, pois não estou no clima de voltar ao comentário dos quadros fofinhos de Fada Sininho agora que as coisas estão amigáveis entre nós.

"Você já tentou? Se profissionalizar?"

"*Você* já tentou?"

"Virar jóquei?"

Sorrio. "Não. Ser outra coisa que não — qual é o seu cargo mesmo? Vice-presidente de domínio da cidade?"

Ele estremece. "Desenvolvimento. Vice-presidente de desenvolvimento."

"Dá no mesmo", murmuro, limpando um pingo de molho das costas da mão. Com o canto do olho, vejo uma expressão frustrada em seu rosto, e ele expira antes de dar outra mordida.

Mastigamos em silêncio por alguns momentos. Que não são exatamente tensos, mas também não são muito confortáveis. Como se ambos soubéssemos que estamos cruzando o tempo todo uma linha entre a trégua provisória e os objetivos opostos.

Quando volta a falar, imagino que ele tenha optado por manter a trégua, pois parece e soa mais descontraído que o habitual. "Faz tempo que não faço isso."

"A comida? O parque? O banco?", pergunto, curiosa.

"Tudo. A espontaneidade, principalmente."

"Você parece mesmo muito... estruturado."

"Você também não seria?", responde ele, mais para si próprio. "Se tivesse ouvido a vida inteira, ainda que de brincadeira, que está prometido desde o berço? Se todo Natal tivesse um moletom de Princeton debaixo da árvore, muito antes de você pensar em faculdade? Se já tivessem como certeza desde sempre que você assumiria o negócio da família?"

"Então *onde* é que você fez faculdade?"

"Princeton."

Penso nisso enquanto termino meu sanduíche. Amasso a embalagem e mastigo a última mordida, sabendo que deixei Omer orgulhoso hoje com meu apetite, muito embora tenha decepcionado Keva com a minha habilidade culinária.

"Sei que só vi seus pais uma vez", digo, com cautela. "Mas eles parecem muito legais. Sensatos. Não dá pra voltar atrás na escolha por Princeton, mas você pode se casar com a outra garota — a complicada. Ou virar treinador de cavalos, porque, desculpa, você vai ter que desistir dessa história de jóquei. Você é grande demais."

Ele amassa a embalagem e torce o papel alumínio nas mãos, distraído, perdido nos próprios pensamentos. "Talvez."

"Quer saber o que eu acho?" Viro para ele, me sentando em cima da perna e apoiando o cotovelo no encosto do banco para conseguir olhar para esse homem complicado.

"Estranhamente, quero."

Não me importo com a parte do *estranhamente*. Sei o que ele quer dizer. Não somos amigos. No campo profissional, somos adversários diretos. Mas, de algum modo, estamos conectados, e quanto mais tempo passo com ele, mais a sensação de que eu o conhecia antes mesmo de encontrá-lo parece ficar mais forte. Então melhor fazer bom uso da conexão inexplicável que tenho com esse homem.

"Acho que é mais fácil fazer o que os seus pais querem. Com fácil quero dizer confortável. Quando você corre atrás do sonho deles e não dá muito certo, a derrota acaba sendo meio amenizada. Pode ser que você não dê tudo de si, é verdade, mas também não vai doer tanto, porque você não se importa muito."

Ele aperta a embalagem numa bolinha com a mão esquerda, depois se recosta no banco, seu cotovelo direito roçando o meu de leve, e estica as pernas. "Não, não acho que isso seja verdade."

"Ah, não?" Fico surpresa. Eu meio que fiquei impressionada com a minha própria reflexão.

Ele faz que não com a cabeça e olha para mim. "Não. Se a gente se sentisse menos motivado com os planos que os outros têm pra nós, com os sonhos dos outros, você não estaria lutando tanto pra manter a Bubbles & More aberta."

Jogo a cabeça para trás, um pouco ofendida por ele ter perturbado a nossa trégua ao tocar nesse assunto. "Não é a mesma coisa."

"Ah, não?" Ele vira para mim, apoiando a cabeça no punho, espelhando a minha posição. "Então, se a Bubbles *não fosse* um negócio de família, você ainda se recusaria a sequer ouvir a minha oferta? Ainda se recusaria a considerar uma coisa que pode ser melhor pros seus empregados? E pra você?"

"Com todo o respeito, você não tem a menor ideia do que é certo pra mim, Sebastian Andrews."

Ele franze a testa de leve, mais para si mesmo do que para mim, e levanta um pouco a cabeça. Seu dedo se aproxima do meu no banco. Só o suficiente para que possa ter sido um acidente. Mas então a ponta do mindinho roça o meu, uma sugestão de um toque.

"Não", diz ele, baixinho. "Talvez não."

Anseios.

É a primeira palavra que me vem à cabeça, e que também me faz pensar no Sir. E, quando me dou conta de que estou pensando num homem, mas sentada com outro, e que, pela primeira vez na vida, sinto isso por dois homens, mas não posso ter nenhum deles, me sinto frustrada.

Me levanto de repente. "Tá tarde. Melhor voltar pra casa."

Sebastian não discute. "Claro", responde, se levantando também.

Caminhamos em silêncio em direção à saída do parque. "Onde você mora? Posso te acompanhar."

Sorrio. "Agradeço, mas já voltei pra casa sozinha centenas de vezes."

Ele mantém a expressão teimosa no rosto, e eu reviro os olhos, mas sorrio. "Hell's Kitchen. Na rua 54, entre a Nona e a Décima Avenidas. Duvido que você esteja indo nessa direção."

"Não estou. Mas te acompanho. Só que, primeiro..." Ele aponta para outra barraca de comida. "Sorvete."

"Quer saber, acho que você inventou essa história de pressão dos pais", eu brinco. "Acho que você sempre conseguiu o que queria na vida."

"Você ficaria surpresa", comenta ele, baixo, então aponta o cardápio. "Vai querer o quê? Por minha conta."

Não vou recusar. Dou uma olhada no cardápio. Não tem *gelato* de pistache, mas eu comeria alguma coisa com chocolate. Quem sabe só um sorvete de creme básico, com calda de chocolate e amendoim por cima. Ou...

Bato o olho num item no canto inferior direito do cardápio. É toda uma subcategoria de sobremesas geladas para as quais nunca dei atenção antes, porque não têm chocolate, nenhuma noz, sabor nenhum...

Ninguém que jamais tenha experimentado um sorbet de limão num dia de calor nesta cidade sabe o que é vida...

Não está quente hoje, mas...

Aponto. "Vou querer um desses."

O olhar que ele me lança é tão demorado e tão penetrante que fico achando que o ofendi no fundo da alma. Um sentimento com o qual concordo, porque meio que ofendi a mim mesma também. Sorbet de limão? Sério?

Sebastian se volta para a mulher que espera impaciente pelo nosso pedido. "Dois copos de sorbet de limão, por favor."

O pedido me incomoda. Sorbet de limão é uma coisa minha com o Sir, e não gosto de ter Sebastian Andrews e o Sir no mesmo pensamento.

Gosto menos ainda que, quando ele percebe que estou tremendo e coloca o paletó por cima dos meus ombros, eu pare totalmente de pensar no Sir.

14

Faz um tempo que não tenho uma noite com as minhas amigas. E quando você precisa de uma noite com as amigas? É porque precisa *mesmo*.

Convidei as cúmplices de sempre: Lily, Rachel e Keva, mas também fiz uma adição surpreendente:

Robyn.

A sommelier nervosinha tem me incomodado menos ultimamente. A intensidade que costumava me deixar, bem, *louca*, na verdade tem sido muito útil na loja esses dias. Estou percebendo que talvez tenha julgado Robyn mal: ela não é uma sabichona condescendente, mas uma mulher que teve a sorte de encontrar sua paixão (espumantes) e um trabalho que permite que ela viva essa paixão.

Nas últimas semanas, foi Robyn que ficou até mais tarde para me ajudar a bolar novas ideias para aumentar a receita; foi Robyn que resolveu assumir a tarefa de encontrar patrocinadores para eventos especiais toda sexta-feira; e foi Robyn que ficou responsável pela gestão do inventário.

E não sei se foram as compras bem-sucedidas com a Keva, que resultaram no batom novo que ela tem usado, ou se foi outra coisa, mas seu atendimento aos clientes mudou da água para o vinho. Em vez de recitar todo o seu conhecimento como se estivesse querendo ganhar uma estrelinha dourada, ela parece dedicada a garantir que as pessoas voltem para casa com um vinho que amam.

Ela tem até sido mais gentil com os outros funcionários e quase partiu meu coração quando confessou, meio tímida, que nunca fora boa em fazer amigos e me pediu algumas dicas. Quando penso na expressão de espanto e alegria em seu rosto quando a convidei para vir ao encontro de amigas hoje, fica um *pouquinho* mais fácil tolerar o fato de que, neste momento, ela está na sala da minha casa tagarelando sobre o perfil de sabor da vodca que estamos bebendo.

Lily faz contato visual comigo da cozinha, onde está se servindo de cenoura baby e molho ranch, e faz uma careta quando Robyn pronuncia a palavra *etanol* pela décima vez, mas está sorrindo.

"Ai, minha nossa senhora", Keva interrompe, pega a coqueteleira e serve o resto do drinque no copo de Robyn. "Cara, também adoro falar do meu trabalho, mas tem hora que comida é só comida, e uma bebida é só uma bebida." Ela aponta o copo. "Então bebe e cala a boca."

De pernas cruzadas no chão da sala, Robyn pisca para Keva. Por fim, dá de ombros e bebe o drinque. "Tá bom."

"Estou tão feliz por ter tirado leite a tarde inteira pra poder beber", diz Rachel, prendendo o cabelo encaracolado num coque bagunçado no alto da cabeça. "Não tinha a menor ideia de que Cosmopolitan era tão bom. Achava que era só invenção de *Sex and the City*".

"Quer um conselho de quem fez dezoito anos no auge da série? Melhor não exagerar", avisa Lily, voltando para a sala com uma taça de vinho branco.

Todas as outras bebericam satisfeitas os Cosmopolitans que sugeri para hoje. Quadros com drinques cor-de-rosa são sempre minhas obras de maior sucesso, então às vezes fico com desejo.

Lily mergulha uma batata frita no molho destinado às cenouras intocadas e, depois de levá-la à boca, limpa o sal dos dedos e faz um gesto com as mãos na direção de Rachel. "Tá bem. Me mostra *todas* as fotos do bebê."

"Ih", exclama Rachel, pegando o celular que estava do seu lado, no sofá. "Acho que só devo ter uns... *cinco milhões de fotos*."

Recebo as fotos do álbum de família da Rachel, então já vi as melhores, mas Robyn e Keva se sentam ao redor de Lily enquanto ela vai passando as imagens, e as três ficam babando para as covinhas e coxas gordinhas. Rachel olha para mim e revira os olhos, mas está sorrindo.

O sorriso de Lily é feliz e genuíno, mas há um quê de melancolia em seus olhos. Deve ser um pouco triste para ela — Rachel tem três, Lily não tem nem um.

Robyn solta um suspiro. "Ai. Também quero um."

"Eu também", diz Keva. "Tipo, daqui a uns trinta anos. Quando a ciência tiver evoluído para que as velhinhas possam ter filhos, quando estão bem e prontas para isso, ou, quem sabe, quando robôs puderem gerar nossos filhos."

Gelo por dentro. Keva não sabe dos problemas de fertilidade da Lily e não falou isso por mal, mas mesmo assim sinto um aperto no coração por minha irmã. Estico a perna sob a mesinha de centro e esfrego a minha meia felpuda na de Lily. Minha irmã sorri para mim e balança os dedos em resposta, me tranquilizando. *Está tudo bem.* Um gesto que ficou das nossas noites de infância, quando a gente assistia a um filme na televisão e percebia que a outra estava triste por causa da mamãe.

"Keva, se você achar um robô que geste bebês, me avisa", diz Lily.

Keva brinda com ela, e Robyn se vira para mim.

"E você, Gracie?", pergunta. "Quer ter filhos no futuro?"

"Tá brincando?", exclama Lily. "Acho *bom* que tenha. Eu sou testemunha de que a Gracie começou a planejar a família ideal dela antes mesmo desses peitos aí começarem a aparecer."

Eu rio e roubo uma das cenouras da minha irmã. "É a mais pura verdade. Um menino, Griffin, o nome de solteira da minha mãe. E uma menina, Ella."

"Em homenagem a..."

"Cinderela", Rachel responde por mim. "Graças a mim ela desistiu de chamar de *Neve*, em homenagem a Branca de Neve."

"Fã de contos de fadas?", pergunta Robyn, curiosa.

"Sou só uma romântica", digo, ignorando as risadas idênticas de Rachel e Lily, que me conhecem há tempo o bastante para saber que isso é um eufemismo.

"E o pai do Griffin e da Ella?", continua Robyn, ainda curiosa. "Espera, não, já sei. Alto, moreno e bonito, pode ou não ter um cavalo branco? Ah, ou então loiro, que nem o Thor?"

Keva, Rachel e Lily respondem por mim em uníssono: "Músico, altura mediana, cabelo comprido, olhos castanhos calorosos, sorriso torto e pancinha".

Bebo um gole do meu Cosmopolitan e entro na brincadeira. "Me recuso a ficar com vergonha de ter padrões específicos. Ele está por aí, em algum lugar."

"Espera aí", diz Robyn. "Ele nem sequer existe?"

Penso no Sir. "Existe sim."

Tenho quase certeza.

"Hmm", murmura Keva, pensativa. "Mas tem certeza da cor dos olhos do sr. Alma Gêmea?"

Dou uma olhada feia para ela como um aviso.

Keva sorri para mim sem um pingo de arrependimento. "Quer dizer, tem certeza de que ele tem olhos castanhos? Ou será que está mais para um tom bem raro de azul-turquesa?"

"Uhh, o que foi que eu perdi?", pergunta Rachel, inclinando-se para a frente, ávida.

Robyn se abana. "Sebastian Andrews. O homem de negócios gostoso que tem uma queda pela Gracie. Ele já apareceu em dois eventos, e nas duas vezes não conseguia tirar os olhos azuis maravilhosos dela."

Lily e eu trocamos um olhar — tirando meus irmãos e a May, não contei a mais ninguém que o principal interesse de Sebastian na Bubbles & More é fechar a loja.

Quanto ao interesse secundário...

Evito pensar nisso. Tenho precisado fazer muita força para não pensar na sensação de ter o paletó de Sebastian em meus ombros. O jeito como o calor e o cheiro dele fizeram com que eu me sentisse segura.

Ou o fato de que ele pode ter terminado com Genevieve, mas ainda tem outra mulher misteriosa em cena.

Que eu odeio.

"E o cara do MysteryMate?", pergunta Rachel.

"Espera, quê?", exclamam Robyn e minha irmã ao mesmo tempo.

Olho para Rachel com um olhar exasperado, e ela me devolve um sorriso sem graça. "Desculpa. Cosmopolitan demais e almoço de menos."

Dessa vez, quando minha irmã chuta o meu pé por baixo da mesa, é menos gentil. "Do que ela está falando?"

"Só um cara que conheci num aplicativo de relacionamento", digo, tentando o melhor que posso soar casual.

"Que *ainda* não conheceu", esclarece Keva. "Mas por quem ela tá a um passo de se apaixonar."

"Espera!" Lily levanta uma das mãos. "Quer dizer que as melhores perspectivas românticas da minha irmã são um cara que tá fazendo bullying pra ela fechar a loja da família e outro que ela *nem* conhece ainda?"

Solto um suspiro e me entrego ao inevitável, atualizando todas elas tanto sobre a situação do Sebastian com a Bubbles como a minha com o Sir.

"Meu Deus, Gracie." Robyn parece horrorizada. "Primeiro esse tal Sebastian fica à espreita feito um abutre, esperando pra atacar assim que você der bobeira. E tem esse outro cara ameaçando te dar um *golpe* pela internet."

"Sério", interrompe Lily. "Ele pode ser um garoto de dezenove anos que mora com a mãe. Ou um homem de quarenta e oito."

"Pode nem ser um *homem*", sugere Rachel. "E se for uma adolescente malvada pregando uma peça em você?"

"Não tem ninguém do meu lado aqui?", pergunto.

"Eu te apoio", exclama Keva na hora. "Nunca te vi tão feliz como quando você encontrou esse cara da internet." Ela faz uma pausa. "Apesar que, pensando bem, você estava reluzente na aula de culinária com o Sebastian."

"Então pra quem estamos torcendo?", pergunta Robyn, olhando para as outras.

"Nenhum dos dois", eu digo. "Sebastian e eu somos só..." *Rivais? Amigos? Até poderíamos ter sido alguma coisa, mas nunca vai acontecer?*

"Ele está saindo com alguém", digo, já que sinceramente nem sei como explicar a complexidade dos sentimentos que tenho por ele, nem do meu ressentimento cada vez maior com o fato de que ele flerta demais para alguém que está comprometido com outra.

Por outro lado, quem sou eu para falar? Estou gostando de dois homens, e nenhum deles está disponível.

Mas talvez o Sir esteja.

É por *isso*, percebo, que existem as noites com as amigas.

Espero até Keva terminar de reabastecer todas as taças e atualizo o grupo a respeito da situação amorosa do Sir.

"Bom, tá na cara que você tem que conhecer ele", diz Keva.

"Tem sim", concorda Lily, me surpreendendo.

"É sério?", Rachel pergunta para a minha irmã. "Não achei que você fosse dizer isso."

Lily dá de ombros. "Quer dizer, Gracie, se ele te chamar pra ir pra casa dele em Long Island às onze da noite e pra levar uns sacos grandes de lixo, então, tudo bem, *aborta a missão*. Mas se você for esperta e combinar de encontrar num lugar público e bem iluminado, cheio de gente em volta, e não começar a conversa contando os números dos seus documentos..." Ela dá de ombros.

"Isso é verdade", acrescenta Robyn. "Não é muito diferente de qualquer outro aplicativo, nesse sentido."

"Só que ela não sabe como ele é", ressalta a sempre cética Rachel.

"O que não é muito diferente de um encontro às cegas", diz Keva.

"Não sei", continua Rachel, mordiscando um *crostini* de cogumelo que Keva fez, pensativa. "Ainda estou meio que torcendo pelo outro cara. Ele parece gato."

"Mas talvez o Sir também seja. Ela nunca vai saber se não se encontrar com ele", argumenta Keva.

"Ok, vou encerrar esse assunto", digo, fazendo um X com os braços. "Nenhum dos dois é o meu cara. Sebastian não está disponível, e mesmo que estivesse, vai perder o interesse na Bubbles assim que perceber que a loja não vai sair dali e que ele não vai poder construir o arranha-céu que tanto quer. E o Sir nunca deu o menor indício de que queira levar o nosso relacionamento para a fase seguinte."

"*Você* já deu a ele alguma indicação de que talvez queira?", pergunta Lily, com gentileza. "Eu sei como você é com os caras, Gracie. Você vira a melhor amiga de todo mundo, mas não percebe que passa a impressão de que *só* quer ser amiga."

"Isso não é verdade!", protesto. "Ninguém quer um relacionamento tanto quanto eu, vocês sabem disso."

"Talvez seja esse o problema", sugere Robyn. "Você idealizou tanto na sua cabeça que tem medo de que a realidade nem se compare, então mantém todo mundo a uma certa distância. Deve ser por isso também que ficou tão atraída por um cara que nunca viu. Assim você pode continuar com o sonho."

"Isso é..."

De todas as mulheres na sala, Robyn é a que menos conheço. É por isso que é ainda mais incômodo que ela tenha resumido toda a minha vida amorosa numa simples e precisa avaliação.

Faz tanto tempo que me vanglorio dos meus altos padrões...
Mas e se a realidade for muito menos louvável?
E se eu só estiver morrendo de medo de me decepcionar?

Minha cara Lady,

Sei que o nosso relacionamento, se posso chamá-lo assim, é livre de expectativas, então espero não estar me intrometendo ao perguntar: você está bem? Faz tempo que não manda notícias, e só queria dizer que, se precisar, estou aqui.

Seu, preocupado,

Sir

15

Quanto mais alto o voo, maior é a queda.

Nunca entendi direito essa frase, mas quando você a vivencia? Você sabe.

Já chequei os números. Já fiz as contas. Repeti todo o processo várias vezes, rezando para chegar a um resultado diferente, e toda vez a realidade parece mais fria e mais definitiva.

Devo estar fazendo alguma coisa errada. Esquecendo alguma coisa.

Ligo para o meu cunhado.

Embora as coisas estejam meio tensas entre ele e Lily e sejam duas da tarde de um dia de semana, Alec concorda em me encontrar no Starbucks para repassar a minha contabilidade, o que diz muito a respeito do meu cunhado.

Tento não olhar para o seu rosto enquanto Alec examina a planilha no meu laptop, e em vez disso me concentro em aproveitar meu Frappuccino de *pumpkin spice*. Meu orçamento para despesas pessoais é muito contado, e em geral Starbucks não cabe nos meus gastos diários, ou mesmo semanais. Deixo para esbanjar em bebidas chiques como essa no meu aniversário ou em outras datas especiais. Hoje não é nem uma coisa nem outra, mas quando Alec se ofereceu para pagar, não consegui resistir.

Preciso tirar algo de bom do dia de hoje, e se só puder ser uma bebida gostosa com sabor de outono, aceito.

Alec faz o tipo quieto e sério. Ele não se apressa. Bebe seu chá. Ajeita os óculos.

Por fim, olha para mim.

E eu sei.

Eu sei.

Sempre soube.

Empurro a bebida para a frente, olhando fixo para o círculo de condensação que deixou na mesa de madeira. "A Bubbles não vai sobreviver."

"Ela pode sobreviver. Tecnicamente, ainda é rentável." Ele diz isso com calma, em voz baixa, e fico grata. Não quero sermão, mas também não quero um discurso motivacional. "Mas o tipo de melhoria que você, a Lily e o Caleb esperavam não aconteceu."

Fecho os olhos e expiro.

"Você devia se orgulhar, Gracie", diz ele, fechando o laptop. "Quando você assumiu, depois que o Howie morreu, eu achava que a loja não tinha a menor chance de continuar. Seu pai era inteligente e apaixonado, mas ele não fez as mudanças que tinha que ter feito pra se ajustar aos novos tempos. Você deu uma reviravolta."

"Eu mudei algumas coisas", esclareço. "Não chega a ser uma reviravolta. Nem foi o suficiente."

Aperto três dedos contra o centro da testa e fecho os olhos. "O que eu faço, Alec?", pergunto baixinho, fitando seus olhos castanhos. Quando era adolescente, meu cunhado era quieto e até meio distante, mas era incrivelmente gentil uma vez que você o conhecia. Ele perdeu o jeito distante, mas não a gentileza. É o tipo de homem com quem você pode contar.

Alec pega seu chá e olha para ele por um minuto antes de suspirar e pegar a minha bebida doce de especiarias. Ele toma um gole e olha para o copo. "Não consigo decidir se gosto disso ou não."

"Você acaba se acostumando. Um pouco demais da conta", digo, enquanto ele devolve a bebida e pega o seu próprio copo de novo.

"Faz o que você quiser fazer, Gracie."

Faço uma careta para a resposta vaga.

Ele balança a cabeça de leve. "Não tô falando do que você quer pro negócio. Tô falando do que você quer pra sua vida."

A questão toca fundo em algo dentro de mim. Para desviar, estico o braço e dou uma cutucada amigável no braço dele. "Ah, olha só você! Falando por experiência própria ou resolveu dar uma de Oprah?"

Ele sorri, mas seus olhos parecem pesarosos quando ele fita o chá. "Digamos que você não é a única cuja vida não saiu como o planejado."

Na mesma hora, me sinto a pior irmã do mundo, e dessa vez minha mão em seu braço é menos brincalhona e mais reconfortante. "Eu devia ter perguntado antes. Como você tá?"

Seus olhos castanhos parecem tão atormentados quando ele ergue o rosto que meu coração se aperta. "Sua irmã falou com você?"

Levanto um dos ombros num gesto de confirmação. Há uma linha muito tênue entre ajudar e se intrometer, e não quero trair a confiança de Lily.

Alec passa a mão pelo rosto. "Como eu tô? Hmm. Frustrado. Não sei o que tem passado pela cabeça dela. Não sei o que ela quer. Não sei se é pra eu chegar em casa com documentos de adoção ou o nome de outro médico..."

"O que você quer?", pergunto, repetindo a questão dele.

Ele expira. "Quero ter uma família. Quero que a minha esposa saiba que ela é a minha família, mesmo que seja pra ser só nós dois. Quero dar a ela um milhão de bebês, se ela quiser, do jeito que eu puder..."

Alec me olha, impotente.

Espalmo as mãos na lateral do meu copo de plástico frio e úmido e o giro entre as minhas palmas, observando o canudinho verde ir de um lado para o outro enquanto considero me aproximar da intromissão, sem de fato cruzar a linha.

"Você já falou isso pra ela? Ela sabe como você se sente?"

Ele pisca para mim. "Ela sabe que amo ela."

Ai, os homens. Tão fofinhos. Tão sem noção.

"Com certeza sim", digo, com um sorriso tranquilizador. "Mas ela sabe que ela é o suficiente pra você? Você sabe como a Lily é. Ela nunca fracassou em nada na vida. Eu me pergunto se ela não tá se sentindo meio perdida por saber que talvez não possa ter filhos naturalmente. Me pergunto se ela não precisa só saber que você tá lá."

Ele fica quieto por um momento. "Você acha que eu devia viajar menos."

Eu sorrio, e Alec assente. *Ele entendeu.* Ele aponta para a minha bebida. "Posso tomar mais um pouco?"

Empurro na direção dele, e ele toma um longo gole, estremece, examina o copo. Então bebe de novo. "É. Gostei. Agora, você de novo. Quer tocar a Bubbles pro resto da vida? Porque se for isso que você quer, eu ajudo como puder. Os números não são os melhores, mas é possível que seja só uma fase ruim."

Olho para as minhas unhas, para o esmalte cor-de-rosa lascado que eu devia ter tirado há uns três dias.

"Eu sei o que *não* quero", digo, ainda sem erguer os olhos.

"Já é um começo. Diga lá."

"Não quero quebrar a promessa que fiz ao meu pai. Não quero decepcionar a Lily e o Caleb."

"E isso é suficiente pra você?"

Ele fala com gentileza, curiosidade, mas não consigo responder à pergunta, não em voz alta. Não quero responder.

Mas, em algum lugar bem fundo dentro de mim, a resposta sussurra mesmo assim. *Não. Não é o suficiente.* Quero ser corajosa o bastante para correr atrás do que o meu coração quer.

Quero ser ousada. Audaciosa.

Feliz.

Respiro fundo, ao mesmo tempo exultante e aterrorizada ao perceber o que preciso fazer.

Meu caro Sir, tremendo nas bases,

Peço desculpas pelo silêncio. Tenho estado atarefada ultimamente com os problemas da vida humana. Já aconteceu de você se fazer as grandes perguntas e perceber que não tem uma resposta clara? Que tipo de pessoa eu quero ser? Que tipo de vida quero ter? Com quem quero viver essa vida?

Sei que sou uma pessoa gentil, ou pelo menos tento ser, mas também estou percebendo que, de muitas maneiras, sou um pouco covarde. Mais obcecada pelo sonho do que em trabalhar para torná-lo realidade.

Tenho uma vida boa — de verdade. Mas estou aprendendo que é sobretudo uma vida vivida para as pessoas à minha volta, para satisfazer suas expectativas, nunca criar problemas, nunca decepcionar ninguém. Me sinto presa, mas como é possível alcançar esse equilíbrio — ser fiel a si mesmo sem ser egoísta?

A única área em que sempre achei que eu tivesse controle, a única área em que eu vivia para mim, segundo os meus padrões, é a minha vida pessoal e romântica. E sei que estou ultrapassando nossos tópicos habituais de conversa, mas sinto que também fracassei aqui. Estou sozinha e, em alguma medida, sempre soube que era por minha própria causa, mas agora não posso deixar de me perguntar se não há oportunidades perdidas, chances que deixei passar, interações que nunca deixei que acontecessem.

Estou divagando agora. É, de longe, a mensagem mais comprida que já escrevi, e peço desculpas se estiver destruindo o que temos ao me afastar das piadinhas e entrar num campo mais sentimental. Principalmente porque não falei disso com ninguém da minha vida "real", o que, acho, me leva a isto:

A vida parece mais verdadeira quando estou escrevendo para você, quando vejo seu nome nas minhas notificações. Não sei qual é o seu nome. Como é o seu rosto. Que idade você tem. Mas tenho a impressão de que conheço você. E de que você também me conhece, de um jeito que talvez ninguém mais conheça.

Então mesmo que eu tenha te assustado, quero que saiba pelo menos que, quando eu estiver velha e murcha, cheia de rugas e grisalha, vou olhar para estes dias e você, meu amigo, vai ser um ponto alto.

Lady

_____

Minha cara Lady,

Nem sei direito por onde começar. Acho que é óbvio que você não me assustou. Você não destruiu nada. Estou aqui. E agora talvez seja minha vez de deixar as coisas estranhas, mas tenho dificuldade de imaginar uma versão da minha vida em que eu não esteja aqui para você, seja lá como você precisar de mim.

Você também é real para mim. Você é importante para mim.

Tenho muita honra em ser seu confidente. Tudo o que você falou é importante e, mais do que isso: eu entendo.

Comentei há pouco tempo que terminei um namoro. A verdade é que a relação tinha se desgastado havia muito tempo, mas insisti nela por causa de outra pessoa. Nesse sentido, acho que terminar o namoro foi um ato egoísta, e sei que causei alguma decepção ao fazer isso. Mas também sei que temos um número limitado de voltas ao redor do Sol. Desde que a "conheço", sei que quero poder me sentir, no maior número possível de dias que ainda tiver pela frente, como me sinto toda vez que vejo seu nome em minhas notificações.

Eu estraguei tudo?

Seu,

Sir

_____

Meu caro Sir, com um nó na garganta,

Você não estragou nada. Na verdade, só tornou isso que a gente tem um pouco mais especial. E aqui decido correr o maior risco de todos:

Quer se encontrar pessoalmente?

Lady

16

Ele não responde. Nem naquele dia. Nem no seguinte.

Três dias depois, ainda não tive notícias do Sir.

Tento dizer a mim mesma que não tem problema. Não deveria ter. Repito a mim mesma que uma pessoa que nem conheço não deveria ter tanto poder sobre a minha felicidade.

Mas eu estava falando sério na última mensagem. Eu *conheço* o Sir. É bobo, é romântico, talvez seja uma completa loucura, mas sei, do fundo do coração, que compartilhei coisas minhas com ele que nunca havia falado para ninguém. E achei que ele tinha feito o mesmo.

Achei que tínhamos algo especial, mas talvez...

Talvez o que fazia parecer tão especial fosse a ilusão de tudo. Talvez a Robyn tenha acertado na noite das amigas, talvez eu esteja mesmo só me agarrando à fantasia dele para não ter que lidar com o fato de que a vida decepciona com mais frequência do que a gente gostaria.

Mas nada disso torna mais fácil lidar com a rejeição.

Quase oito da noite, uma semana depois da nossa reunião no Starbucks, Alec abre a porta da frente do apartamento dele e de Lily e me convida a entrar. "Oi", ele me cumprimenta e me dá um beijinho na bochecha. "Entra. A Lil tá só preparando umas comidinhas."

"Oi, Gracie!", diz ela da cozinha.

"Cadê a May?", pergunto, tirando o casaco e entregando-o para Alec.

"Não vai poder vir", responde Lily. "Pegou alguma virose estomacal e me descreveu em muito mais detalhes do que eu precisava. Mas pediu pra gente gravar a conversa em família e mandar pra ela depois, pra ela não perder os detalhes. Palavras dela."

"Quer beber alguma coisa, G?", pergunta Alec, indo até a geladeira.

"Água — com gás, se tiver."

"Com limão ou pura?"

"Limão."

"E você, Lily?", pergunta Alec sem olhar para a esposa enquanto pega uma latinha de água com gás para mim.

"Vou querer um pouco do Merlot de ontem, obrigada."

Eles não se olham durante a interação, e engulo um suspiro. Talvez seja bom eu estar prestes a ter muito tempo livre — ajudar esses dois a consertar o casamento pode ser um trabalho de tempo integral.

Pego uma fatia de baguete e um tipo de pastinha de alho com cogumelo que reconheço da nossa noite das meninas — Lily tinha pedido a receita a Keva.

Alec entrega uma taça de vinho para Lily e me dá um copo alto de água com gás com uma fatia de limão-siciliano presa em espiral na beirada. "Que chique!"

"No Chez Wyndman, só do bom e do melhor", diz ele, fazendo uma mesura formal de mordomo, antes de comer um aperitivo.

Lily está tentando abrir a embalagem de plástico dos guardanapos de drinques que comprou na Bubbles quando passou na loja domingo, depois de tomar um brunch com uma amiga. Os guardanapos são fofos. Duas meninas caminhando de braços dados pelo Central Park, cercadas por árvores outonais. Gostei de tê-los comprado para a loja, mas a artista em mim não consegue deixar de pensar no que eu teria feito de diferente se o projeto fosse meu. Colocaria um cachecol fofo numa das meninas, um par de botas na outra. Talvez um cachorrinho numa coleira, pulando numa folha...

Alec olha para a esposa por um momento, então ergue o *crostini* e aponta para o outro cômodo. "Vou estar no escritório, se precisar de mim. Fala pro Caleb que mandei um oi."

Lily ergue a cabeça e é como se visse — visse *de verdade* — o marido pela primeira vez desde que cheguei. "Você não vai participar da ligação?"

Alec está com o crostini a meio caminho da boca, mas para junto da porta e olha para ela. "Achei que fosse uma ligação de família."

Ela joga a cabeça um pouco para trás. "Você é da família." *A menos que você não queira ser.*

"Não da família Cooper", responde ele, baixinho. *A menos que você queira que eu seja.*

Mastigo o cogumelo e me seguro para não revirar os olhos. Se isso fosse um desenho animado, eu daria um belo de um sorriso e bateria a cabeça deles uma na outra, *só* com o tanto de força suficiente para enfiar algum juízo na cabeça desse casal teimoso.

"Volta aqui", chamo Alec, enquanto abro o laptop de Lily. "Você é uma parte muito importante da Bubbles *e* desta família. Você tem que participar da discussão."

Estou sentada no meio do sofá, mas quando vejo que eles estão indo um para cada ponta, deslizo depressa para a esquerda para eles poderem ficar juntos. Lily estreita os olhos de leve, como se estivesse se perguntando se estou manipulando a situação, mas finjo estar muito preocupada em começar logo a chamada.

Lily se senta no meio, Alec se acomoda ao seu lado assim que a chamada começa e o rosto sorridente de Caleb aparece na tela.

"Graças a Deus", exclama Caleb ao ver Alec. "Outra presença masculina."

"Hmm, acho que o *graças a Deus* devia ser para o fato de que você se livrou daquele cavanhaque", diz Lily.

Ele esfrega o queixo liso. "Você acha? Eu meio que estou sentindo falta."

"Parecia mato", digo, apoiando minha irmã. "Ou pelo pubiano."

"E depois elas se perguntam por que eu mudei de estado", murmura Caleb, antes de olhar para Alec. "Como é que você tá, cara? Quanto tempo."

"Tudo bem, tudo bem", responde Alec. "E você?"

"Também. Tô com um cliente novo que é meio pé no saco, mas o salário é bom. Tô com uma namorada nova também."

"*O quê?*", Lily e eu exclamamos juntas.

"Como é que eu não sabia disso?", pergunto. "É bom que seja uma namorada novíssima, porque a gente se falou dois dias atrás, e você não comentou nada."

Ele coça a orelha. "Já faz umas semanas. Não falei nada porque você ia começar com aquela coisa toda."

"Que coisa toda?" Fecho a cara.

"Você sabe. Ficar perguntando se já conheci os pais dela, quando que ela vai pra Nova York conhecer vocês, se ela quer uma cerimônia pequena ou se você tem que começar a pesquisar quando que vai ter vaga na catedral de St. Patrick..."

Lily faz que sim e olha para mim. "Você faz isso. Alec e eu começamos a namorar quando você tinha *nove* anos, e na segunda vez que ele foi lá em casa, você mostrou pra ele um desenho que você tinha pintado. Do meu vestido de noiva."

Alec se debruça para a frente e olha para mim. "Mas o desenho estava muito bom." Ele faz um joinha.

"E o mais impressionante é que o meu vestido de noiva de verdade acabou sendo bem parecido com o desenho", admite Lily. "Mas a questão é que você sempre fica meio..."

"Eu chamaria de fada madrinha insistente", termina Caleb.

"Tá, mas eu estava errada?", digo. Eu aponto para Alec e Lily. "Eles acabaram se casando. E...", acrescento para Caleb, "não insisti quando você namorava a Missy, porque sabia que não ia dar certo. E Lily, pouco antes de você conhecer o Alec, aquele Dan esquisito te convidou pra sair, e eu não falei pra você nem esquentar a cabeça?"

"Falou."

"E você ouviu?"

"De novo, você tinha *nove* anos."

Levanto as sobrancelhas, e ela dá um suspiro. "Não, eu não ouvi."

"E o que aconteceu?"

"Ele me levou pra uma festa, depois passou a noite se pegando com a ex."

Ergo as mãos espalmadas. "Não preciso falar mais nada."

Alec olha para Caleb no laptop. "Então quer dizer que você não vai trazer a namorada nova pra conhecer as suas irmãs?"

"*Pois é...* não vou assustar ela agora com a Lily perguntando se ela tem um bom score de crédito e a Gracie mandando fotos de bolos de casamento."

Lily olha para mim. "Nossas qualidades como irmãs são tão subestimadas."

"Totalmente." Olho de volta para Caleb. "Posso pelo menos ver uma foto? Ela é bonita? Ela faz você rir? Posso chamar ela de irmã? Que cor de sapatinho de Natal ela quer?"

"Ih...", diz Caleb, "tomara que o wi-fi não caia agora. *Odeio* quando meus pesadelos vão até o finalzinho..."

"Mas..."

"Será que não é melhor dar uma folga pro pobre do Caleb e deixar a Gracie explicar por que ela convocou essa reunião de família?", sugere Alec.

Lily e Caleb voltam a atenção para mim, ansiosos e um pouco curiosos. Não é para menos. Uma das dolorosas descobertas que fiz nas últimas semanas foi a de que iniciei tão pouco da minha própria vida. Sou a irmã Cooper que organiza e suaviza os anúncios e as escolhas dos *outros*. Isso está prestes a mudar.

Respiro fundo. "Acho que devemos fechar a loja."

Há uma longa pausa, seguida de um "Sério?", de Lily, e um "Espera, o quê?", de Caleb.

"De onde veio isso?", minha irmã pergunta. "Todo o esforço que fizemos, o site novo, a aula de culinária..."

"A ajuda de vocês foi muito importante", digo. "E fico feliz que a gente tenha tentado, de verdade. Mas a receita da loja continua muito baixa. Se a gente não fechar agora, acho que vamos ser obrigados a fechar daqui a um ano. E daqui a um ano não vamos ter essa proposta da Andrews Corporation."

"A gente nem sabe que proposta é essa", diz Caleb. "Achei que a gente basicamente tinha mandado ele se ferrar."

Respiro fundo de novo. "Na verdade, a gente sabe *sim*. A Sylvia ainda é a advogada da loja, e pedi pra ela entrar em contato com o advogado deles pra saber os detalhes da proposta. Ela me retornou e disse que, como advogada *e* amiga de longa data da família, se quisermos fechar as portas, não vamos encontrar condições melhores que isso."

"É por causa do Sebastian Andrews?", pergunta Lily. "Ai, meu Deus! É por isso que ele tá sempre por perto. Pra cansar você e fazer você parar de vê-lo como inimigo."

"Não tem nada a ver com o Sebastian. Faz várias semanas que não o vejo. Desde a aula de culinária."

Não digo a eles que o fato de que não tive mais notícias de Sebastian me levou à mesma conclusão de Lily — de que talvez ele tivesse se aproximado não por um interesse em mim como pessoa, mas para amenizar a minha percepção dele e fazer com que a proposta para a loja não parecesse mais vir de um inimigo, mas... de um amigo.

Se foi esse o caso, ele deve ter tido uma crise de consciência, porque não apareceu mais na loja, e talvez seja melhor assim. Talvez tenha sido o mesmo motivo pelo qual pedi para a advogada da Bubbles & More cuidar das correspondências oficiais. Posso saber, do fundo do coração, que é a escolha certa, mas isso não significa que meu coração não esteja doendo por eu não ter conseguido fazer a Bubbles dar certo em nome da memória do meu pai — por não ter conseguido aprender a amá-la como meus pais amavam.

Meu lado extravagante, a parte de mim que canta para os pombos, quer manter minhas memórias de Sebastian Andrews o mais longe possível dessa dor.

Caleb toma um gole de sua água com gás, olha para a lata por um instante, como se surpreso por vê-la ali, então a deixa de lado e fita a câmera. "Tá, deixa só eu falar uma coisa. Isso é meio que uma reviravolta completa em relação ao ponto em que a gente tava um mês atrás. E se o Alec desse uma olhada nos números..."

"Já olhei", diz Alec. "A Gracie tem razão quanto ao estado das finanças da loja."

Ele pega a mão da esposa ao dizer isso, e Lily olha para baixo, piscando para segurar as lágrimas. Mesmo me sentindo melancólica, sinto um calor no peito ao ver a conexão conjugal silenciosa, que ao mesmo tempo me encanta e me dá inveja.

Quando minha irmã volta a olhar para o computador, seus olhos azuis têm um brilho de guerreira. "Isso é culpa minha e do Caleb. A gente não deu o apoio de que você precisava, Gracie, e a ajuda que demos foi pequena e tarde demais. Isso acaba agora. Caleb, o site novo ficou lindo — imagino que dê pra acrescentar uma loja virtual, certo? A gente pode pesquisar como faz pra despachar pra estados diferentes — podemos fornecer champanhe pro país todo, não só pra Midtown. Vai ser caro entrar nesse território, mas a gente pode pedir um empréstimo, pode contratar mais gente..."

"Lil", a interrompo com gentileza e pego sua mão livre, apertando de leve. Espero ela olhar para mim, então falo a verdade que vem se firmando aos poucos dentro de mim há semanas. Talvez há mais tempo. "Eu não quero isso."

Ela pisca. "Como assim?"

"Sei que a decisão de fechar a loja não pode ser unilateral. Se vocês quiserem manter ela aberta, fico feliz de entregar as rédeas, mas preciso me afastar. Eu *quero* me afastar."

"Mas você ama a Bubbles", protesta Caleb. "Sempre foi uma coisa sua com o papai."

"Era uma coisa *do papai*", esclareço com firmeza, mas também com gentileza. "Nunca foi a minha coisa. Só assumi porque era tão importante pro papai manter a loja, e que ela ficasse na família, e percebi que ia ter que ser eu, ou ninguém ia fazer isso."

"Gracie, por que você não falou pra gente?" Minha irmã parece abalada.

"Eu devia ter falado", continuo. "Mas acho que nunca admiti isso pra mim mesma até pouco tempo atrás. Não culpo vocês. Nenhum dos dois." Olho para Caleb. "Mas também não posso continuar vivendo pro papai, nem pra vocês. Tenho que viver pra mim."

"Respeito isso", diz Caleb, baixo. "Mas vou continuar me sentindo um idiota por ter agido feito criança, querendo manter a loja, embora não tenha feito nada pra ajudar."

"Eu também", diz Lily. Ela inspira e prende a respiração por um segundo. "O acordo é bom?" Olha para mim de novo.

"É justo", digo. "E inclui indenização pros funcionários, que é o mais importante pra mim."

Ela faz que sim. "Tá. Confio em você."

"Eu também", diz Caleb, então ele olha para mim e sorri. "Mas agora estou morrendo de vontade de saber... o que você vai fazer?"

"Não tenho ideia", digo, com sinceridade. "Mas a indenização vai me dar uma folga pra descobrir."

Todos eles assentem, mas fica um silêncio pairando no ar. Não chega a ser desconfortável, nem irritado. Só um pouco triste, enquanto começamos a entender o que está por vir. Achei que tivesse superado a morte do papai, mas é um pouco como dizer adeus para ele de novo.

Lily é a primeira a quebrar o silêncio. "Então vamos mesmo fazer isso?"

"Só me diz onde tenho que assinar", responde Caleb. Seu sorriso falha. "Caramba. Mas é triste, né? O fim de uma era."

"Não, não, não", diz Lily, sacudindo as mãos. "Não vamos pensar assim. É a coisa certa a fazer, e, no fundo, todos nós sabemos disso."

Ela tem razão. Eu *sei*. Então deixo a minha família tentar me distrair com pizza e vinho do fato de que estou prestes a ficar desempregada. E continuo a importunar meu irmão para que ele apresente a namorada nova.

Sorrio. Rio.

Quando saio da casa da minha irmã, me sinto mais leve do que me senti em anos.

Então entro no metrô e vejo a última mensagem do Sir.

Minha cara Lady,

Em primeiro lugar, peço desculpas pela demora em responder. Em respeito a tudo que você significa para mim, quis considerar a sua sugestão com o cuidado que ela merece.

Fico tentado a aceitar. Você não tem ideia do quanto, há quanto tempo me pergunto como você é, como seria ouvir a sua voz, ver o seu rosto enquanto falamos sobre nada. E tudo.

Mas é com imenso pesar — por favor, ao menos acredite no meu pesar — que preciso recusar. Não para sempre, mas agora não é um bom momento para inserir mais uma variável na minha vida. Por favor, entenda. Por favor.

Espero que possamos continuar como sempre. Se você não quiser, se estiver procurando outra coisa, algo mais… vou entender.

Seu, pesaroso,

Sir

———

Meu caro Sir, com todas as minhas garantias,

Por favor, não se preocupe. Claro que podemos continuar como antes! Eu começo. Um assunto importante que não acredito que ainda não discutimos: reality shows. Tem coisa melhor? O drama? O suspense? As melhores fofocas…

Lady

———

Minha cara Lady,
Meu DEUS.
Seu, em total discordância,
Sir

17

Não quero dizer que estou no fundo do poço. Isso implicaria estar em casa de pijama, abrindo outro pote de gelato de pistache, sem sutiã e com um cabelo que não vê xampu há algum tempo.

Estou bem. De verdade. Meu cérebro tem total certeza disso.

O Sir é só um cara cujo rosto nunca vi. O Sebastian é só um homem de negócios cujo interesse em mim tinha motivos puramente financeiros. Nunca tive nenhum dos dois, então não perdi nenhum deles.

Então por que o meu coração dói?

Tem um lado bom no fato de a minha vida pessoal estar indo por água abaixo. A minha vida profissional também está indo por água abaixo, mas pelo menos nesse caso estou no banco do motorista. A cada antigo cliente de quem me despeço, a cada placa de desconto que penduro, a cada caixa de champanhe que embalo cuidadosamente para vender para um dos fornecedores que está comprando o nosso inventário, me sinto um pouco mais convencida de que essa é a coisa *certa* a fazer.

É assustador. E triste. Mas sinto, no fundo da alma, que essa virada brusca na minha vida é o caminho certo.

Sorrio para um jovem casal de quarenta e poucos anos ao lhes entregar uma sacola nova de papel branco. Eles estão comemorando o aniversário dela de um ano livre do câncer e ficaram animados quando mostrei um desconto fenomenal na mesa de queima de estoque. Alguns concorrentes da vizinhança compraram caixas inteiras ou pela metade, mas decidi que, com as garrafas soltas, era melhor fazer algo tipo "queima total".

Papai deve ter se revirado lá no céu por causa disso. Embora ele próprio fosse do tipo que sempre corria atrás de uma boa promoção —

adorava um Chianti barato —, ele e a minha mãe decidiram desde o início que a Bubbles seria uma loja de luxo. *A Cartier não tem vitrine de promoção, tem, Gracie?*

Na verdade, eu nunca tinha pisado numa Cartier. Até hoje não pisei, então nem sei como é.

Mas eis o que sei: o sorriso no rosto do casal quando dei a eles uma garrafa de espumante para celebrar a vida. As lágrimas nos olhos da avó que estava comprando um champanhe para comemorar a chegada do primeiro neto e encontrou uma garrafa dentro das suas possibilidades? *Valeu a pena*, apesar do prejuízo. O que me diz algo que talvez eu soubesse o tempo todo: prefiro ser uma boa pessoa do que uma grande mulher de negócios.

É fácil dizer isso agora, que tenho uma folga financeira proporcionada pelo acordo com a Andrews Corporation. Não que ela me garanta o resto da vida, nada disso. Mas, pela primeira vez *na história*, tenho um respiro no orçamento. Não tenho mais que perder noites de sono para ter certeza de que vai dar para pagar o aluguel da casa e manter a loja. Acabou o ressentimento por ter que trabalhar sete dias por semana porque não posso me dar ao luxo de contratar outro funcionário. Acabou o estresse para saber se vou conseguir manter os empregados que *já* tenho.

Tirando que o legado da família chegou ao fim, essa tem sido a parte mais difícil. Dar a notícia para a May, o Josh e a Robyn de que, apesar de que eles terão seis meses de salário, precisam procurar outro emprego. Todos eles receberam a notícia com compreensão e bondade, o que foi um alívio num período particularmente agridoce da minha vida.

May, em especial, foi a favor da decisão. *Hora de seguir em frente, em vários sentidos.*

Sei que ela quis dizer que está na hora de me desapegar do meu pai. Sei que o principal motivo pelo qual ela continuou na loja foi por minha causa, mas também sei que um pouquinho foi por si mesma — uma maneira de se manter ligada ao meu pai. Não quero isso para ela. Que permaneça ligada à memória dele? Sim, claro. Sei que ela sempre vai amá-lo. Mas também quero que ela encontre a mesma felicidade com outra pessoa.

Robyn ficou desapontada, mas não surpresa. Na verdade, já tinha começado a procurar emprego, prevendo que a loja ia fechar, e fico feliz por isso. Ela é inteligente, talentosa, e tenho certeza de que vai encontrar alguém ou algum lugar que possa fazer bom uso disso.

Estranhamente, a pessoa para quem tive mais medo de contar foi o Josh. Odeio pensar que ele se dedicou tanto a aprender sobre vinho, sobre a loja... para nada.

Não foi para nada, chefe. Fiz parte de uma coisa boa. Não me arrependo.

Muito irônico. Muito irônico que o empregado que fez parte da história da Bubbles por menos tempo tenha sido o que melhor conseguiu resumir o espírito da situação. Parte de uma coisa boa, sem dúvida.

Comemoramos essa coisa boa ontem à noite com uma festa de despedida aqui na loja. Nada de mais, nada chique. Só os funcionários, a família Cooper — menos o Caleb, embora ele tenha ligado pelo FaceTime —, alguns dos nossos clientes habituais e amigos próximos. Keva veio com Grady e eles trouxeram bandejas de batata frita com casquinha de queijo e caçarola de brócolis para acompanhar, e os dois insistiram ser a combinação perfeita para a ocasião. Estavam absolutamente certos.

Uma pequena parte de mim ficou se perguntando se o Sebastian apareceria sem aviso, como fez em todos os outros eventos.

Ele não veio, e eu disse a mim mesma que era melhor assim.

A festa foi fantástica — a despedida perfeita para trinta e nove anos fornecendo champanhe para a Midtown. Fico feliz por termos festejado na véspera do fechamento da loja, e não depois de as portas já estarem fechadas para sempre. Assim, pude vir trabalhar hoje — pela última vez — com o riso e a companhia da noite anterior ainda vivos na memória. Para, de algum modo, passar por este dia com um sorriso no rosto.

Para chegar a este ponto. Este momento.

Lily aperta a minha mão enquanto ficamos lado a lado na porta da Bubbles. Robyn e Josh já foram — não por hoje, mas para *sempre*. Atrás de mim, ouço May tagarelando consigo mesma, procurando o batom na bolsa. Alec também está por aqui, uma presença calma e reconfortante.

"Quer que eu faça?", pergunta Lily com carinho, já que eu não me movo.

Faço que não com a cabeça. "Não, eu só..." Fecho os olhos com força. "Será que... Você se importa se eu fizer essa parte sozinha? Acho que preciso de um tempo, só eu e a loja."

Ela aperta a minha mão de novo. "Lógico."

"Tem certeza? A loja também é sua..."

"Não", diz ela, baixinho. "Faz tempo que não. Na verdade nunca foi, não como era pra você. Ninguém precisa de plateia pra terminar um relacionamento antigo." Lily se vira para May e Alec. "Peguem suas coisas, pessoal. Vamos sair."

May tira o batom da bolsa num gesto triunfal. "Deixa só eu me vestir..."

Ela passa uma camada grossa de magenta brilhante e faz um barulho de beijo na minha direção, então joga o batom de volta na bolsa para se perder de novo — não entendo por que ela não o guarda num bolsinho lateral. Pega a bolsa e o casaco roxo brilhante e vem até mim.

"Aproveita o seu tempo sozinha, querida, mas se precisar de um ombro pra chorar, vai lá pra minha casa, ok?"

Sorrio e faço que sim, sem confiar na minha voz nesse momento. Ela segura meu rosto nas mãos, a expressão guerreira de sempre suavizada por um instante. "Ele tem orgulho de você", sussurra. "Sua mãe também. Os dois iam querer que você escolhesse *você*."

Faço que sim de novo, meus olhos enchendo de lágrimas, e ela me empurra para a frente, deixando um beijo na minha testa. "Não esquece. Se precisar, passa lá em casa. A gente enche a cara, pede batata frita com queijo e vê algum filme da Katharine Hepburn."

Ela se vira para sair, e, como tenho feito o dia inteiro, tento não pensar no fato de que nunca mais a verei entrar por essa porta.

Lily e Alec se aproximam de mim em seguida. Juntos, mas separados, e não tenho energia emocional para lidar com isso agora. Então deixo os dois me abraçarem. Vejo os olhos de Lily se encherem de lágrimas e levanto o indicador. "Não. A gente não pode fazer isso."

"Tá bom, eu sei." Ela funga.

Alec me puxa para um último abraço e beija a minha bochecha. Ele não me diz que posso contar com ele se precisar, mas sei que posso. Sei que posso contar com os dois.

Ele segura a porta para Lily, que começa a sair, então para na porta e olha para trás, fitando as prateleiras vazias. As últimas caixas que ainda tenho que empacotar. Alec e eu não nos movemos nem falamos nada, apenas a deixamos se despedir, não só da loja, mas de uma fase de sua vida — das nossas vidas —, um capítulo agora encerrado.

Ela assente uma vez, mais para si mesma, e sai para o ar frio da noite de outono. Alec me oferece um último sorriso e então segue a esposa. Pela janela, vejo-o procurar hesitante pela mão dela. Vejo-a erguer o rosto, meio surpresa. Vejo-a entrelaçar os dedos nos dele.

O gesto simples e amoroso, que já vi milhares de vezes esses anos todos, mas não o bastante ultimamente, me atinge em cheio. E as emoções que passei o dia inteiro tentando conter transbordam.

Não chega a ser um dilúvio. Só um fluxo constante de lágrimas silenciosas que eu mal percebo até as gotas que pingam do meu queixo começarem a fazer cócegas. Limpo o rosto, mas as lágrimas continuam caindo.

Com um soluço silencioso, dou um passo e pego a placa de "Estamos abertos" em formato de garrafa de champanhe.

Respiro fundo. Viro a placa.

Sinto muito! Estamos fechados!

Para sempre.

A placa de madeira balança de leve na cordinha branca por apenas mais um segundo e então para. Também fico parada ali, imóvel naquele momento.

E percebo meu erro.

Não quero estar sozinha.

Não quero estar sozinha, mas não quero comer batata frita com a May, nem papear com a Keva ou a Rachel. Não quero falar com o meu irmão pelo FaceTime, nem conversar com a minha irmã sobre os bons velhos tempos.

Fecho os olhos e me deixo querer... *ele.*

Quero que o meu músico de cabelo comprido e olhos castanhos me dê um abraço apertado. Ou me faça rir. Ou me deixe falar do papai. Ou me diga que vai ficar tudo bem.

No entanto, tem algo de errado. O sonho ao qual retornei por tanto tempo, o rosto do meu homem dos sonhos mudou. Ele está um pouco mais alto, o cabelo um pouco mais escuro.

Olhos azul-piscina, em vez de castanhos.

"Droga." De jeito nenhum vou deixar Sebastian se intrometer neste momento. É o meu momento, e sei exatamente como comemorar. Dou meia-volta e sigo para a cave quase vazia, para pegar a minha garrafa de

Krug. Digo *minha* garrafa de Krug porque papai comprou uma para cada um de nós quando completamos vinte e um anos. Não o Dom Pérignon que abrimos no dia do aniversário — um vinho *pronto para abrir e tomar* —, mas o champanhe *para guardar para a hora certa.*

Lily abriu a dela no dia do casamento. Caleb, na noite em que os Cubs ganharam a World Series, porque por alguma razão, embora nascido e criado em Nova York, ele sempre foi fanático por um time de beisebol de Chicago.

Mas eu guardei a minha. Achei que a abriria no dia do meu casamento ou quando meu primeiro filho nascesse, mas há pouco tempo percebi que esta é a hora. Uma celebração. E uma despedida.

De repente, porque parece certo, resolvo mandar uma mensagem para o Sir.

Meu caro Sir, está por aí?

Guardo o celular no bolso de trás da calça jeans, pego a garrafa na geladeira e desgrudo o Post-it cor-de-rosa que diz: *Da Gracie — Tira a mão!*

Sorrio, deslizando o dedo pelo rótulo ornamentado e lembrando de como meu pai avisou o quanto aquilo era caro. Beijo meu dedo, aperto-o contra o rótulo e olho para cima. "Te amo, pai."

O céu não ruge em resposta. Tudo bem. Como May falou, tenho que acreditar que meus pais apoiariam a minha decisão.

Também não recebo uma resposta do Sir. Isso dói um pouco mais.

Pego duas taças — as minhas preferidas, que não empacotei ainda de propósito. Não preciso de duas, mas me parece um pouco mais respeitável beber sozinha quando você pelo menos finge que tem outra pessoa na sala.

Olho fixo para o celular, tentando fazê-lo vibrar com uma notificação do MysteryMate. Nada.

Meu coração afunda um pouco, mas eu me visualizo jogando uma corda para ele e puxando-o de volta para o lugar.

"Só mais uma coisa na minha vida que não está indo como no conto de fadas", digo baixinho, pegando a garrafa e começando a girar o arame. Tiro o arame e o alumínio. Checo o celular uma última vez, esperando uma mensagem que não está lá.

Tudo bem. *Tuuuuuudo* bem. Fecho o aplicativo e abro outro, em busca de outro tipo de companhia masculina. Um mais confiável. O disco *Call Me Irresponsible*, do Michael Bublé, um dos meus preferidos, e o coloco para tocar agora, e a loja está tão vazia e silenciosa que o pequeno alto-falante do iPhone parece preencher completamente o espaço com a voz de barítono de Bublé.

Bublé me assegura de que o melhor ainda está por vir, e acredito nele. Talvez, mais importante, decido agir. Abro o aplicativo do MysteryMate de novo, só que desta vez é para procurar um match novo — algo que, tenho vergonha de admitir, eu não faço há meses.

Apesar de toda a conversa sobre querer encontrar a minha alma gêmea, não tenho me esforçado muito.

Pego a garrafa de Krug e seguro a rolha para torcê-la como já fiz milhares de vezes.

Mas o barulho da garrafa abrindo soa errado.

Porque ela não faz *pop*.

Franzo a testa, pois percebo que o barulho é de alguém batendo à porta — um toc-toc rápido, eficiente.

Lily. Sempre quis que tivéssemos aquela conexão mágica que irmãos gêmeos têm, pelo menos em programas de televisão, e talvez esteja enfim realizando o meu desejo. Ela deve ter sentido que eu não queria ficar sozinha no fim das contas e...

No meio do caminho em direção à porta, mesmo no escuro, vejo pela janela que não é a Lily. Não é uma mulher.

Ver uma silhueta masculina na porta da frente quando estou sozinha aqui dentro deveria fazer meu pulso disparar, e é isso mesmo que acontece.

Mas não de medo. É por outro motivo.

Conheço essa silhueta.

Me movo devagar, sem saber direito como me sinto em relação à presença dele. Quando chego à porta, ainda não descobri, mas giro a chave assim mesmo.

E abro a porta para Sebastian Andrews.

18

"O que você está fazendo aqui?"

Sebastian passa a mão na nuca e olha para o chão. Na outra mão, carrega uma sacola barata de plástico branco.

Quando olha para mim, está com a cara meio fechada. "Não sei."

Me recosto contra o batente da porta. "Você não sabe o que está fazendo às dez e meia da noite numa loja de vinhos que acaba de fechar as portas?"

Aponto a placa em formato de garrafa de champanhe sem nem olhar para ela. "Estamos fechados. Pra sempre. Ah, espera, você já sabe."

Sebastian expira. "Eu devo ser a última pessoa que você quer ver. Não é muito apropriado eu estar aqui, dadas as circunstâncias. Eu só..."

Ele me entrega a sacola. "Kebab. Só por precaução."

"Só por precaução?", pergunto, pegando a sacola, sem me preocupar em esconder minha confusão.

Sebastian franze a testa de novo. "Não sei bem como explicar. Só tive o mais estranho pressentimento..." O olhar dele encontra o meu. "De que você precisava de alguma coisa."

Deixo escapar um sorriso. Eu estava aqui, tentando fazer com que o Sir sentisse por mágica que eu precisava conversar. Ou que Lily desenvolvesse algum novo tipo de conexão comigo. Estava mandando, sim, vibrações para o universo, e a pessoa que captou foi... Sebastian Andrews?

"Bom", ele limpa a garganta, parecendo envergonhado. "Não vou mais atrapalhar..." Ele olha atrás de mim e nota ao que tudo indica pela primeira vez a loja vazia e parece arrependido. Quem sabe até um pouco culpado.

Mais uma vez, aqueles olhos azul-piscina encontram os meus, e, de novo, sinto um irritante frio na barriga.

"Você está bem?", pergunta ele, gentil.

Faço uma cara triste e coço a bochecha. "Estou com a cara toda inchada, né?"

"Minha mãe me mataria se eu respondesse isso", ele responde, com um sorrisinho. Ele estica a mão na direção do meu rosto. Faz uma pausa e, como não me afasto, coloca o polegar no centro da minha testa, num gesto que é surpreendente e... carinhoso.

Ele desliza o polegar e, quando o traz de volta e me mostra, vejo que sua pele está manchada de magenta.

"Ai, pelo amor de Deus", murmuro, esfregando a testa com as costas da mão. "May e o batom dela. Você por acaso não é um daqueles sujeitos antiquados que carregam um lenço no bolso do paletó, é?"

"Em geral, sou. Mas receio ter deixado meu lenço junto com o relógio de bolso e a cartola hoje de manhã."

Não consigo impedir que um pequeno suspiro escape. "Você às vezes não pensa como seria bom poder voltar pra esse tempo? Quando os homens eram cavalheiros e as mulheres eram... Bom, na verdade, a gente não podia votar, né?"

"Depende. Os homens carregavam lenço e relógio de bolso depois que a Décima Nona Emenda foi ratificada? Gosto de pensar que sim."

"Ai, não estou no clima de lidar com você sendo simpático", digo, sem emoção.

Ele sorri, e me sinto tentada a sorrir de volta, embora sinta uma raiva irracional. Dele, por ser tão atraente quando está enrolado com alguma outra mulher. De mim, por odiar essa outra mulher...

"Obrigada pela comida", digo, sacudindo a sacola de leve. "Mas ainda tenho que arrumar umas coisas, e aposto que você tem *alguém* pra quem voltar."

O calor em seus olhos desaparece. Tento dizer a mim mesma que é uma expressão de irritação ou de orgulho ferido. Mas parece muito mais com mágoa.

Sebastian assente uma única vez e dá um passo atrás. "Ah. Que ninguém jamais diga que não sei perceber a minha deixa pra ir embora. Boa noite, Gracie Cooper."

Ele se afasta e, no mesmo instante, sei que isso está errado.

"Espera." Estico o braço e o seguro pela manga. Ele não está com um casaco por cima do terno, e o tecido da manga me faz pensar na noite em que ele caminhou comigo até a minha casa e me emprestou o paletó.

Ele direciona os olhos turquesa para a minha mão, depois para o meu rosto. Confuso. Esperançoso?

Dou um passo para o lado e o convido com a cabeça. *Pode entrar.*

Ele entra na Bubbles vazia, embora a loja pareça muito menos vazia com ele aqui.

Enquanto coloco a sacola branca no balcão, Bublé canta sobre ele e a Mrs. Jones.

Sebastian olha ao redor para a sala quase vazia, sem nenhuma emoção no rosto, pelo menos até notar a garrafa de champanhe. As duas taças. "Você estava esperando companhia."

"Mais ou menos. É complicado", digo, com um sorrisinho.

"Ah." Sua voz soa um pouquinho seca. "Seu pretendente".

"*Pretendente.* Gostei da palavra." Pego a garrafa e a giro nas mãos, o barulho da rolha criando uma harmonia agradável com a música antiquada. "Acho que não fui bem clara quando comentei a respeito. Complicado não chega nem perto de explicar a situação com o meu *pretendente*."

"Não?", pergunta ele, ficando de pé na minha frente. Sirvo o vinho e olho para ele, esperando que ele note o rótulo da garrafa, mas em vez disso ele está me observando.

Deixo a pergunta no ar. Não quero pensar na rejeição do Sir agora. Na verdade, percebo, é estranho o quão pouco consigo pensar no Sir quando estou na presença de Sebastian, ou em Sebastian enquanto estou trocando mensagens com o Sir. É como se meu cérebro me protegesse de comparar os dois homens.

Talvez porque meu coração saiba que teria que escolher.

Termino de servir a bebida e ofereço uma taça para Sebastian.

Ele hesita. "Quer mesmo beber champanhe? Comigo? Hoje?"

"É uma estranha reviravolta do destino, sem dúvida", digo, olhando para a loja vazia. Vazia por causa dele. Mas por minha causa também. "Mas é apropriada, não acha?" Levanto minha taça. "À Bubbles."

Ele levanta a dele. "À Bubbles. Aos novos começos."

Faço que sim com a cabeça, prestes a beber, mas ele acrescenta um brinde. "Ao inesperado."

Seus olhos encontram os meus ao dizer isso e mantêm o contato enquanto tocamos as taças e bebemos um gole. O vinho é sensacional. E não tem nada a ver com o frio que sinto na barriga. Com a secura em minha boca. Ou com a leve tontura onde deveria haver lógica.

"Isso é incrível", diz ele, afinal parecendo notar a bebida. Ele pega a garrafa e pisca. "E muito caro."

Dou de ombros. "Apesar de toda a ladainha que repito pros clientes — antigos clientes — de que devemos tratar todos os dias como uma ocasião especial, acho que sou meio velha guarda. Estava guardando essa garrafa para uma ocasião *super*especial, por mais triste que seja."

"E aqui está você, dividindo-a com um homem que odeia."

Nego depressa com a cabeça. "Não odeio ninguém."

"Desgosta muito?", pergunta ele, com um sorriso triste.

Expiro. "Talvez fechar a Bubbles fosse inevitável", digo, com calma. "Mas não vou negar que a constância das suas cartas e a sua tremenda insistência aceleraram esse processo. Talvez antes de eu estar pronta pra ele. Ou talvez eu devesse te agradecer. Pra ser sincera, não sei."

Ele pisca, meio arrependido. "Gracie Cooper..."

Faço que não com a cabeça. "Não quero falar de negócios, Sebastian Andrews. Hoje não. Essa parte está feita. Pedi pra minha advogada cuidar de tudo por um motivo."

"Que motivo?"

"Pra eu não acabar te odiando", digo, dando um sorriso rápido.

Ele parece surpreso por um momento, então dá uma risada silenciosa. "Bem que você me disse quando nos conhecemos que você fala tudo o que pensa."

Nem tudo o que penso.

Puxo um banquinho e me sento. Aponto o outro banquinho, mas ele faz que não com a cabeça. Dou de ombros e pego o sanduíche, sorrindo de leve ao perceber que estou prestes a juntar comida barata das ruas de Nova York, champanhe extraordinariamente caro e Sebastian Andrews.

Uma estranha combinação cujo resultado é surpreendentemente... perfeito.

"Quer dividir?", pergunto, desembrulhando o sanduíche.

"Acho que não tem faca."

Dou de ombros e mordo, então passo para ele. Sebastian hesita apenas por um segundo, parecendo um pouco perplexo, como se compartilhar comida fosse uma novidade. Então dá uma mordida — uma mordida grande, que me faz pensar que ele não jantou nem beliscou nada — e me devolve.

É a refeição mais íntima que tive em minha memória recente, mas nada nela parece estranho.

"Então", digo, dando uma mordida e limpando o queixo. "Como você está?"

Ele pega o sanduíche e olha para ele, embora não veja de fato. "Bem."

Levanto as sobrancelhas. "Aham."

Ele não chegou a tocar a comida, então pego de volta e dou outra mordida.

"Você podia tentar do meu jeito", sugiro, com um sorriso. "Mais tagarelice, menos estoicismo."

"Tá bom", diz ele, devagar. "Você perguntou como eu estou. Estou num conflito."

"Nem me fala", digo, erguendo a taça de champanhe em um brinde. "Sei como é."

Sebastian aparentemente muda de ideia quanto a ficar de pé, porque dá a volta no balcão e pega o outro banquinho, afinal. Ele o arrasta pelo chão de madeira até ficar de frente para mim. Ele se senta. Por fim, pega o sanduíche da minha mão.

"Você está em conflito a respeito de quê?", pergunta.

"Nada disso. Você começou. Vai primeiro."

Ele demora bastante para mastigar e engolir, sua expressão é cautelosa ao fitar meus olhos de novo. "É sobre uma mulher."

Meu estômago se aperta com um ciúme óbvio, e lembro a mim mesma que não tenho o direito de sentir isso.

Sorrio e dou de ombros. "O meu é sobre um homem. Quem sabe a gente não pode se ajudar?"

Seus olhos brilham por um minuto, então ele expira e faz que sim. "Me importo com ela. Penso nela mais do que deveria. Na verdade, acho que penso nela quase o tempo todo. E, ainda assim, recentemente, quando penso em fazer algo a respeito, dar um passo adiante, algo me impede. Como se não fosse o momento certo. Faz sentido?"

"Infelizmente, sim", digo, meio triste, pensando na última mensagem do Sir. "Mas quer saber o que eu acho de momentos certos na vida?"

"Você está com um brilho meio de guerreira amazona nos olhos, então não sei se quero", admite ele, cético.

"O que eu penso é o seguinte", continuo assim mesmo, amassando o guardanapo e jogando-o dentro da sacola de plástico. "Acho que relacionamentos são muito parecidos com champanhe. Essa garrafa aqui...", levanto a garrafa e sirvo mais um pouco para nós dois, "é cara pra burro. No dia em que completamos vinte e um anos, meu pai deu pra cada filho uma garrafa da safra do ano em que nascemos e nos mandou guardar pra *hora certa*. Sempre interpretamos isso como guardar pra uma ocasião especial. Noivado. Casamento. Alguma comemoração. Beisebol, se você for o meu irmão." Seguro a garrafa pelo gargalo, examino o rótulo. "Mas meu pai não falou pra guardar pra uma ocasião especial. Ele falou pra guardar pra *hora certa*. Tem uma diferença crucial, é o que eu tô entendendo."

"E esta é a sua hora certa? Aqui? Comigo?", pergunta ele, a voz meio rouca.

"Parece que sim. E acho que esse é o meu ponto." Coloco a garrafa no balcão e olho para ele. "Acho que não dá pra *planejar* a hora certa. Ou a mulher certa. Quando se trata de timing, talvez às vezes você tenha que *fazer* com que seja a hora certa e simplesmente *acreditar* que é a mulher certa."

Ele deixa o kebab de lado — o sanduíche virou uma bagunça, e nenhum de nós o pega de novo. "E se escolher um caminho significar abrir mão de outro?"

"Isso, Sir Andrews, é o que chamamos de *viver*."

Fico um pouco chocada com a minha própria resposta. *Sir*.

Sinto ao mesmo tempo um remorso instantâneo — como se tivesse traído tudo que é mais querido para mim — e uma outra coisa que não sei bem explicar, uma sensação fugaz de que acabei de *revelar* tudo o que é mais querido para mim.

O sentimento desaparece antes que eu possa decifrá-lo, mas o mais intrigante é o olhar no rosto de Sebastian, um reflexo quase perfeito do meu próprio choque e desconforto, o que não faz o menor sentido. Ele não tem como saber o que a frase significa para mim, a menos que...

Meu cérebro atordoado repassa tudo o que sei sobre o Sir e tudo o que sei sobre Sebastian. Os dois são de Manhattan, o que não significa nada — Manhattan tem milhões de homens. Mas tem outras coisas. O fato de que os dois estavam namorando quando nos conhecemos e não estão mais. Ele ter pedido sorbet de limão aquela noite no parque, as respostas sagazes, a bondade inesperada. E, o mais revelador de tudo, minha própria reação a eles...

A maravilhosa esperança fugaz que sinto desaparece quase que de imediato quando lembro de um detalhe crucial: conheci os pais de Sebastian Andrews — o pai do Sir já morreu.

Não é o mesmo homem, então. A decepção provocada por essa conclusão é intensa. Explicaria tanta coisa se eles fossem a mesma pessoa. O fato de que me sinto atraída por ambos com a mesma urgência inexplicável. A culpa que sinto quando penso num enquanto falo com o outro. Mas, o principal, resolveria o maior problema de todos:

Escolher um significaria perder o outro — um pensamento que parece quase insuportável.

Para disfarçar a decepção de que eles não podem ser o mesmo homem, me obrigo a dar um sorriso e retomo a conversa como se nada tivesse acontecido.

"De todo modo", digo, descontraída. "Posso estar errada. Mas me pergunto se os relacionamentos, sobretudo os complicados, os que valem a dedicação... me pergunto se eles não são como um bom vinho. Talvez você só precise *beber logo esse negócio.*"

Sebastian sorri — um sorriso de *verdade* que suaviza suas feições duras. "Uma abordagem interessante pra uma especialista em vinhos."

"*Ex*-especialista em vinhos. Saí desse mercado, graças a você." Mas não digo isso com ressentimento, apenas dou umas piscadas de leve para ele.

"Saiu do mercado?", pergunta ele, surpreso. "Achei que você ia continuar, de alguma forma."

Faço que não com a cabeça. "Acho que não. Sempre foi o sonho do meu pai. Não o meu."

"Então o que você vai fazer?"

"Bom, tenho uns meses pra descobrir, também graças a você. O que é uma coisa boa, porque não tenho a menor ideia", admito.

Ele me estuda por sobre a taça. "E o sonho de ser artista?"

Sorrio. "Acho que ficou pra trás junto com as suas ambições de virar jóquei."

"Discordo", diz ele. "Faz uns dez anos que não chego nem perto de um cavalo. Você continua produzindo obras de arte excelentes."

Pisco, surpresa. "Você sabia?"

"Que as pinturas na loja são suas? Eu tinha um palpite."

"Como você descobriu?"

"Não por causa da sua assinatura. O que é aquilo, um sapato?"

Sorrio de leve e tomo outro gole de champanhe. "É. O sapatinho de cristal da Cinderela. Foi uma das primeiras coisas que aprendi a desenhar. Gostava muito de contos de fadas. Comecei a usar como assinatura, e, aos nove anos de idade, pareceu muito inteligente e secreto. Acabou pegando."

Inclino um pouco a cabeça, olhando para ele, curiosa.

"Mas, sério, como você sabia que os quadros eram meus? Não falo disso pra muita gente."

Ele dá de ombros. "Não sei. Acho que suspeitei por um tempo. A sua reação quando chamei de fofinhos. Foi mais do que orgulho profissional. Foi pessoal. Aí quando você falou no parque, naquela noite, que queria ser artista, meio que confirmou."

Faço uma pequena saudação com os dedos para ele. "Parabéns, Sherlock."

Ele se ajeita no banco e espera até que eu olhe para ele. O que faço, cautelosa.

"Eles são bons", diz, afinal. "Os quadros."

Reviro os olhos. "Diz ele, depois de perceber que cometeu um erro ao chamá-los de *quadros fofinhos de Fada Sininho*."

"Eles são *bons*." A voz dele é firme. Calorosa. Confiante.

Quero acusá-lo de estar puxando meu saco, tentando livrar a cara ou se redimir, mas ele não soa como alguém que só está tentando ficar bem na fita. Parece um homem falando a verdade.

O que significa muita coisa. Ter alguém que não é da minha família nem é meu amigo elogiando o meu trabalho.

Limpo uma sujeira imaginária da boca para ter o que fazer com as mãos, então enfim tomo coragem para olhar para ele. Para olhar para ele de *verdade*, porque ele está olhando para mim.

"Obrigada." Minha voz soa baixa. Não chega a um sussurro, mas é quase.

"De nada." A voz dele também é baixa, e por um momento seu olhar desce até a minha boca.

Ele termina o champanhe da taça com um grande gole que provavelmente faz meu pai se revirar no túmulo. "Acho que é melhor eu ir. Deixar você terminar aqui."

"Claro, ok. Obrigada pela comida. Seu sentido aranha estava certo. Eu precisava disso."

Ou talvez precisasse de você.

Guardo esse pensamento.

"Obrigado por dividir seu *champanhe da hora certa* com o cara que te fez fechar as portas."

"O que posso dizer? Acho que gosto de uma ironia", digo com um sorrisinho, destrancando a porta para ele sair.

"É", ele parece distraído ao sair, então se volta no último instante e para tão perto de mim que tenho de inclinar a cabeça para trás para olhar para ele.

"Esse seu cara, o complicado", pergunta, com os olhos fixos nos meus. "Ele é *o* cara?"

Fico sem ar com a pergunta. Quero desviar o olhar, mas ele parece me prender com os olhos. "Não sei", admito baixinho, para mim mesma, pela primeira vez. "Achei que fosse, mas agora... Não tenho tanta certeza."

Seus olhos brilham com algo que parece satisfação, e a resposta que ele dá desequilibra tudo dentro de mim.

"Ótimo."

19

"Ainda não acredito que você veio. E nem me falou nada", exclamo, abraçando meu irmão mais novo pela centésima vez desde que ele bateu à porta da Bubbles — ou do que *era* a Bubbles —, no meio da tarde.

"O que posso dizer, gosto de fazer surpresa", responde Caleb, pegando a caixa que deslizo pelo balcão e levando-a para a pequena pilha perto da porta da frente.

Faz dois dias que fechamos, dois dias depois da noite, ou seja lá o que tenha sido aquilo, com Sebastian. Tecnicamente, temos o espaço por mais alguns dias — até o final do mês. Mas agora que acabou, estou pronta para... dizer *chega*.

Depois de mostrar o espaço para uma mulher séria da Andrews Corporation, de terninho e cabelo esticado num coque rígido, só precisava catar umas últimas coisas e checar as gavetas, para ver se não esqueci nada — nas quais encontrei quatro brincos da May, um dos quais tenho quase certeza de que é um testículo.

Estava segurando o brinco quando meu irmão entrou pela porta da frente, e ele confirmou, com cem por cento de certeza: é um testículo.

"O que sobrou?", pergunta ele.

"Só a geladeira", digo, acenando para a cave. "Nem sei se é nossa ou se veio com o prédio. Sempre esteve aí."

"Tem alguma coisa dentro?"

Dou de ombros. "Tem umas cervejas. Também não sei de onde vieram."

Ele caminha até a porta da cave, com suas botas de trabalho, calça jeans desbotada e uma camisa verde de manga comprida da Henley. Então volta com duas garrafas de cerveja e usa a lateral do balcão para abri-las com muita habilidade.

"A gente pode beber cerveja numa loja de champanhe?", eu sussurro.

"Pai?", diz Caleb, olhando para o teto. "Mãe?"

Ele me olha com uma cara triste. "Droga. Eles falaram que não é apropriado."

Então ele me passa uma cerveja e brinda sua garrafa na minha antes de tomar um bom gole.

Sorrio. "Achei que nossos pais tinham dito que não?"

"Eles são pais. É o trabalho deles dizer não, e o nosso trabalho, como crianças, é fazer o oposto do que eles dizem."

"Acho que não é assim que funciona."

Ele apoia os cotovelos no balcão. "Isso porque você nunca teve uma fase rebelde. Nem a Lily."

"Você foi rebelde o suficiente por nós três."

"Não tem de quê. Bebe essa cerveja. É o champanhe do povo."

"É isso que eles dizem em New Hampshire?" Tomo um gole da cerveja. Não é a minha preferida, mas não é ruim.

"Não, é só um fato. A Lily respondeu alguma coisa sobre jantar hoje?"

Pego o celular. "Sim. Ela fez reserva num lugar no West Village, às sete e meia. Também mandou mais umas quatro mensagens reclamando da sua falta de consideração por horários e pela vida dos outros. Ah, e está animada pra te ver. E disse que é pra eu não te contar que ela chorou quando eu avisei que você estava em Nova York."

Ele sorri, mas parece um pouco culpado. "Caramba. Não sabia que eu era o pilar da família."

"Longe disso. A gente só sente saudade. Muita. E não vou dar sermão." Levanto a mão aberta, para tranquilizá-lo. "Mas do nada você praticamente sumiu. A gente mal tinha assimilado que você ia embora, e aí você... já tinha ido."

"É. Não tenho orgulho disso", diz ele, expirando. "A Amanda me deu uma baita bronca quando contei essa história."

"Ah, sim. A namorada de quem não tenho permissão pra falar."

"Você pode falar dela, só não *com* ela."

"Ei, só pra constar, acho que é completamente normal irmãs mais velhas vasculharem o celular do irmão pra procurar o telefone da nova namorada dele."

"Só pra constar, não tem nada de normal nisso. Eu fico enchendo o saco pra saber da sua vida amorosa?"

"Não. Você não pergunta nada."

Ele franze o nariz. "Você quer que eu pergunte?"

"Quero que você se importe", digo meio baixo, puxando o cantinho do rótulo da cerveja.

Caleb coloca a cerveja no balcão com um baque e endireita as costas. "Não acredito que você falou isso!"

Eu rio. "Eu sei, eu sei. Você se importa."

"Me importo sim. Me importo pra caramba. Só não quero saber quem você tá pegando, a menos que ele seja um esquisito que precisa de uma surra." Ele estreita os olhos. "Ele é?"

"Não. Principalmente porque não tô pegando ninguém."

"Graças a Deus."

Bebemos nossas cervejas em silêncio por um segundo, e olho para ele. "Mas a gente nunca falou disso. Quero dizer, sobre por que você se mudou."

Ele dá um suspiro. "Pra ser sincero, era algo que eu queria já fazia tempo. Gosto de Nova York, mas não amo esta cidade que nem você e a Lily. Mesmo quando era criança, eu só queria saber de acampar nas férias de primavera, lembra?"

"Lembro. E quando você conseguia, era um *inferno*."

Caleb sorri. "De todo modo, falei disso com o papai uma vez — só falei que eu estava pensando a respeito —, e ele me deu um sermão enorme sobre família e lealdade e como ele não ia estar por perto pra sempre..."

"Ele jogava muito com a culpa", comento.

"Demais." Caleb parece pensativo. "Foi por isso que você assumiu a loja? Por culpa?"

"Um pouco, acho. Mas assumo a responsabilidade pelas minhas decisões. Em alguma medida, acho que eu queria tocar a Bubbles."

Ou tinha medo demais de ir atrás de algo que pudesse importar mais.

"Ainda me sinto um merda por ter deixado isso em cima de você, e ao mesmo tempo ficado falando de manter o negócio da família vivo."

"Águas passadas", digo, fazendo um movimento com a garrafa. "Fico feliz que você esteja feliz. Espero conseguir um pouco disso pra mim também."

Ouvimos uma batida na porta, e como não cheguei a trancar, uma pessoa entra.

"Ah, desculpa", grito. "Não estamos mais abertos."

"É, porque a sala completamente vazia já não deixou isso bem claro", acrescenta Caleb.

Dou um cascudo na cabeça dele quando passo para ver quem acabou de entrar, imaginando que deva ser um turista perdido ou um antigo cliente que não ficou sabendo do fechamento da loja.

Não é uma coisa nem outra. Um homem que não conheço examina o espaço vazio com um olhar curioso e analítico, e ele continua a caminhar pela sala como se devesse estar aqui.

"Posso ajudar?", pergunto.

Ele se vira para mim, e tenho certeza de que nunca o vi antes. É alto e magro, com entradas na testa, óculos de armação de metal e uma intensidade que não chega a ser agressiva ou hostil, mas é muito intencional.

Ele inclina a cabeça, seus olhos castanhos me fitam demoradamente. "Gracie Cooper?"

"Sim? Nos conhecemos?"

"Está prestes a me conhecer", responde ele, pegando um cartão de visita muito roxo do bolso interno do paletó de tweed roxo que usa sobre uma blusa preta de gola alta.

"Hugh Wheeler", diz ele ao me entregar o cartão.

Olho para o cartão, que tem o nome dele e, logo abaixo, as palavras Wheeler Art Gallery. Não conheço a galeria, mas o endereço fica em Chelsea.

"A gente se conhece? Se estiver procurando um fornecedor de champanhe, não estou mais no negócio, mas posso indicar..."

"Não, obrigado. Meu marido e eu vamos à região de Champanhe toda primavera e alugamos uma adega no West SoHo especificamente para guardá-los."

"Que ótimo." Sorrio. "Então, em que posso ajudar?"

"Gostaria de ver suas obras de arte."

Meu sorriso congela. "Perdão?"

"Você é uma artista", diz ele.

"Eu... não. Quer dizer, eu pinto, às vezes, mas... como você sabia disso?"

"Gosto de chamá-los de meus espiões, mas acho que *minhas fontes* seria o termo socialmente apropriado."

Ele pega o celular, toca na tela e a vira para mim, e vejo uma foto da seção de arte aqui na loja, antes de estar tudo empacotado.

"Esse trabalho é seu?"

Minha cabeça está girando. "É, mas..."

"Você tem alguma delas aqui?" Ele olha em volta e sua decepção fica evidente ao notar as paredes e prateleiras vazias.

"Não..."

"Tem sim", interrompe Caleb, aproximando-se por trás de mim.

Ele estende a mão para Hugh, que parece dividido entre ficar consternado com o visual de Caleb, tão incompatível com o estereótipo da cidade, e admirado com sua óbvia boa aparência.

"Esqueceu, mana?", diz ele, sorrindo para mim, sem pestanejar. "Aquela coisa grande ali, perto da porta. Você me mandou não dobrar porque tem a sua *arte* dentro." Ele abre um sorriso largo para mim enquanto rasga a fita da embalagem.

"Caleb", digo, com voz de aviso.

O misterioso Hugh Wheeler já está tirando os quadros do pacote. Só tem três. Dois que não venderam, e um — o do homem com os olhos azuis — que não cheguei a expor.

Hugh tira todos, apoia-os na vitrine um ao lado do outro e fica olhando para eles pelo que parece ser a metade da minha vida, sem se mover, sem emitir um som.

Até Caleb começa a parecer meio inseguro, e preciso morder a língua para não dizer *Tá vendo, era por isso que eu não queria mostrar pra ele; prefiro não saber que não tenho talento.*

Hugh se vira lentamente na minha direção. "Gostei deles. Me fazem sorrir."

Caleb solta uma risada, mas disfarça depressa com uma tosse. Esse homem não exibiu nada parecido com um sorriso desde que entrou na loja. No entanto, ele não chega a ser hostil. Só é um pouco estranho e intenso.

"Hmm. Obrigada, acho...", digo.

"Você tem mais?", pergunta ele.

"Tenho mais uma pronta em casa. E outra em andamento."

Ele assente. "Ótimo. Se você puder juntar pelo menos dez — vinte seria melhor —, gostaria de discutir a possibilidade de exibir seu trabalho na minha galeria."

"Eu... o quê? Meu trabalho é só por diversão, não é... arte de galeria."

"Talvez não pra outras galerias. Não as pretensiosas que acham que só é arte se parecer uma ameba e você precisar ter um phD pra decifrar. Mas eu exponho arte que as pessoas *gostam*. Que elas querem ter em casa, que querem dar pros amigos. Mais especificamente, arte que as pessoas *compram*."

Ele estende a mão e toca o cartão na minha mão. "Me manda uma mensagem quando tiver as pinturas prontas. Não liga, eu não vou atender, e nunca ouço correio de voz."

Atordoada, consigo fazer que sim para ele, e Hugh se move em direção à porta — digo se move, e não anda, porque ele meio que sussurra como o vento.

Hugh para uma última vez e olha para os quadros. "Sua assinatura. O que é isso?"

"Ah, é um sapato. Um sapatinho de cristal. Sabe... da Cinderela. Eu era meio fanática por contos de fadas quando era mais nova."

Caleb me olha com cara de *Qual é... quando era mais nova?*, o que Hugh ou ignora ou não percebe, porque ainda está olhando para as pinturas.

"Hmm." Ele olha mais um pouco e dessa vez, quando se volta para mim, há um sorriso de verdade em seu rosto. "Acho que isso faz de mim a sua fada madrinha."

Fico com a sensação de que, se ele tivesse uma varinha, a usaria. Então ele pisca para mim e vai embora.

"Ora, ora. Parece que o seu conto de fadas existe afinal", diz meu irmão, enquanto a porta se fecha.

Não respondo.

Estou ocupada demais tentando entender o que diabos acabou de acontecer.

20

"Você tem que comprar mais lâmina de barbear!"

Ergo os olhos da paleta em que estou tentando encontrar o tom exato de verde que imaginei, mas a porcaria continua pendendo para o verde-água, quando quero verde-musgo. "O quê?"

Meu irmão coloca a cabeça para fora da porta do meu banheiro, o rosto cheio de espuma. Ele levanta a minha gilete rosa. "Acabei de colocar sua última lâmina nova. Você vai ter que comprar mais."

"Usa a sua!"

"Esqueci." Ele volta para o banheiro, eu balanço a cabeça e volto para as minhas tintas.

Amo o Caleb e fico feliz de recebê-lo aqui em casa quando ele vem a Nova York. Mas também estou um *pouquinho* feliz que ele vá passar a sua última noite aqui com os amigos, antes de voltar para New Hampshire.

"Aonde vocês vão?", pergunto.

"Num bar novo no East Village. A namorada do Fred trabalha lá, então com sorte a gente vai conseguir uns drinques de graça." Ouço o barulho da torneira. "Tem certeza de que não quer ir?"

"Absoluta", digo, enquanto ele sai do banheiro com uma toalha na mão, secando o rosto. "Além do mais, bota uma roupa."

"O Adrian vai", diz ele, passando a toalha em volta do pescoço e puxando as pontas.

"Quem?", pergunto, distraída.

"Meu amigo, Adrian. Ele te acha bonita. Vai com a gente. Conhece ele. Pode ser bom pra você."

Olho para ele. "Bom pra mim como?"

Caleb dá um suspiro. "Mana. Fico feliz que esse negócio de arte tá acontecendo. Mas faz dias que você mal sai de casa, você só falou comigo e com a Keva, e a Lily me contou que a coisa mais próxima que você teve de um namorado é um cara que você nunca viu e que provavelmente coleciona cabelo."

"Ele não coleciona cabelo", digo. "E eu sabia que era um erro deixar você almoçar com a Lily sem supervisão."

Desviando o olhar, passo a tinta na minha tela de teste. Verde-musgo. Perfeito para a cena de piquenique primaveril no Central Park que esbocei.

"G", Caleb diz, meio impaciente.

Olho para ele e vejo seu olhar de preocupação. "Quê?"

Ele dá outro suspiro. "Não acredito que vou dizer isso, mas sinto falta da antiga Gracie — a que achava que o amor verdadeiro podia estar logo ali na esquina."

Apoio meu pincel. "Calma. Você tá me chamando de cínica?"

Ele pressiona os lábios. "Estou dizendo que vai ser muito difícil encontrar o Príncipe Encantado de que você sempre falava se você nem tentar."

Solto um suspiro. "Ok. Tem razão. De verdade. Mas eu tô num ritmo bom aqui, e esse negócio com o Hugh Wheeler parece uma oportunidade única na vida. Então que tal o seguinte: eu fico em casa hoje, mas prometo sair com o seu amigo Adrian outro dia."

"Combinado", diz Caleb, e me arrependo na mesma hora.

Não quero sair com um cara aleatório. Eu quero...

Alguém bate à porta, dispersando meus pensamentos.

"Deve ser a Keva", digo a Caleb, voltando para o quadro. "Pode abrir pra ela?"

Meu irmão abre a porta, e há uma pausa.

"Hm, oi. Estou procurando Gracie Cooper?"

Giro a cabeça do cavalete ao ouvir a voz masculina. Uma que jamais esperava ouvir na porta da minha casa.

"E você é...?", pergunta Caleb, num tom protetor.

Apoio o pincel e limpo a mão no avental enquanto caminho até a porta. "Caleb, este é o Sebastian Andrews."

"O cara que fechou a Bubbles?"

Sebastian estremece. É quase imperceptível, mas acontece.

"Oi", digo. Minha voz soa sem ar? Droga. Meu irmão continua bloqueando a porta, e eu o empurro para o lado.

"Desculpa atrapalhar a sua noite", diz Sebastian, meio rígido.

"Sério?", diz Caleb. "E como você chamaria aparecer na casa dos outros sem ser convidado às sete da noite de sexta-feira?"

"Meu Deus", murmuro, empurrando-o na direção ao banheiro. "Vai se vestir."

Caleb olha feio para Sebastian uma última vez e depois se volta para mim com uma cara de *que diabos?*

Ignoro. Sobretudo porque não tenho ideia do que Sebastian Andrews está fazendo na minha casa.

"Entra", convido, dando um passo para o lado.

Ele faz que não com a cabeça. "Não quero interromper o seu... encontro."

Eu pisco. Meu o quê? *Eca.*

Então imagino a cena pela perspectiva dele — um homem seminu, carrancudo e ciumento acabou de atender a minha porta da frente.

Aponto com a cabeça na direção de Caleb, que acaba de sair do banheiro, a toalha felizmente substituída por uma calça jeans e uma camisa xadrez azul. "Meu irmão. Está passando uns dias aqui em casa."

Sebastian volta os olhos azul-piscina para Caleb com uma expressão — tão passageira que se você piscasse não perceberia — que parece de... alívio?

"Prazer", diz Sebastian.

"Aham." Meu irmão está abotoando a manga da camisa, ainda de cara feia.

"Caleb", digo com um suspiro. "Seja educado."

"Comparado com a vez em que nos conhecemos", Sebastian diz para mim, "diria que isso é uma melhoria."

"Ei! Eu fui educada."

Sebastian levanta uma sobrancelha. *Foi?*

Caleb suaviza consideravelmente a cara feia, olhando curioso para Sebastian e para mim. "É bom dar um rosto ao nome", diz a Sebastian.

"Um nome que imagino que esteja sempre associado a um palavrão?"

Meu irmão sorri ao sair do apartamento. "Isso é segredo. Até mais.

G, devo chegar tarde. Vou tentar não fazer barulho, *se* você lembrar o seu gato que o sofá é meu."

"Você sempre faz barulho", resmungo.

"Juízo", exclama Caleb, descendo a escada. "Não se esquece do gato."

"Desculpa o meu irmão", digo, fechando a porta.

Sebastian observa meu apartamento minúsculo e meio bagunçado, concentrando-se nas pinturas em andamento, antes de se voltar para mim. Deve ter vindo direto do escritório, porque, como sempre, está de terno. Cinza-escuro dessa vez, com uma gravata roxa escura.

Começo com a pergunta mais urgente.

"Como você sabe onde eu moro?"

"Eu te trouxe em casa aquela noite, depois do Central Park, lembra?"

"Lembro. *Bastante*. "Mas você me deixou na portaria, como você sabia em que apartamento eu moro?"

Ele coça atrás da orelha, parecendo um pouco culpado. "A empresa tem o seu endereço no cadastro. Quebrei a política da empresa, e provavelmente algumas leis, conferindo no sistema."

"Por quê?", pergunto, sem rodeios.

Ele leva a mão ao bolso interno do paletó e tira um envelope. "Queria te dar isso. Costumamos mandar pelo correio, mas..."

Ele dá de ombros, parecendo envergonhado.

Pego o envelope, notando o agora tão conhecido logo da empresa da família dele. Não abro. Levanto os olhos e o encaro. "Na última vez em que você me entregou um envelope desse, minha vida virou de cabeça pra baixo."

Pelo menos ele sustenta o olhar. "Eu sei."

A sinceridade direta da resposta me pega desprevenida. Quem estou tentando enganar? Toda essa situação me pegou desprevenida. Ele está tão perto que posso ver seus cílios — pretos e espetados, da mesma cor da barba por fazer.

Inquieta, olho para baixo, então uso o envelope como desculpa para me virar um pouco de costas e passo o polegar sob a aba. Tem um cheque lá dentro.

"Uau", digo depois de um instante, olhando para o cheque. "Isso é... muito dinheiro."

"É a quantia combinada", diz ele, baixinho.

Eu sabia que isso ia acontecer. E é óbvio que não é tudo meu. É da loja. Mas ainda assim. *Caramba.*

Ofereço um sorriso sardônico para Sebastian. "Acho que o meu humilde lar confirma a sua suspeita de que eu ia precisar desse dinheiro."

Fico esperando que ele olhe ao redor, note como o meu apartamento é pequeno, o sofá velho, a cozinha antiquada. Em vez disso, ele sustenta o meu olhar. "Não foi por isso que eu vim aqui."

Prendo a respiração. "Não? Então foi por quê?"

Seus olhos azul-piscina se fixam nos meus por mais um segundo, então ele dá a volta em mim e vai até o cavalete. Ele o analisa por um bom tempo.

Por fim, me olha. "Não me ocorreu que você fazia um esboço a lápis antes."

"Nem sempre faço", respondo, guardando o cheque no envelope e colocando-o na mesa da cozinha. "E quando faço, em geral é só como exercício, não é o desenho final."

"Quantas versões você faz de cada pintura?"

"Normalmente não mais que duas, a menos que eu faça alguma besteira. Mas quase sempre planejo no caderno o que vou fazer antes de chegar nesse estágio."

"Essa aqui vai ser o quê?", pergunta ele, aproximando-se para ver melhor. Meu tracejado a lápis é bem leve, mais uma indicação do que um esboço de verdade.

"Central Park. Um piquenique. Ainda não decidi se vai ser um casal ou uma família. Talvez um grupo de amigas ou só uma mulher solitária lendo com o cachorro."

Como em protesto à palavra *cachorro*, Cannoli aparece de onde estava se escondendo com um longo miado e pula no braço do sofá, sacode o rabo e dá a Sebastian o que só pode ser descrito como uma inspeção com ceticismo.

O gato mia de novo, um pouco mais amigável, e Sebastian vai até ele, estica um dedo e faz um carinho na lateral do seu rosto. Cannoli fecha os olhos e esfrega a cabeça inteira contra a mão de Sebastian, pressionando o rosto em sua palma larga.

Não vou mentir, é uma cena de derreter o coração.

"Menino ou menina?", pergunta ele, ainda acariciando o gato.

"Menino. Cannoli."

Ele me lança um olhar intenso, e dou de ombros com um sorriso. "Qual o problema? Gosto de sobremesa."

Ele estreita um pouco os olhos. "Qual a sua sobremesa preferida?"

"Não sou muito exigente. Se for doce e gostoso, vou adorar. Mas acho difícil superar um bom sorvete."

"Gelato", arrisca ele, embora seja mais uma declaração do que uma pergunta.

"Exato", digo, sorrindo e pensando no Sir. "Se você me der um pote de gelato de pistache, é muito provável que eu coma tudo. Sozinha. De uma vez só."

Ele franze a testa. "Aquela noite, no parque. A gente parou na barraca de sorvete, mas você não pediu gelato. Pediu sorbet de limão."

Sorrio com a lembrança. "Me deu na telha aquele dia. Tenho um... amigo que defende o sorbet com unhas e dentes. Acho uma afronta ao conceito de sobremesa, mas percebi que não podia dizer isso sem antes ter experimentado."

"E qual foi o veredicto?"

"Ainda acho uma afronta ao conceito de sobremesa", digo, com um sorriso.

Sebastian não sorri de volta, fica só me observando com uma expressão engraçada. Então lembro que ele também pediu sorbet de limão, e talvez eu tenha acabado de insultar sua sobremesa preferida. Balanço a cabeça. Por que os homens da minha vida têm que gostar de um absurdo congelado de limão?

E, mais importante: quando foi que comecei a considerar Sebastian Andrews um dos homens da minha vida?

Cannoli fica entediado e foge para o meu quarto, e Sebastian acena para a pilha de quadros terminados apoiados contra a parede. "Posso?"

"Hmm..." Hesito, lembrando do homem de olhos azul-piscina. Ele não *se parece* com o Sebastian. Não se parece com ninguém, na verdade. É mais sombra do que feições. Ainda assim, os olhos...

"Claro", digo, porque não consigo pensar numa forma de recusar que não seja mal-educada.

Achei que ele só ia passar os olhos pelas pinturas rapidinho, mas Sebastian se demora, segurando e analisando cada uma com atenção antes de passar para a seguinte. Prendo a respiração quando ele chega à do homem.

Ele olha para ela do mesmo jeito que fez com as outras, então a deixa de lado sem dizer uma palavra e passa para a seguinte, aparentemente sem notar a cor incomum dos olhos. Expiro devagar.

Por fim, ele chega ao último quadro — tem onze nessa pilha, meus preferidos, embora eu ainda esteja trabalhando para chegar a vinte que eu ache bons o suficiente para levar a Hugh Wheeler.

Sebastian se vira para mim de novo. "São adoráveis, e não, não estou sendo nem um pouco condescendente. Hugh vai adorar."

"Obrigada", agradeço, sentindo um prazer percorrer o meu corpo. "Estou... espera... Hugh? Hugh Wheeler?"

Ele dá de ombros, então assente.

Olho para ele, confusa. "Como você sabia que tem uma galeria de arte de Chelsea que..."

O desalento se instala dentro de mim à medida que percebo que só tem um jeito de ele saber que Hugh Wheeler me procurou. "Foi *você*."

Sebastian pisca, parecendo estarrecido com a minha rispidez.

"A fonte dele era *você*", digo. "Foi você que falou pra ele como me encontrar."

"Foi, eu estudei com o irmão dele. Ele é um amigo. Achei que..."

"Meu Deus." Enfio os dedos no cabelo e puxo. "Eu sou um dos seus *projetos*."

"Meus o quê?"

"Mais um Jesse. Mais uma Avis. Você praticamente me falou que faz isso — pressiona as pessoas a fecharem seus negócios e depois arruma alguma outra empreitada pra elas, assim você não fica se sentindo culpado. O restaurante novo do Jesse. Avis indo morar na Flórida. Comigo, é comprar kebab, fazer um carinho no meu gato e pedir a um amigo para expor os meus quadros como um favor. É *pena*."

Os olhos dele brilham de raiva. "Não é nada disso."

Fecho os olhos com força e aperto as pálpebras com os polegares, percebendo como tudo se encaixa. Cada gesto gentil, cada momento, era só ele tentando aliviar a consciência por causa do papel que teve no fracasso da Bubbles.

Aponto na direção da mesa da cozinha. "Você também levou os cheques do Jesse e da Avis pessoalmente?"

Ele não responde.

"Levou?" Estou gritando agora.

"Levei."

Ele diz isso com calma, e todo o meu choque e ofensa minguam, sendo substituídos por uma decepção dolorida. Não, algo muito pior do que decepção.

Mágoa. Uma mágoa tão profunda que é quase como um coração partido.

Solto uma risada trêmula. "Não acredito que cheguei a achar que..." Balanço a cabeça.

Ele se aproxima. "Chegou a achar o quê?" Sua voz soa áspera, seus olhos parecem estar implorando por algo aos meus, e por um momento de loucura, quero dizer a ele.

Quero pedir a ele que me escolha, que sinta por mim o que sinto por ele.

"Gracie..."

O uso do meu primeiro nome provoca um arrepio cálido em mim, mas afasto a sensação.

"Não." Balanço a cabeça. "Não vou ficar aqui e virar mais um dos seus projetos, outro exemplo que você pode exibir pra próxima pessoa que tirar do mercado como prova de que é algum tipo de salvador corporativo que de algum modo melhora a vida das pessoas, quando na verdade você destrói tudo..."

Seus olhos piscam de raiva. "O que exatamente eu *destruí*? Eu não te tirei do mercado. Não sabotei a sua loja. Na verdade, eu *apoiei* as suas tentativas. Fui ao evento de degustação e comprei uma caixa de espumante. Fui à aula de culinária, paguei o preço integral. Estou sendo menosprezado, mas por quê, exatamente? Por ter feito uma oferta financeira sólida que *você* escolheu aceitar? Por ter falado das suas obras de arte para um amigo? Qual é o meu crime aqui, Gracie Cooper?"

"Eu não precisava de nada disso! Não queria nada disso. Eu tava muito *bem* antes do dia em que trombei com você na calçada, antes de você aparecer na minha loja, antes de você me perseguir até a minha casa."

"*Perseguir* você", repete ele. "Perseguir você?" Ele olha para mim por um momento, então balança a cabeça. "Inacreditável."

Sebastian vai até a porta da frente e a abre com brusquidão, depois se vira para mim. "Não se preocupe, Gracie Cooper. Esta é a última vez que você vai me ver ou ouvir alguma coisa de mim. Tenha uma boa vida."

A porta bate quando ele sai do meu apartamento. Da minha vida.

Eu deveria sentir alívio. Em vez disso, me sento no sofá e choro.

Meu caro Sir, com uma pontada de melancolia,

Tenho uma confissão a fazer. Sinto saudade do meu pai todos os dias — do meu pai e da minha mãe. Claro que sinto. Mas ultimamente me sinto um pouquinho aliviada de que eles tenham morrido antes de verem a bagunça que está a minha vida. Já sentiu isso em relação ao seu pai? Aliviado que ele não possa vê-lo nos momentos não tão maravilhosos? Não que você tenha momentos assim, é claro...

Lady

———

Minha cara Lady,

Ah, eu com certeza tenho meus momentos "não tão maravilhosos". Mais do que imaginava, acho, até que alguém recentemente me mostrou isso. E apesar de eu não ter sido muito próximo do meu pai para sentir a mesma pontada que você, sei que não tem nada pior do que descobrir que você magoou a última pessoa no mundo que queria magoar.

Seu, em arrependimento compartilhado,

Sir

———

Nem me fala, cara. Tenho pensado muito em como eu agi de maneira infantil esses dias. Não fui nada gentil com uma pessoa que, pensando bem, não tenho certeza se merecia.

———

Há muito a seu respeito que eu não sei, é verdade. Mas sei que você é gentil.

21

Dois dias depois da minha briga com Sebastian, Caleb já voltou para New Hampshire, e me vejo querendo a coisa mais próxima que tenho de uma mãe.

Nem liguei antes. Devia ter ligado, mas... Não pensei.

Não importa. May abre a porta para mim, dá uma olhada no meu rabo de cavalo frouxo, nas olheiras e nas roupas descombinadas e me puxa para um longo abraço apertado, com cheiro de perfume de rosas e carinho.

Ela recua, estuda o meu rosto, depois aponta para o sofá roxo. "Senta. Vou fazer chá."

Obedeço, tirando o sapato e trazendo os joelhos até o queixo enquanto ouço os ruídos baixinhos e reconfortantes da água, da chaleira, das xícaras na bancada.

Ouço sua voz, não muito baixa, mas deliberadamente calma, falando com alguém ao telefone. Estremeço ao perceber que ela está remarcando um compromisso.

"Você tinha planos pra hoje", digo, quando ela volta para a sala carregando uma antiga bandeja de chá. Já estou calçando o sapato de novo, mas ela faz que não com a cabeça, enfática.

"Um encontro com um homem de mãos excelentes", diz, animada, servindo o chá. "Que estará livre amanhã à noite e, mais importante, entende a importância da família."

Não bebo chá com muita frequência, mas May conhece bem os meus hábitos de café e acrescenta dois cubos de açúcar e uma dose generosa de creme antes de me entregar a xícara.

"Que lindo", digo, traçando com a unha o delicado padrão de flores da borda do pires.

"A avó do meu primeiro amor nos deu de presente de casamento. Não uso tanto quanto gostaria", comenta ela, levantando a xícara e a fitando com carinho. "Confesso que tenho cometido o crime terrível de deixar uma coisa tão preciosa numa prateleira em vez de aproveitá-la. Mas...", continua ela, bebendo um gole e pousando a xícara de volta na mesa. Seus brincos hoje são de joaninhas, e elas balançam quando May se acomoda em sua poltrona. "Você não veio aqui pra falar dos meus erros, né?"

Estremeço. "Então você acha que eu cometi erros?"

"Acho que *você* acha que cometeu algum."

Puxo os joelhos para cima de novo, apoio o pires neles com cuidado e fico olhando para o chá, que tem mais cor de creme do que de chá propriamente dito, do jeito que eu gosto.

May bebe em silêncio por um tempo, me deixando organizar os pensamentos, e fico grata por isso. Por mais que eu adore minha irmã e minhas amigas, elas ficam sempre tão ansiosas para ajudar que começam a oferecer conselhos antes mesmo de eu saber o que estou pedindo.

"Certo, o negócio é o seguinte", digo, soltando o ar, e bebo um gole de chá antes de colocar o pires com cuidado na mesa de centro. Eu me sento de pernas cruzadas, as mãos sobre o colo. "Me sinto *perdida*. Eu acordava sabendo o que cada dia reservava. Costumava saber exatamente como queria que a minha vida fosse..."

"E como era?", pergunta May. "Me conta a visão da antiga Gracie."

"Eu era a dona de uma loja de sucesso", respondo. "Não rica, mas com uma vida confortável, com um fluxo constante de clientes cativos. Casada com um homem amável, educado, simpático com os clientes. A gente tocaria a Bubbles juntos e, nas horas de folga, teríamos os nossos hobbies. Eu pintaria. Ele comporia música, ou qualquer que fosse a paixão dele. A gente teria filhos, e eles fariam o dever de casa na Bubbles, que nem eu..."

"Parece bom", diz May, meio hesitante.

Faço que sim com a cabeça.

"Também parece muito familiar..." continua ela, pensativa, então estala os dedos. "Ah, isso. Você está descrevendo a vida do seu pai, e pelo que sei, da sua falecida mãe. Com uma diferença fundamental."

"Os tempos mudaram, e pequenas lojas de champanhe não são mais um modelo de negócio viável?", pergunto, desanimada.

"Não. A diferença é que essa nunca foi a *sua* visão da vida. Você estava tentando viver a vida dele, Gracie, e não era pra você fazer isso."

"Talvez", admito. "Mas isso não muda o fato de que parece que tem um buraco enorme na minha vida agora. Não consigo nem visualizar o meu presente, quanto mais o meu futuro."

"E por que, em nome de Deus, você quer visualizar o seu futuro?", pergunta May, parecendo horrorizada. "Metade da diversão é não saber como vai ser."

Fico um tempo assimilando o comentário, então aperto os olhos para falar uma verdade que vem se insinuando em minha mente há meses já.

"May?", pergunto, a voz não mais que um sussurro.

"Sim, querida?"

Abro os olhos. "Acho que os melhores momentos da minha vida até agora foram nos meus devaneios."

Dizer isso em voz alta provoca um tipo bom de dor. Igual à de exercitar um músculo negligenciado ou de olhar direto para o sol depois de sair de um ambiente escuro.

Ela solta um suspiro lento, em seguida bebe seu chá. "Talvez", diz, com leveza, se servindo de mais chá e acrescentando um pouquinho para mim também, embora eu mal tenha tocado no meu. "Mas eu sou mais velha, mais sábia, e posso te dizer com total confiança que não vale a pena se arrepender. Então, daqui pra frente... o que podemos fazer pra resolver isso?"

O *podemos* me faz sorrir.

"Bem." Pego a xícara mais uma vez, me sentindo um pouco mais forte por ter externado meu pensamento. "Acho que preciso de uns conselhos sobre como sair do devaneio e ir pra vida real."

"Vamos começar abraçando a vida real. Seu antigo sonho morreu... desculpa, meu amor, mas morreu. A Bubbles se foi, e vou ser sincera contigo: seu músico gordinho não apareceu."

"Ainda", acrescento instintivamente.

Ela levanta as sobrancelhas.

"Certo. Devaneios de novo", pondero. "Falei pro Caleb que ia sair com o amigo dele. Faz um bom tempo que não saio com ninguém, então já é um começo."

"É. Um bom começo, eu diria. Agora, e a sua vida profissional? Nesses devaneios de que você fala, como você passa os seus dias?"

"Pintando", respondo, no automático. "Pinto o dia inteiro, todos os dias."

"E por que isso é um sonho e não uma realidade?"

"Bem..." Penso em Hugh Wheeler, que ainda espera as vinte pinturas, e no intenso debate interno sobre querer aproveitar a oportunidade, mas querer fazer isso por direito próprio, não porque Sebastian Andrews pediu um favor.

"Eu tenho uma espécie de período sabático, financiado pelo dinheiro sujo da Andrews Corporation. É o suficiente pra me sustentar até eu arrumar outro emprego, mas vou precisar de um trabalho."

"Pintar é um trabalho", ressalta May.

"Claro, se você for o Botticelli na época do Renascimento. Tô tentando *sair* do devaneio, não afundar ainda mais nele."

May tamborila o dedo na xícara com muito cuidado, me estudando. "E o galerista de Chelsea?"

Olho para ela, surpresa. Não contei a ninguém sobre isso.

Ela sorri. "Caleb troca qualquer segredo por um queijo quente com tomate e bacon."

"Traidor fraco", murmuro.

"Mais pra irmão amoroso. Mas em que pé tá? Foi adiante?"

Afundo um pouco no sofá. "Não. Não corri atrás."

"Não? Seu irmão disse que você tava pintando vinte e quatro horas por dia."

"Eu tava. Mas aí descobri que..." Expiro. "O galerista só me procurou porque o Sebastian Andrews pediu."

"Sebastian Andrews." Ela pisca. "O homem de negócios maravilhoso da bunda bonita?"

"Ele mesmo", digo, amuada, terminando o chá e colocando a xícara de volta na mesa. "Aparentemente, faz parte do modus operandi dele. Ele fecha o negócio das pessoas, depois tenta se sentir melhor se intrometendo na vida das vítimas."

Me arrependo das palavras de imediato. Soam mesquinhas. *Falsas.*

"Então, só pra eu entender a história toda", diz May devagar, pegando meu pires e preparando outra xícara adoçada na medida certa. "Um homem lindo entrou na sua vida. Ofereceu meios e oportunidade pra você finalmente se desvincular de um legado que nunca quis. Depois te apresentou a alguém que poderia transformar os devaneios que você tanto gosta em realidade. E nós o odiamos?"

Aceito a xícara que ela me oferece e fico olhando para o chá, atordoada. "Inferno. Falando desse jeito, *eu* que sou a vilã."

"Bom, se você não gostou de ouvir isso, com certeza não vai gostar do que eu vou dizer agora", acrescenta May, acomodando-se na poltrona e cruzando as pernas.

Olho para ela com cautela. "Fica pior?"

"Você mesma falou que as melhores partes da sua vida são os seus devaneios", diz May, com carinho. "Imagino que isso inclua o seu correspondente misterioso? A fantasia sobre como ele *poderia* ser?"

Faço que sim com a cabeça.

"Você diria que a fantasia em torno de um homem está te impedindo de ver a realidade do outro?"

Estreito os olhos, já sabendo aonde ela quer chegar e sem gostar nem um pouco.

Ou talvez... Talvez eu goste um pouco demais.

Talvez eu goste *dele* demais.

De repente, sei o que vem a seguir — o que May quer dizer com abraçar a incerteza do futuro.

Faço uma cara feia para o meu chá, então me viro para May. "Você não tem nada mais forte que isso, não?"

Ela já está a caminho da cozinha. "Demorou pra pedir, hein!"

22

O sócio de Hugh Wheeler é totalmente o oposto do galerista magro e irritadiço. Baixo, gordinho, amável e extravagante, em uma semana Myron Evans passou de um completo estranho a praticamente meu melhor amigo.

Aceito o lencinho que Myron me oferece. "Obrigada. Como você sabia que eu precisava?"

"Querida. Já presenciei muitos artistas estreantes vendo sua arte exposta pela primeira vez numa galeria. Ainda estou pra ver um que não chore, e isso inclui um impressionista que parece o Thor."

"Gente, que homem magnífico", comenta Hugh, saindo da sala dos fundos com o iPad na mão. "Vendia bem também. Pena que trabalha tão devagar."

Myron balança o dedo na direção do parceiro — um status que se aplica tanto à vida profissional quanto à pessoal — e o repreende com gentileza. "Você sabe as regras. Nunca julgamos os artistas."

"Essa regra é *sua*", responde Hugh, rabugento. "Shane pode ser lindo, mas é um baita de um preguiçoso." Ele olha para mim e sorri. "Diferente de você. *Você* é uma força da natureza."

"Só não sou *magnífica* como o impressionista preguiçoso", provoco.

"Suas feições são bem arranjadas. Pra uma mulher", responde Hugh, distraído, notando que uma das minhas aquarelas está torta na parede e indo até ela para endireitar.

Olho para Myron. "Não sei se isso foi um elogio ou um insulto."

"É sempre meio difícil dizer", responde Myron, num sussurro fingido.

Ignorando-nos, Hugh aponta para a pintura bem na sua frente. "Esta aqui. Isso deveria virar uma série. Podemos fazer todo um bar de jazz."

Olho para o quadro. É um dos meus trabalhos mais recentes, finalizado no surto de produtividade que tive desde que saí da casa da May, há uma semana. No centro do quadro tem um piano de cauda — branco, para contrastar com a mulher de vestido vermelho sentada no banquinho, uma taça de vinho tinto na lateral do piano, o que provavelmente faria pianistas do mundo inteiro terem um treco. Mas que cria uma atmosfera interessante. Atrás da mulher, o meu cenário de sempre — Nova York, mas dessa vez à noite.

"Na verdade nunca fui a um bar de jazz", admito.

Myron arfa com drama e se apoia em meu braço, como se precisasse de equilíbrio.

"O pai e a mãe do Myron eram baixistas", explica Hugh, e dou de ombros porque isso não significa muito para mim.

Myron dá um suspiro dramático. "Você não sabe o que é um baixista, sabe?"

"Hmm?"

"Pronto, já chega. Hugh, vamos levar a Gracie a um bar de jazz."

"Concordo, principalmente porque quero muito que isso vire uma série", responde ele, olhando o quadro mais de perto. "Um Old-Fashioned num banquinho ao lado do baixista. O baterista segurando um Manhattan."

"Como, com a terceira mão?", pergunta Myron, zombeteiro.

"Isso quem tem que descobrir é a Gracie", devolve Hugh, dispensando-o com um gesto da mão. Então ele se vira. "Claro, se você quiser pintar isso. Eu nunca diria a um dos meus artistas em que trabalhar."

Myron ri pelo nariz. "Desde quando?"

Hugh faz uma careta para o parceiro, então se vira para mim com um raro sorriso. "Você devia se orgulhar. Estou mais do que satisfeito."

Meus olhos começam a se encher de lágrimas de novo. "Posso te dar um abraço?"

Ele abre os braços e me chama com um gesto muito sutil.

Aperto-o com força. "Obrigada. Você não tem ideia de como isso é a realização de um sonho pra mim."

Meu devaneio. Minha realidade. Uma galeria exibindo os meus quadros.

No dia seguinte ao meu encontro com May, voltei a pintar com uma obsessão quase febril. A tinta do vigésimo quadro ainda nem tinha secado quando escrevi para Hugh, como combinado. Um dia depois, fui até a Chelsea Gallery, com a palma das mãos suada e um portfólio das minhas melhores obras, e prendi a respiração enquanto Myron arrumava as aquarelas lado a lado na parede.

Hugh ficou andando de um lado para o outro, observando cada pintura pelo que pareceu uma hora, antes de se voltar para mim e dizer que podia me oferecer uma comissão melhor se eu concordasse em vender exclusivamente por intermédio dele.

Sempre imaginei que, quando meus sonhos se realizassem, haveria fogos de artifício, champanhe e talvez um pouco de purpurina.

Não teve nada disso, é claro, mas ainda assim foi um dos melhores momentos da minha vida. E, no entanto, não o compartilhei com ninguém. Sobretudo porque não tive contato com a pessoa com quem quero compartilhar desde que basicamente o mandei sair do meu apartamento e da minha vida.

Ele não retornou minhas ligações, e não posso culpá-lo.

"Muito obrigada por me convidarem pra vir aqui", digo, deixando de lado a ideia melancólica de nunca mais ver Sebastian. "Lógico que eu já tinha imaginado como seria ver o meu trabalho exposto, mas *ver* de fato..."

Hugh aponta para Myron. "Ideia dele."

"Obrigada", digo, me voltando para Myron, cujo terno rosa-choque e a gravata borboleta amarela são, de alguma forma, a combinação perfeita com o terno listrado de azul e branco de Hugh. Eu também o abraço.

"Me agradeça aprendendo o que é um baixista", diz ele, dando um tapinha nas minhas costas. "Agora, você disse que tinha outra pintura pra mostrar pra gente?"

Hugh olha ao redor, ajeitando os óculos de metal no nariz. "Uma pintura nova? Desde ontem?"

"Duas, na verdade. Faz um tempo que estou experimentando com elas", digo. "São um pouco diferentes do meu trabalho habitual. Não sei se vão se encaixar na coleção..."

"Deixa eu ver." Ele aponta a sacola preta de tecido apoiada na minha perna.

Tiro as duas aquarelas e as ajeito contra a parede branca.

Mordo o lábio enquanto Hugh e Myron as examinam, um com o olhar crítico de potencial vendedor, o outro com o exame sobretudo curioso de um homem que, estou descobrindo depressa, é um romântico inveterado como eu. Quero a aprovação dos dois, por diferentes motivos.

Myron se afasta primeiro, desenha um coração sobre o lado esquerdo do peito e diz *amei* sem fazer som. Hugh não diz nada e continua a olhar para os quadros, até que de repente gira nos calcanhares. "A única coisa que não gostei é que não sei de qual gostei mais. São inesperados, sim, mas acho que estão entre os melhores."

Solto o ar de alívio.

"Concordo", diz Myron. "Tem um quê de desejo neles — como se você tivesse capturado dois momentos cruciais no tempo. Qual foi a inspiração?"

Olho primeiro para a pintura à direita — uma mulher num sofá rosa de bolinhas brancas, usando calça jeans e *stilettos* cor-de-rosa, as pernas apoiadas numa mesa de centro de mármore. Numa das mãos, uma taça de champanhe. Na outra, um celular. No rosto? Um sorriso secreto, como se o que quer que ela esteja olhando no telefone tenha a chave do seu coração.

O outro é um casal. Um homem e uma mulher num banco de parque à noite, e atrás deles, a silhueta de árvores. Eles estão voltados um para o outro, quase com relutância, como se por uma força que nenhum dos dois quer aceitar, mas à qual não podem resistir. Para dar um pouquinho de realismo a uma pintura que de outra forma seria apenas sonhadora, há um lampejo prateado nas mãos deles, que qualquer nova-iorquino reconheceria como um sanduíche comprado numa barraca de comida tarde da noite.

"Minha vida", respondo, baixinho. "Me inspirei na minha vida."

Um deles é inspirado na minha vida de fantasia.

O outro, na minha vida *real*.

Está na hora de escolher.

Noel, o assistente de Sebastian, ergue o rosto assim que salto do elevador.

"Boa tarde, sra. Cooper. Que prazer vê-la aqui." Ele abre um sorriso caloroso, parecendo sincero, o que me diz que Sebastian não contou a ele a natureza antagônica do nosso último encontro. "Como posso ajudar? Algum problema com o cheque? Posso falar com o pessoal da contabilidade..."

"Não, não; problema nenhum", interrompo. Então, para ganhar tempo e quem sabe me acalmar, aponto para os buquês gloriosos de ambos os lados da mesa comprida. "São do Carlos e da Pauline, não?"

Seu sorriso aumenta. "São! Você os conhece?"

"Conheço. Como eles estão? Já não passo mais lá com tanta frequência." Faço uma nota mental para mudar isso. Não é porque não preciso de flores novas para a loja que não posso ter flores no meu apartamento.

"Estão ótimos. Pensando em expandir, talvez passar a fazer entregas. Outros andares aqui do prédio gostaram tanto dos arranjos que começaram a comprar deles também."

"Fico tão feliz por eles", digo, tocando uma pétala rosa-clara.

"Então, como posso ajudar?"

Olho na direção da porta fechada de Sebastian. "Será que o sr. Andrews teria um minuto? Sei que não marquei hora, mas como já são quase cinco, pensei em tentar a sorte."

Noel me estuda por um momento, sua expressão curiosa se torna ligeiramente especulativa.

"Claro", diz ele com um sorriso.

Eu pisco. "Você não precisa confirmar?"

"Hmm", diz ele, mais para si mesmo. "Acho que é melhor não. Pode entrar."

Lanço um olhar cético na direção dele, mas também sei que se eu não fizer isso agora, vou perder a coragem.

Respiro fundo e dou uma batidinha rápida.

"Sim?", diz Sebastian com voz mal-humorada, o que me faz estremecer. Não é um bom começo, e ele ainda nem sabe que sou eu.

Entro no escritório e fecho a porta.

Ele não me olha de imediato, concentrado na tela do computador enquanto digita. Ele se vira para mim com o olhar meio ausente, então fica tenso.

Lentamente, afasta as mãos do teclado.

"Oi", digo, nervosa.

Ele não responde e se recosta na cadeira.

Engulo em seco, apontando para a porta atrás de mim. "Noel disse que eu podia entrar, mas se eu estiver interrompendo..."

Nada ainda, mas eu reúno coragem e ando até ele.

Ele parece sério e distante. E desinteressado. Muito, muito desinteressado.

Meu coração murcha.

Eu caminho até a cadeira diante dele e, em vez de me sentar, apoio as mãos no encosto, me forçando a encarar seus frios olhos azul-piscina.

"Tenho que te pedir desculpas", digo com a voz calma, mas firme.

Ele pisca e entrelaça os dedos de leve, pousando-os na boca e me observando.

"Desculpa por..." Solto uma risadinha. "Bom, por um monte de coisas. Pelas coisas que falei. Por pressupor o pior sobre as suas motivações. Por ter ficado com raiva por você ter falado de mim para o Hugh, quando na verdade deveria ter agradecido."

Olho para minhas mãos no encosto da cadeira. Os nós dos dedos estão brancos. Que difícil. Muito mais difícil do que imaginei. Mas me obrigo a encarar seus olhos mais uma vez e continuar.

"Você é gentil. E eu não queria que você fosse. Queria te odiar por ter me feito enxergar todas as coisas que estavam erradas na minha vida. A natureza do seu trabalho afeta a vida dos outros, e você não é leviano com essa responsabilidade. Eu quis acreditar que você estava agindo por culpa ou obrigação, porque combinava com a imagem inicial que fiz de você como homem de negócios sem coração. Você não é isso. E eu sinto muito, de verdade."

Sebastian continua quieto, e meu coração murcha mais um pouco.

"Enfim", digo, limpando a garganta meio sem jeito. "Só queria que soubesse que eu não me sinto bem com as coisas que falei pra você, e que elas não refletem o que sinto de verdade."

"Que é?"

Engulo em seco, me perguntando o quanto revelar. Qual o tamanho da minha coragem.

Eu gosto de você. Gosto muito de você.

Mas a expressão no rosto dele é tão fria que decido ir pelo caminho mais seguro. "Que eu sou grata. Pelo recomeço que a sua empresa me ofereceu. E pela oportunidade de seguir uma carreira em arte."

Algo parecido com decepção cruza o seu olhar ao ouvir a minha resposta. "Entendo. Bom. Não tem de quê. Agradeço o pedido de desculpas. E, da minha parte, lamento minha prepotência. Passar no seu apartamento foi uma invasão de privacidade. Dar o seu contato para o Hugh sem perguntar pra você primeiro foi uma presunção de que eu sabia o que você... queria."

"Mas você presumiu certo. E não me importei por você ter passado no meu apartamento."

Ele levanta a cabeça rápido, mas, tirando isso, não se move nem fala nada. Depois de um longo momento, forço um sorriso que parece tomado de decepção.

O que eu esperava? Que ele me erguesse nos braços e dissesse que se apaixonou perdidamente por mim no instante que me conheceu, que a outra mulher não importa mais para ele?

"Obrigada por me receber assim em cima da hora. Tenha uma boa noite, Sebastian Andrews."

Volto em direção à porta, piscando para segurar as lágrimas.

"Gracie." Sua voz parece meio rouca.

Eu me viro.

Ele está de pé, com uma expressão ao mesmo tempo cautelosa e esperançosa. "Você já tem planos pra jantar hoje?"

23

"Que notícia fantástica", diz Sebastian, nos servindo de um pouco mais do Zinfandel que pediu para acompanhar os bifes.

Achei que ele fosse sugerir um restaurante chique, um daqueles com janelões de vidro, pé-direito alto e garçons formais.

Em vez disso, ele me levou a uma churrascaria simples, com paredes de madeira, luz baixa e um burburinho animado de gente se divertindo. Estamos no fundo, desfrutando bifes deliciosos e um purê de batata mais delicioso ainda.

O melhor de tudo? A companhia. Não lembro da última vez em que aproveitei tanto uma refeição... na vida.

"Então, o que vai acontecer agora?", pergunta ele, pegando a faca e o garfo, mas olhando para mim em vez de cortar a carne. "Conheço Hugh pessoalmente, mas não entendo muito do mundo da arte."

"Ele quer fazer uma abertura na galeria", digo, tomando um gole de água. "Ele já pendurou um dos quadros — só pra gerar burburinho, mas está guardando os outros; quer fazer o negócio *completo*, com champanhe e vestidos de festa." Dou risada, meio sem fôlego com a empolgação que estou sentindo com tudo isso. "Uma abertura numa galeria. Ainda não consigo acreditar."

Recosto na cadeira e sorrio, meio envergonhada. "Desculpa, tô monopolizando a conversa. Nem contei nada para a minha família ainda, mas fico feliz que você seja o primeiro a saber."

Ele sorri. Na verdade, parece bastante satisfeito. "Acha que o seu irmão vem?"

"Vou chamar, lógico", respondo. "Mas ele mora em New Hampshire —

umas seis horas de carro —, e não quero fazer ele vir duas vezes no mesmo mês."

"A abertura vai ser tão logo assim?", pergunta Sebastian, mastigando.

Encolho os ombros. "Hugh falou que vai ser daqui a dois finais de semana."

Sebastian assente, e estou prestes a convidá-lo. Mas me seguro, porque sei que, se ele der alguma desculpa educada, vai doer, e quero guardar a memória dessa noite feliz.

Dou uma garfada. "Bom, isso não é da minha conta, mas seus pais foram tão gentis, e fico pensando neles. Como receberam a notícia de que você e a Genevieve terminaram? Sua mãe deve ter ficado decepcionada."

Ok, tá bom. Minha motivação não é *exatamente* a mais pura. Sei que ele disse que a Genevieve e ele terminaram de vez, mas não custa nada checar...

Ele dá de ombros. "Minha mãe ficou um pouco desapontada. A Genevieve é como uma filha para ela, e isso não vai mudar só porque a Gen não vai mais ser a nora dela. Além disso, o fato de que ela está grávida ajudou um pouco."

"Ah." Pisco. "Uau."

Não pergunta, não pergunta, não pergunta...

Ele sorri. "O pai é um doador anônimo."

"Hmm." Bebo um gole de vinho. "Bom, parabéns pra ela."

"Sim. Ela está feliz. Minha mãe está feliz por ter uma *espécie* de segundo neto."

"Segundo? Você tem irmãos?"

"Meio-irmão", diz ele, pegando a taça de vinho. "Minha mãe se casou com o Gary quando eu tinha sete anos. Ele tem um filho — Jason — de um casamento anterior, que morava com a mãe em Washington DC. Jason e a esposa tiveram o primeiro filho no verão passado."

"Ah! Não sabia que o Gary não era o seu pai biológico."

"É como se fosse. Ele me adotou. Me criou."

Algo no fundo da minha mente se acende, me dizendo que essa informação é importante de algum modo, mas ele serve um pouco mais de vinho, e o pensamento se afasta.

"E como é? Ser tio?", pergunto, dando uma garfada no purê. Eles misturaram pedacinhos de cebola frita, o que leva o prato a um outro nível de sabor. Faço uma nota mental para dizer isso a Keva.

"Meio estranho", admite Sebastian. "Jason e eu nos damos bem, mas não somos próximos. Só vi a esposa dele uma vez, no casamento, e ainda não fui para lá conhecer a Juliet. Pelas fotos, ela é bonita e gosta de laços."

Sorrio. "Laços são a coisa mais fofa."

"Você gosta de crianças?"

"Gosto. E espero ter os meus um dia", digo, pensando em Lily e na angústia de sua batalha com a fertilidade. "Mas, ultimamente, decidi esperar menos e agir mais."

Ele sustenta o meu olhar, curioso, e eu giro o garfo no ar enquanto mastigo, tentando pensar num jeito de explicar.

"Percebi, recentemente", digo, baixando o garfo, "que vivo num mundo de fantasia."

"Um mundo de fantasia como o das fadas que você gosta de pintar, ou fantasia como... você sabe." Ele agita as sobrancelhas de um jeito sugestivo que não tem nada a ver com ele, mas de alguma maneira fica perfeitamente natural, o que me faz lembrar as muitas camadas que esse homem parece ter.

"Está mais para a variedade 'castelo e cavaleiro brilhante'. Só que o cavaleiro é um músico tatuado e com uma barriguinha."

Ele pisca. "Não entendi."

Eu me vejo contando tudo para ele. Não sobre o Sir e o fato de que ele não quis dar um passo adiante na nossa relação. Isso é muito privado — muito recente. E muito dolorido.

Mas conto tudo sobre a minha queda por contos de fadas. Minha tendência a me concentrar no que *poderia* ser e não no que é. O modo como hesito em me jogar de verdade nas coisas que mais importam por medo de que não venham a fazer jus ao que criei na minha mente.

"É um problema sério", termino com um suspiro.

"Não sei se é ruim saber o que você quer", diz ele, pensativo.

"Não. Mas estou aprendendo que é ruim quando você se concentra tanto no que você *acha* que quer que não vê o que está bem na sua frente", respondo devagar.

O garfo de Sebastian congela apenas por uma fração de segundo, seus dedos parecem apertar o talher, seus olhos se fixam nos meus. Assim que nossos olhares se encontram, é como aquele primeiro dia na calçada de novo: a pele arrepiando, o frio na barriga e Frank Sinatra.

"Sei o que você quer dizer", diz ele, baixinho, ainda sustentando o olhar.

Meu estômago dá uma pirueta, e porque esse tipo de sensação — essas sensações da vida real — é novo demais para mim, olho depressa para o meu prato.

Quando olho para cima de novo, ele voltou a comer, mas há uma tensão tranquila entre nós agora. Não chega a ser desconfortável. Só... cúmplice.

O garçom tira os pratos e promete trazer o cardápio de sobremesas, e Sebastian limpa a boca, deixa o guardanapo cair no colo e se inclina para a frente, com os braços sobre a mesa. "Posso perguntar uma coisa?"

"Claro."

"Como estão as coisas com o outro cara? O sr. Complicado."

É a única coisa que eu queria que ele não perguntasse, e sinto um pouco da minha leveza se esvair e um pouco da minha felicidade diminuir quando penso no Sir. Quando penso no jeito como ele *ainda* me faz sentir.

"Na verdade, deixa eu reformular a pergunta", diz Sebastian, com um olhar intenso. "O que tem de complicado? Ele é casado? É um relacionamento à distância?"

Faço uma careta e olho para ele com um dos olhos fechados. "Promete que não vai rir?"

Ele faz que sim com a cabeça.

"A gente não se conhece."

Prendo a respiração, esperando a risada, mas, fiel à promessa, ele não ri. Sequer abre um sorriso.

"Como isso aconteceu?" A voz dele parece diferente. Cautelosa.

Provavelmente porque percebeu que está jantando com uma louca.

"Ah, sabe como é...", digo, fazendo um gesto desdenhoso com a mão. "A história de sempre. Postei umas fotos minhas pelada na internet e perguntei se algum homem queria conversar."

Ele me retribui com um sorriso, parecendo um pouco menos tenso. "Droga, acho que tô entrando nos sites errados."

Sorrio de volta, porque o Sebastian em modo galanteador é extremamente agradável. Não. *Todas* as partes de Sebastian são agradáveis.

O garçom traz o cardápio de sobremesas, e nós dois o deixamos de lado e pedimos café.

"Foi por um aplicativo", explico. "É um aplicativo em que as pessoas se conhecem com base na conversa, não na aparência. A parte complicada é que eu tava lá de verdade — pra conhecer alguém. Ele tava lá por acidente e não disponível pra romance."

O garçom traz duas xícaras e serve o café, depois coloca açúcar e creme na mesa. Sebastian empurra os dois para mim, como se soubesse exatamente como gosto do meu café.

"E o que aconteceu?", pergunta Sebastian.

Encolho os ombros. "Não sei direito. Ele respondeu à minha mensagem inicial, explicou a situação. Eu respondi. Ele respondeu de volta. E a gente nunca parou de se escrever."

Estou preparada para que ele ache graça ou me julgue, mas Sebastian na verdade parece atento. "E você passou a gostar dele."

Hesito, depois faço que sim. "Eu sei que parece loucura. E *errado*. Ele namorava outra pessoa. Mas, de alguma forma, as mensagens viraram o ponto alto do meu dia. E o jeito como eu me sentia quando via o nome dele... Nunca senti isso em nenhum outro relacionamento."

Ele me olha fixo. "Você disse que ele *estava* num relacionamento. Não tá mais?"

Faço que não com a cabeça.

"Então por que não encontra com ele?"

"Eu tentei", respondo, envergonhada por minha voz falhar um pouco. "Ele não quis. Ainda somos amigos, ainda conversamos, mas se vai passar disso..." Faço que não com a cabeça. "Melhor assim. Acho que é hora de esquecer isso. Começar a sair com gente de verdade."

Me sentindo vulnerável e querendo me esconder, pego o cardápio de sobremesas e finjo que estou muito interessada, embora as palavras estejam meio embaçadas e nem a minha paixão por sobremesa pareça me ajudar a me concentrar ou a escolher alguma coisa.

Arrisco dar uma olhada em Sebastian, e ele me observa, passando os dedos pela barba por fazer, como se estivesse perdido em pensamentos.

"O que você vai comer?", pergunto, animada. "Vai pedir alguma coisa?"

Ele me olha por mais um tempo, então pega o cardápio devagar e examina as opções enquanto bebe o café. Só um pouco de creme, sem açúcar.

"Quer dividir um sundae?", pergunta.

Grata pela oferta de normalidade depois da minha confissão humilhante, sorrio. "Em geral sou contra dividir sobremesas, mas considerando que aquele purê tinha mais manteiga do que batata, vou abrir uma exceção."

O sundae é delicioso. A conversa flui fácil e agradável.

Sebastian insiste em pagar, me deixando ainda mais confusa quanto ao que é isso. Ele me considera um contato profissional, por causa da nossa negociação? Uma amiga?

Um interesse romântico?

Tenho um restinho de café na xícara e o uso como desculpa para fazer mais uma pergunta enquanto ele confere a conta.

"Ok, me expus completamente aqui, com a minha situação romântica complicada", digo, sorrindo para que ele não saiba o quanto a sua resposta importa. "E você? Como estão as coisas com a srta. Complicada? Ainda não é o momento certo?"

Sebastian continua a estudar a conta em silêncio por tanto tempo que acho que não vai responder. Por fim, ele rabisca sua assinatura, fecha a carteira e olha para mim.

Então me surpreende respondendo à pergunta, afinal. "Eu me importo com ela. Me importo mais com ela do que ela sabe. Tinha medo de que, se dissesse isso a ela, fosse perdê-la."

Há uma ferocidade em seus olhos quando ele fala dessa mulher que me faz desviar o olhar. *Ciúme.*

Então ouço as palavras dele com mais clareza, e porque, estranhamente, quero ser sua confidente do jeito como ele tem sido o meu, repito: "*Tinha* medo. No passado?".

Ele tamborila os dedos na carteira. "Também não tenho certeza se ela sabe o que quer. E eu quero ser *a única* coisa que ela quer."

Meu estômago embrulha com seu tom possessivo, e o ciúme ataca de novo. Fico esperando por mais, mas ele não fala nada.

199

Solto um suspiro. "Isso é tudo que vou ganhar, é? Vai dar uma de 'homem de poucas palavras' nesse quesito?"

"Por enquanto", diz ele com um sorriso, enquanto se levanta e puxa a minha cadeira.

O restaurante fica a quinze minutos a pé do meu apartamento, mas Sebastian se recusa a me deixar ir sozinha. E, para minha decepção, também não se oferece para me acompanhar. Em vez disso, chama um táxi e abre a porta para mim. Agradeço e começo a entrar no carro, mas ele toca o meu cotovelo.

Gelo por um instante e olho para ele, de repente espremida entre o táxi e Sebastian Andrews. Além dos dedos no meu cotovelo, ele não encosta em mim, mas fica perto o suficiente para que eu possa sentir o seu calor, sentir o seu cheiro, ver que os olhos azul-piscina na verdade têm um fino contorno azul-marinho.

Seu olhar cai para a minha boca por uma fração de segundo, e por um momento de parar o coração, acho que ele vai me beijar. E sei — de algum modo *sei* — que seria o beijo para arruinar todos os outros beijos.

"Esse seu cara", pergunta ele, asperamente. "Você o ama?"

Considerando que eu estava nesse exato instante pensando nos lábios de Sebastian nos meus, é uma pergunta atordoante.

"Todo mundo acha que sou louca por amar alguém que não conheço."

"Não foi isso que eu perguntei."

Respiro fundo, desejando poder evitar a pergunta que, por medo, não tive coragem de fazer a mim mesma. Mas me importo demais com ele e com o Sir para não dar uma resposta honesta.

"Sim", sussurro. "Mas não importa. Não é recíproco. Ele nem quer me encontrar."

Sebastian não diz nada por vários momentos, depois assente. "Acho que você devia tentar de novo."

Ele recua e sustenta o olhar por um bom tempo antes de se afastar. Abalada e confusa, entro no táxi. Sebastian espera até eu puxar as pernas e a ponta do casaco para dentro do carro e fecha a porta, um cavalheiro completo.

Recosto a cabeça, mal notando que o táxi cheira a alho, ou que o trânsito está surpreendentemente intenso para um final de noite. Só o que noto é que Sebastian Andrews nem se dá ao trabalho de olhar na direção do táxi ao ir embora. Que ele acabou de me empurrar para outro homem.

E que se ele tivesse me feito uma segunda pergunta: é possível amar *duas* pessoas...

Acho que eu não teria tido escolha a não ser dizer *sim*.

24

"Então quando você falou que queria ver como está a reforma, o que queria dizer mesmo era que queria... reclamar da vida e comer o meu queijo?", pergunta Lily, tentando abrir uma garrafa de Sauvignon Blanc.

"Você sempre tem queijo bom", digo, com a boca cheia de baguete com um queijo cremoso, de gosto forte e provavelmente muito caro.

"Verdade, mas isso não explica o mau humor."

"Não é mau humor", digo, pegando o copo de água da minha irmã e tomando um gole para limpar a boca. "Estou só pensando."

"Em?"

"Homens", digo, com um suspiro.

"Fala", diz ela, me servindo uma dose muito generosa de vinho. "Para alguém que vai inaugurar uma exposição de arte numa galeria daqui a uma semana, você está com cara de cão sem dono."

"Bom. Eu gosto de dois caras, e nenhum deles gosta de mim."

"Sebastian e o cara do MysteryMate?" Ela pega uma fatia de pão e analisa com cuidado as opções de queijo na tábua.

"É."

"Bom, naquela noite com as meninas, a Keva e a Robyn pareciam ter certeza de que o Sebastian tava a fim de você."

"Às vezes eu também achava que sim", respondo, girando o vinho na taça. "Mas saí pra jantar com ele outro dia. Parecia quase um encontro. Aí, no final, ele me falou que eu devia ir atrás do outro cara."

Lily se encolhe.

"Né?", digo, deprimida. "Foi uma indicação muito clara de que ele é só um amigo."

"E você *vai* atrás do outro cara?"

Continuo girando o vinho. "Estou com medo."

"De que ele seja um serial killer?"

Reviro os olhos. "De ele dizer não de novo."

Assim que as palavras saem da minha boca, percebo que não é *disso* que tenho medo.

"E se ele não for quem eu acho que é?", pergunto à minha irmã. "E se a gente se encontrar e não tiver química nenhuma, não tiver nada pra conversar, e eu voltar a ser completamente solteira e sem a menor perspectiva?"

E se eu não sentir com ele o que senti aquele dia na calçada com Sebastian?

Lily aperta meu joelho num gesto tranquilizador. "Aí a gente coloca uma música do Frank, canta 'That's Life' e continua procurando."

Sorrio. "Gostei do plano."

"Eu também." Ela cutuca meu joelho. "Senti saudade disso. Senti saudades de você. Que bom que a gente voltou."

"Eu também. Mas é estranho, né? Que fechar as portas da loja tenha sido o que nos aproximou de novo? É como se fôssemos *nós* de novo. E tenho conversado com o Caleb mais do que conversei em um ano — te falei que ele vem pra abertura?"

"Ai, Deus", murmuro por causa de um pensamento que me vem à cabeça. "Será que também devo isso ao Sebastian Andrews? Me dar a minha família de volta?"

Ela inclina a cabeça. "Você gosta mesmo dele, hein?"

"Gosto", admito. "E talvez se as coisas tivessem sido diferentes... mas elas não foram diferentes, então talvez... talvez o Sebastian Andrews e eu sejamos destinados a ser amigos?"

"Pode ser", diz ela, dando de ombros. "Qual é a sensação de dizer isso em voz alta?"

Inadequado.

Aperto os olhos com força. "Isso é um castigo por ter passado tanto tempo obcecada pelo Príncipe Encantado? Quando ele enfim aparece, são dois, e nenhum deles está interessado?"

"Bom, você não sabe se o seu MysteryMate não está. E, na verdade..." Ela dá outro tapinha no meu joelho. "Acabei de pensar uma coisa. Talvez você não precise abrir mão do conto de fadas, só modernizar."

Enfio uma fatia de queijo na boca. "Bigamia?"

"Engraçadinha. Mas não. Já viu os novos contos de fadas de hoje em dia? Ainda tem princesas e príncipes, mas a princesa não fica sentada esperando um cara enfiar o pé dela num sapatinho de cristal. As princesas novas são poderosas. Elas correm atrás do que querem..."

O impressionante sermão de Lily é interrompido pelo som da porta da frente se abrindo. "Oi, Alec", cumprimento.

"Oi, Gracie", diz ele, entrando na cozinha e deixando a pasta na bancada.

Ele vai imediatamente até Lily, coloca as mãos em sua cintura, e ela sorri para ele. Paro no meio do gole de vinho, pois percebo que a tensão dos últimos meses desapareceu por completo. Em vez disso, eles parecem recém-apaixonados, como se não pudessem tirar os olhos um do outro.

"Como estamos?", pergunta Alec, baixinho, dando um beijo carinhoso nos lábios da esposa.

"Muito bem, agora que você chegou", responde ela, beijando-o de volta. E não é um beijinho qualquer.

"*Eeeeee*, essa é a minha deixa", digo, ficando em pé e tomando um último gole do Sauvignon Blanc antes de deixar a taça de lado. "Mas, se querem saber, fico muito feliz que estejam bem de novo."

"Eu também", diz Lily, com um sorriso.

"Só por curiosidade, tem alguma poção mágica que eu possa tomar para ter um pouco do que ajudou vocês?"

"Só uma boa conversa à moda antiga", responde Alec, segurando o rosto de Lily nas mãos. "Decidimos que tem famílias de todos os tamanhos e formas, e que se a nossa continuar sendo uma família só de duas pessoas até o final, vamos ficar felizes por ter um ao outro."

Meus olhos se enchem de lágrimas. *Quero isso para mim.*

"Lógico que", continua Lily, animada, "não ficamos nem um pouco chateados de descobrir no dia depois da conversa que vamos ser uma família de três."

A princípio, não registro completamente suas palavras. Então de repente elas fazem sentido, junto com o detalhe que me passou despercebido, de que Lily serviu uma taça de vinho para mim, mas não uma para si.

"Espera. Ai, meu Deus. Você tá grávida?"

Os sorrisos imensos no rosto deles respondem à pergunta, e, com um gritinho de felicidade, abraço os dois. "Estou tão feliz por vocês. Meu Deus, vocês vão ser pais! Eu vou ser tia! Tenho que aprender a costurar. E, claro, planejar um regime de filmes da Disney. E..."

"Gracie?", diz Alec, um pouco distraído, ocupado em beijar a esposa.

"O quê?"

"A gente te ama. Agora vai embora", Lily responde por ele.

"Tá bom, tá bom." Mas dou um último abraço neles, antes de pegar minha bolsa e dar um pouco de privacidade a eles.

Na calçada, não consigo parar de sorrir enquanto cantarolo "I've Got the World on a String".

Também não consigo parar de pensar no que Lily falou sobre *modernizar* o meu conto de fadas. Chega de esperar pelo Príncipe Encantado.

Chega de esperar, ponto.

Se quero meu felizes para sempre, tenho que *correr atrás*.

Pego o celular e mando uma mensagem.

Meu caro Sir, com esperanças,

Sei que não sabemos o que é isto. Sei que tomamos o cuidado de não dar um nome à situação. Dane-se. Vamos descobrir que nome dar a ela. Vamos nos encontrar. Vamos dar uma chance ao que temos.

Vou expor alguns trabalhos numa galeria, a abertura é sábado que vem. Sou artista. Já falei isso antes? Tem tanta coisa que quero te contar. Tanta coisa que quero descobrir sobre você.

Venha, por favor,

Lady

———

Minha cara Lady,

Estarei lá.

Seu,

Sir

Gracie

Pronto. Feito. Convidei ele pra se encontrar, e ele aceitou.
Se ele for esquisitão e começar a conversa perguntando
que tipo de serra consegue cortar osso, a culpa é sua. :)

Sebastian

Não pensa demais.
Tenho certeza de que ele é
perfeitamente respeitável.
Tipo um aspirante
a mágico ou entusiasta de sereias.

Gracie

Existe entusiasta de sereias?
Que pintura, o quê! Estou na carreira errada...

Sebastian

Não que eu não esteja me divertindo
em ser coach de carreira da Gracie Cooper,
mas como você conseguiu meu telefone?

Gracie

Myron. Falei que era sua amiga, mas que
tinha apagado seu número da agenda sem querer.

Sebastian

E você é? Minha amiga?

Gracie

Depende.
Você vai na abertura?

Sebastian

Quero muito ir, mas tenho um
compromisso na mesma noite.

Gracie

Ah. Resolveu afinal que este é
o Momento Certo com a srta. Complicada?

Sebastian

Na verdade, sim. Me deseje sorte e
que eu não tenha demorado demais.

Gracie

Hmmm, sinto muito. Vou precisar de toda a
sorte do universo nessa noite, pra ter certeza de que
o meu cara não coleciona nada esquisito nem
tem nenhum fetiche estranho.

Sebastian

Que bela amiga você é. Mas tem razão,
você precisa mesmo de toda a sorte. Pelo menos
eu sei como a srta. Complicada é. O seu cara pode
ser um fã de pintura facial.

Gracie

Desse jeito, você não vai ser convidado pro casamento.

Sebastian

Casamento? Você é rápida.

Gracie

A Cinderela já soube na primeira noite.

Sebastian

A Cinderela também usava um sapatinho de cristal.

Gracie

Boa ideia! Tenho o vestido certo pra combinar.

Sebastian
Você tá nervosa?

Gracie
De talvez cortar o pé? Um pouco.

Sebastian
Gracie.

Gracie
Claro que eu tô nervosa. Passei tanto tempo preocupada,
com receio de ele não atender às minhas expectativas,
que só agora pensei num cenário muito pior:
e se eu não atender às expectativas dele?

Sebastian
Impossível.

Sebastian
… Mas, caso ele não pareça muito empolgado,
você pode cozinhar pra ele.
Ouvi dizer que o seu bolinho de caranguejo é de matar.

Gracie
Muito engraçado. Acho que eu
gostava mais de você quando a gente era inimigo.

Sebastian
Ahá! Mas você admite que gosta de mim…

25

"Tá, acho que o fato de que o Homem Misterioso assinou 'Seu' quer dizer alguma coisa", comenta Keva, devolvendo o meu celular e vasculhando sua bolsa de maquiagem. "É a primeira vez que ele assina assim?"

"Não, ele sempre assina assim, mas em geral é meio de brincadeira. Tipo 'Seu', mais alguma coisa relevante para a conversa... como sorvete, compreensão, prisão de ventre..."

"Duvido que alguma vez ele tenha assinado 'Seu, com prisão de ventre'", interrompe uma voz masculina vinda do outro lado da sala. "Se tiver, acho que você devia reconsiderar esse encontro."

"Você falou que, se ficasse, não ia interromper a conversa das meninas", digo a Sebastian com cara feia, da minha mesa da cozinha, onde Keva está dando os retoques finais na minha maquiagem para a abertura da exposição daqui a uma hora.

"Não, *você* falou que eu não podia interromper a conversa das meninas. Eu não concordei com nada", devolve Sebastian com um sorriso.

"Me diz de novo o que ele está fazendo aqui?", pergunta Keva, usando o delineador para indicar Sebastian por cima do ombro.

"Trouxe flores de parabéns, já que não vou poder ir à grande noite", responde Sebastian, apontando para o buquê maravilhoso de flores cor-de-rosa. "Somos amigos agora."

"Um status que vou ter que repensar se você continuar comendo o meu estoque de chocolate de emergência", digo a ele.

Keva bate o delineador na palma da mão. "Sebastian, você é homem. O que acha que esse cara quis dizer com '*Seu*'? É superíntimo, não acha?"

"Sem dúvida", diz ele, tomando um gole de água.

"Ainda não gosto muito desse plano", diz Keva. "Sou super a favor de gestos ousados, mas se ele for um cara esquisito, pode acabar com a sua noite. Mas não se preocupa, o Grady prometeu ficar de olho."

"Ah, foi por *isso* que você chamou o Grady?", provoco, de leve.

"Fica quieta, a não ser que você queira sair dessa cadeira parecendo uma professora de ginástica dos anos oitenta", responde Keva. Mas ela está com um sorrisinho no rosto, o sorriso luminoso e secreto de uma mulher prestes a passar a noite com um homem de quem está a fim há muito tempo.

"Tomara que o Homem Misterioso tenha os dentes separados", diz Keva. "Tenho muito em jogo nisso."

"*Você* tem muito em jogo nisso?", pergunto, incrédula. "E eu?"

"Tem também. Mas no meu caso eu quis dizer *financeiramente*."

Estreito os olhos, e ela me dá um sorriso culpado. "Pode ou não ter uma aposta rolando."

"*O quê?*"

"A teoria mais popular até agora é de que ele é um cara solitário de meia-idade, mas não chegamos num consenso ainda se ele tem cabelo falso ou se penteia o cabelo por cima da careca."

"Uma peruca seria legal", diz Sebastian.

Olho feio para ele, então para Keva.

"Quem entrou na aposta?", pergunto.

"Praticamente todo mundo", responde Keva, com um sorriso. "A ideia foi minha." Ela faz uma mesura. "Mas a sua irmã e o marido dela entraram. A Robyn, a May, a Rachel, o seu irmão, até o Josh, apesar que aquele amorzinho de pessoa acha que o grande segredo do seu cara é que ele é um fuzileiro naval vegano."

Sebastian ri pelo nariz.

"Tá bom, tá bom, tá bom", digo, assentindo, pensativa. "Aceito a brincadeira, mas também quero entrar na aposta."

"Uuuh, reviravolta!", exclama Keva, animada. "Espera, deixa eu abrir a planilha."

"Tem uma planilha?" Ergo as mãos. "Não, tudo bem. Adorei. Certo, bom, eu já sei quem ele é."

Sebastian, que estava inspecionando os pincéis que deixei num copo na bancada para secar, ergue o rosto abruptamente. "Você sabe?"

"Sei", respondo confiante. "Quer dizer, não. Mas sei exatamente a cara dele."

"Tô pronta. Fala", diz Keva.

Dou uma olhada intensa para ela. "Você já sabe."

"Ah tá, *o* cara", diz ela, já digitando.

"Que cara?", pergunta Sebastian.

"O cara dos sonhos dela", explica Keva, virando para ele, com os dedos ainda voando sobre o iPhone. "Cabelo castanho comprido, não muito alto, fora de forma. Músico."

"Mora no Brooklyn. Talvez em Alphabet City", digo. "Isso eu não sei muito bem. Mas tem um sorriso perfeitamente imperfeito. Disso eu tenho certeza. Tem uma lasquinha de um acidente de beisebol..."

"Ele é músico *e* joga beisebol?", pergunta Sebastian.

"É a fantasia dela. Não tira isso dela", diz Keva com um sorriso.

Pela primeira vez desde que chegou, uma sombra encobre a expressão brincalhona e meio arrogante de Sebastian, e ele parece quase vulnerável.

Então ele se ajeita e estende a mão para o telefone de Keva. "Minha vez."

"Sua vez de quê?", pergunto, embora Keva entregue o celular a ele sem hesitar.

"Quero entrar na aposta", diz ele.

Reviro os olhos e, obediente, faço um biquinho para Keva passar um brilho rosa-claro e acrescentar uma coisa brilhante nas minhas bochechas e na testa.

"Perfeito", diz Keva, recuando e examinando meu rosto. "Caramba, eu sou boa nisso. Bastian, olha só a minha criação."

Sebastian levanta a cabeça, por um momento espantado com o apelido, e olha para mim. Um sorriso se insinua no canto de sua boca. "Ela ficou parecendo um pouco..."

"Uma Fada Sininho sexy", completa Keva. "Como se as suas pinturas fantásticas tivessem ganhado vida."

"Elas não são todas fantásticas", murmuro, pegando um espelho de mão. "Uau. *Uau.*"

"Viu só?", diz Keva, um pouco cheia de si.

"Ficou perfeito", admito. Ela passou a quantidade certa de brilho para que eu não ficasse parecendo uma princesa de filme pré-adolescente, e sim uma fada, uma fada sexy, com todo esse esfumaçado que ela fez nos meus olhos.

Sebastian devolve o celular de Keva, e ela lê o que ele digitou antes de lançar um olhar especulativo para ele. "Interessante. Muito interessante."

"O quê?", digo, estendendo a mão. "Deixa eu ver."

Sebastian abre a boca, mas Keva já está negando com a cabeça e enfiando o telefone no bolso de trás. "Nada disso. No final da noite a gente vê quem ganhou a aposta. Agora, quero que *você*", ela aponta para mim, "se concentre em se vestir. E eu... Nossa senhora, que horas são? Preciso me arrumar."

Ela recolhe o restante da maquiagem e coloca debaixo do braço. "Vamos juntas?", pergunta. "Eles não vão mandar tipo uma limusine ou algo assim?"

Dou risada. "Acho que ainda não cheguei no nível da limusine."

"Você vai chegar lá", diz Keva, balançando um dedo. "Muito em breve você vai causar o maior furor no mundo da arte, e eu vou cozinhar pra todas as celebridades que estiverem pagando milhares por um ingresso pra brigar pela chance de comprar uma das suas obras."

"Eu ficaria feliz se uma não celebridade comprasse *uma* das minhas obras", digo, deixando escapar o nervosismo contra o qual lutei o dia inteiro.

Keva se volta para Sebastian. "Bastian, vou te deixar a cargo de animar a nossa amiga aqui. Tenho que me arrumar."

"Pode deixar", diz ele.

"Ótimo", diz Keva. "Gracie, te vejo daqui a... merda, vinte e dois minutos?" A porta da frente bate, e ouço o barulho de Keva subindo os degraus de dois em dois.

"Não preciso que me animem", digo a ele.

"Tem certeza?", pergunta Sebastian.

Não. Pego o vaso de flores que ele trouxe e inspiro.

"Você vai vender todos os quadros", diz Sebastian com uma confiança calma.

Olho para ele, surpresa. "Você não tem como saber."

Ele me oferece um sorriso inocente. "Como você sabe, tenho um excelente tino para negócios."

"Você sabe o que vai dar *errado*. Ainda não conheço seu talento para prever as coisas que vão dar certo."

"Ah, mas a parte *& More* da Bubbles não deu errado", diz ele, tranquilo. "O fato de que a abertura de hoje está acontecendo é prova de que, apesar de não ter mercado para uma loja de champanhe em Midtown, existe um mercado para as pinturas de Gracie Cooper."

"Não tinha pensado assim", digo. "Obrigada."

"Não tem de quê." Nossos olhares se encontram por um momento, e esqueço que devia tê-lo enquadrado na coluna da amizade.

Que ele tem outra pessoa, e que, a partir de hoje, pode ser que eu também.

Ele endireita o ombro e chega mais perto de mim, de modo que tenho que inclinar a cabeça para trás para olhá-lo nos olhos. "Queria que você fosse", sussurro, porque não consigo evitar.

Sebastian pega a minha mão e a aperta. "Vai dar certo do jeito que tem que ser. Confia em mim."

Ele solta a minha mão, então dá um passo atrás e se vira para ir embora. Engulo um protesto. Isso está *errado*.

"Sebastian." Ele se volta para mim, seus olhos brilham com algo que não reconheço.

"Por quê?", pergunto, baixinho. "*Por que* você falou pra eu ir atrás do outro cara?"

Ele se aproxima de novo, ergue a mão e pousa a ponta dos dedos de leve na minha bochecha. "Porque você disse que o ama. Porque você merece ter o seu final de conto de fadas. E porque eu faria qualquer coisa por você, Gracie Cooper. Mesmo que isso signifique deixar você ir."

26

Não tenho tempo para me demorar na resposta dele, e talvez seja melhor — tenho medo de começar a chorar e não parar mais. Ou de cancelar a noite toda por puro pânico. Mas de alguma forma consigo abrir um sorriso e deixo Keva me distrair no caminho até a galeria.

Depois disso, é tudo um borrão.

May chora ao me ver, então começa a tirar uma centena de fotos. Myron se aproxima e diz que não pode fotografar dentro da galeria, mas se afasta quando ela elogia as suas botas de veludo. Ou talvez porque os brincos dela hoje sejam uma granada e um facão. Para o caso de *o seu cara ser um fiasco e precisar de uma boa lição.*

"May", diz Lily, rindo, exasperada, quando May pede para Caleb e Lily ficarem ao meu lado. De novo. "O que você vai fazer com essas fotos?"

"Levar pro céu e mostrar pros seus pais", responde ela, muito séria, claramente irritada de ter que explicar isso.

"Não sei o que é mais ousado", comenta Caleb de canto para mim enquanto me abraça pelo ombro. Lily me abraça pela cintura do outro lado. "Ela achar que pode entrar com o celular no céu ou achar que vai pra lá."

"Olha a boca, Caleb Cooper", exclama May, batendo outra foto. "Ou eu vou contar pra sua amiga aqui sobre como você teve que perguntar pro seu pai por que a sua cueca tinha uma abertura na frente e a das suas irmãs não."

"Você nem estava lá nesse dia!", diz Caleb, enquanto Michelle, sua namorada, ri ao lado de May.

"Não, mas o seu pai estava, e a gente nunca esquece uma história dessas." May olha para o celular e, por fim satisfeita, o guarda na bolsinha em formato de tubarão.

"Ele tinha catorze anos", eu sussurro alto.

Caleb me dá um tapa atrás da cabeça.

Alec aparece trazendo uma quantidade impressionante de taças de champanhe, que distribui a todos.

Lily toma um golinho *minúsculo* da taça de Alec, já que não pode beber sua própria. "Hmm. Excelente!"

"Claro que é, eu que escolhi", diz Robyn, aparecendo do nada com um sorriso enorme, arrasadora num vestido vermelho que combina com o batom que Keva comprou para ela.

"Muito bem", diz May, brindando com Robyn, toda sorridente para ela, agora que as duas não têm mais que trabalhar juntas nem discutir o tamanho da pausa para o almoço que May tirou para comer sushi. "É delicioso."

"Um brinde rápido à nossa dama da noite", diz Alec.

"Bom, isso soou como se ela fosse uma prostituta, mas tudo bem", diz Lily, ganhando o que tenho quase certeza de que foi um beliscão rápido do marido na bunda. Ela gargalha. Gargalha *de verdade*, e é o melhor som que já ouvi na vida. É como assistir da primeira fila uma renovação do felizes para sempre.

"A Gracie", continua Alec, sorrindo para mim com o braço em volta da cintura de Lily.

Levantamos as taças, e meus olhos se enchem um pouco de lágrimas diante da quase perfeição do momento.

"Você é um sucesso", diz Rachel, aproximando-se por trás de mim. "Tenho rondado a sala, e as plaquinhas de Vendido estão aparecendo o tempo todo."

"O meu preferido foi vendido antes da gente chegar", comenta Lily, fazendo beicinho.

"Qual é?", pergunto, surpresa. Desde o momento em que cheguei, Myron e Hugh me arrastaram numa avalanche de apresentações e explicações de quem é quem e montes de elogios que me deixaram nas nuvens, mesmo que eu esteja tentando não pensar na única pessoa que não virá hoje — e na outra pessoa que vem.

"Adoro a do casal no Central Park, à noite. Não sei por quê, mas me deu arrepios", diz minha irmã, estremecendo de leve. "É tão romântico."

"A *minha* preferida é a da mulher com o celular", diz Michelle. "Parece ser o único autorretrato, acertei?"

"Na verdade, sim", respondo, surpresa, mas feliz que a adorável namorada nova de Caleb seja tão esperta. "Quer dizer, é estilizado. Não tenho as pernas tão compridas, nunca uso salto, o cabelo está meio glamoroso demais, mas sim. Sou eu!"

"Essa também vendeu antes da gente chegar", comenta Alec.

"*Sério?*", digo, genuinamente surpresa. Não porque não goste das pinturas — são as minhas preferidas —, mas porque são menos chamativas do que as outras.

Lily dá de ombros. "O Hugh — ou o Myron, não peguei direito quem é quem na enxurrada de apresentações — falou que um dos clientes regulares da galeria passou aqui mais cedo e ofereceu o *dobro* do preço pedido. Eles aceitaram, torcendo pra que isso transmitisse um senso de urgência pros outros potenciais compradores."

"Bem, funcionou", comenta Rachel, animada. "Você não vai dar conta da demanda agora, Gracie."

"Claro que vai", diz May. "Mas depois a gente pensa nisso. Acho que agora o que todo mundo quer saber é por que é que *ele* não apareceu."

Todos os olhares se voltam para mim, obviamente curiosos, e eu sorrio, embora meu coração esteja batendo a um milhão por hora, de tanta ansiedade. "Ainda tá em tempo de ele aparecer", explico. "Pedi para ele chegar uma hora depois que começasse. Queria ter tempo de sobra pra conhecer todo mundo que o Hugh queria me apresentar. E passar um tempo com vocês."

"Ah, então falta..." Lily inclina o pulso de Alec para ver as horas. "Bom, agora ele pode chegar a qualquer momento."

Sinto o estômago embrulhar, e preciso de todo o meu autocontrole para não virar e ficar encarando a porta da frente até ele entrar.

"Ou talvez ele já esteja aqui, se misturando com as pessoas, planejando o próximo passo", diz Caleb, esfregando as mãos e olhando para a multidão, que ficou cada vez mais barulhenta agora que o champanhe já está circulando.

"Ele ainda não chegou."

"Bom, mas você não tem como saber, tem?", ressalta Rachel.

"Combinamos um sinal. Ele sabe que estou usando um vestido rosa e branco..."

"Que ficou lindo em você, diga-se de passagem."

"Obrigada", agradeço, sorrindo para a namorada de Caleb, que obviamente está tentando ganhar pontos com a família, mas não me importo nem um pouco. "E ele vai usar... Quer dizer, não vou falar. Vocês vão achar cafona."

"Provavelmente", diz Caleb, enquanto continuo a procurar pelo sinal combinado.

Eu, de vestido rosa e branco; ele, com uma única rosa cor-de-rosa no bolso do terno.

Foi sugestão do Sir, e, na hora, pareceu uma boa ideia — romântico. Mas agora flores cor-de-rosa me fazem pensar no buquê na mesa da minha cozinha, que me faz pensar em Sebastian...

"Ah, com licença", digo, me desculpando com o grupo ao ver Hugh acenar para mim enquanto conversa com um homem de cabelo branco.

"Gracie, este é o Doug Frey", apresenta Hugh. "Um dos nossos patronos mais animados."

O senhor aperta a minha mão com firmeza e me oferece um sorriso amável. "Estava só perguntando para o Hugh se eu poderia encomendar algo parecido com isso."

Ele aponta um quadro, e eu me viro para a aquarela do banquinho no Central Park, de que Lily tinha gostado. O quadro que vendeu tão rápido.

"Meu neto pediu a namorada em casamento num banco do Central Park há algumas semanas. Eu não estava lá, é claro, mas eles pediram para um amigo tirar uma foto, e não foi muito diferente disso, embora ele estivesse de joelhos."

Hugh está com os olhos arregalados, fazendo que sim dramaticamente por trás do ombro do sr. Frey para demonstrar que eu seria uma idiota de dizer não.

"Claro", digo, sorrindo para o senhor mais velho. "Adoraria ouvir mais sobre o que o senhor gostaria. Quem sabe não podemos conversar mais na semana que vem?"

"O Hugh tem o meu contato. Mas, poxa vida, tem certeza de que não posso te convencer a me dar o nome de quem comprou este quadro antes que eu o visse?", pergunta ele, voltando-se para Hugh com um sorriso travesso. "As cores ficariam fantásticas na minha sala de estar, e as embalagens de papel-alumínio me lembram os meus almoços da época em que eu era assistente jurídico, com vinte e poucos anos, na esquina da Quinta Avenida com a rua 63..."

"Desculpa", diz Hugh, sem parecer nem um pouco arrependido. "O comprador deste parecia bem decidido quanto ao quadro. Acho que ele não vai querer vender."

"Nem eu."

Olho para trás ao ouvir a voz familiar, embora seja uma que eu não esperava ouvir esta noite, por mais que quisesse.

Me pego sorrindo para os seus olhos azul-piscina sorridentes e, por puro instinto, jogo os braços em volta do pescoço dele. "Você resolveu vir!"

Ele me abraça de volta, com força e segurança, e quando começo a me afastar, seus braços me dão um aperto quase imperceptível, como se ele hesitasse em me soltar. Ele enfim me solta e se vira para o sr. Frey.

"Doug, que bom te ver. Já faz tempo."

O senhor sorri e aperta a mão de Sebastian. "Você não costuma ser tão rápido pra comprar as obras do Hugh, mas eu devia ter imaginado que um dia você ia ganhar de mim."

"Em geral não sou tão rápido pra comprar as obras do *Hugh*, é verdade", esclarece Sebastian. "Mas com os originais da Gracie Cooper, por outro lado, tive que me segurar pra me limitar a comprar só esses dois."

Levo um segundo para entender o significado das palavras, então olho para ele. "Espera. *Você* comprou esses dois? Por quê?"

Sebastian me fita com olhos calorosos. "Achei que fosse óbvio." Sua voz é baixa, destinada apenas aos meus ouvidos, e, como se tivessem percebido que não fazem mais parte da conversa, Hugh e Doug Frey se afastam, educados, para conversar com os demais convidados.

Me sinto agitada. E confusa. E ansiosa, como se estivesse à beira de algo que vai mudar a minha vida, mas sem encontrar a peça que falta para completar o quebra-cabeça.

"O quadro do Central Park acho que eu entendo", digo. "Mas o outro, esse é..."

"Você e o seu homem misterioso", Sebastian termina para mim, antes de olhar ao redor, curioso. "Por falar nele, cadê?"

Horrorizada ao perceber que me esqueci do grande encontro com a chegada surpresa de Sebastian, corro os olhos pelos homens presentes na galeria. Muitos estão de terno. Mas nenhum com uma rosa no bolso. Meu coração murcha, mas penso que ele pode só estar atrasado, ou juntando coragem...

"Ele vai chegar", digo, teimosa, ainda olhando ao redor, porque preciso acreditar. Porque cada parte do meu coração acredita que esta é a minha noite, que ele é o meu homem, que...

"Gracie", Sebastian chama meu nome baixinho, o anseio em sua voz envolve meu coração e me puxa de volta para encará-lo.

Encontro seus olhos, e a expressão amorosa me deixa furiosa de frustração e desejo. Como ele se atreve a fazer isso agora, como se atreve a me fazer querer...

Um lampejo rosa chama a minha atenção.

Baixo o olhar para o peito dele. Para o bolso do seu terno, onde se esconde uma rosa cor-de-rosa perfeita, um farol simples e lindo, me chamando para casa.

Minha mente dá voltas, e eu balanço a cabeça em negação, confusa com a flor. "Como você... eu não te contei isso... a única pessoa que sabia da rosa..."

Meu Deus.

Só tem um jeito de Sebastian Andrews saber o que vestir esta noite. Só um motivo para ele querer *os dois* quadros, um dele comigo e...

E *outro* dele comigo. Eu com o Sir.

Porque eles são a mesma pessoa.

Fecho os olhos, e todas as peças se encaixam lentamente. As coincidências entre os dois. A revelação de que Gary não é o pai biológico de Sebastian, o que significa que o verdadeiro pai de Sebastian pode ter morrido... assim como o do Sir.

As flores rosa hoje, uma dica, uma promessa. A outra mulher, a complicada que ele não suportaria perder. *Eu.*

Abro os olhos devagar e o encaro, e Sebastian parece estar prendendo a respiração, com o coração e a esperança nos olhos.

"Era você", digo, baixinho. "O tempo todo, era você."

"Sim." Sua voz é um sussurro, e ele leva a mão em direção ao meu rosto, um pouco hesitante. Então, com muita delicadeza, ele pousa os dedos na minha bochecha, e seu polegar limpa uma lágrima que eu não sabia que tinha caído. "*Sim*."

"Quando você percebeu?", pergunto, enquanto seus dedos percorrem a minha bochecha com carinho.

"O nome do seu gato foi o primeiro susto. Que tanto a Gracie como a Lady tivessem um gato chamado Cannoli foi algo que me pegou desprevenido. Depois você defendeu o gelato com tanto fervor que me soou familiar. Aí voltei e reli todas as suas mensagens, e só conseguia ouvir a sua voz. Então aquela noite, no jantar, você me contou tudo sobre..."

"*Você*", digo, com um sorriso. "Eu te contei tudo sobre você."

"Você me contou de *nós*." Ele sorri de volta, a palma da mão na minha bochecha parecendo mais segura agora, os olhos calorosos passando por todas as minhas feições, como se enfim estivéssemos nos vendo por inteiro. Seu olhar vai para a minha boca, ele baixa a cabeça.

"Espera." Coloco a mão de leve em seu peito. "Por que não me contou no jantar? Por que essa história toda?"

"Bom, porque eu tinha noventa e nove por cento de certeza, mas como meu coração também estava em jogo, queria o último um por cento. E sabia que se a Lady convidasse o Sir para a exposição, eu teria uma confirmação completa. E porque..." Vejo em seu rosto aquele mesmo brilho de vulnerabilidade que já vi antes, aquele que faz meu coração se contrair, e ele olha para o chão, envergonhado. "Não sou o cara mais fácil de amar. Não estou nem perto disso, e queria..." Ele inspira fundo. "Queria que você amasse *tanto* o Sebastian *quanto* o Sir. Porque sou um egoísta, e queria que você amasse os meus dois lados tanto quanto eu amo os seus dois lados. E por causa do que falei mais cedo: você merece o final de conto de fadas, e só posso torcer para que você me dê uma chance de ser o *seu*, Gracie."

Limpo os olhos, impaciente, já que as lágrimas me impedem de ver direito, e agora que o encontrei, não quero perder um segundo em que possa olhar para o rosto dele. "Eu devia te odiar. Você tem *alguma* ideia de como isso me deixou? Eu tinha tanta certeza de que o Sir era a minha alma gêmea, mas aí o *Sebastian* apareceu, e eu não conseguia parar de pensar nele. E aí estava me *apaixonando* pelos dois..."

Sua boca me interrompe, nossos lábios se encaixam perfeitamente, sua mão desce devagar até a minha cintura, se espalma em minhas costas, e ele me puxa para junto de si.

É um beijo de conto de fadas.

Ok, é um beijo de um conto de fadas com idade recomendada acima de treze anos, cheio de língua e mãos, e um monte de aplausos e gritos da multidão.

Alguém grita: "Arruma um quarto!". Caleb.

Alguém assoa o nariz bem alto. May.

Alguém assovia. Keva. Talvez Rachel.

Comentários alegres misturados com um soluço ocasional. Lily.

E então algo quente e invisível parece nos envolver. Com força. Com amor.

Papai. O meu. O dele. Minha mãe.

Sebastian recua devagar, seu polegar toca meu lábio inferior com reverência, e ele sorri para mim, parecendo tão feliz quanto eu.

"Sabe", provoco, tocando a rosa em seu peito. "Você queria todas as minhas pinturas de nós, então tinha que ter comprado três. O cara de terno e olhos azul-piscina? É você."

"Eu sei", diz ele, com um sorriso travesso. "Percebi na hora que a vi na sala da sua casa."

"Mas você não quis? Não gostou?"

"Gostei. Gostei muito, e fiquei *muito* feliz de saber que você pensava em mim tanto quanto eu em você."

"Mas...?"

Ele abaixa a cabeça para sussurrar, zombeteiro. "Pra ser sincero, achei que seria muita vaidade ter um quadro de mim na parede da nossa casa."

Dou uma risada atordoada. "Da *nossa* casa? Não está sendo um pouco apressadinho, meu caro Sir?"

"Minha cara Lady, você roubou o meu coração duas vezes. Se acha que vou deixar passar mais um segundo da minha vida sem você nela, vou ter que te beijar de novo para ver se você entende."

E ele o faz.

O sapatinho de cristal da Cinderela? Não chega nem perto do beijo de Sebastian Andrews.

Epílogo

Um ano depois

Meu caro Sir, com algumas suspeitas,

Como presente de aniversário de namoro, a Keva me mandou a planilha com as apostas que vocês fizeram na noite da abertura da minha exposição na galeria.

Você fez uma descrição exata de si mesmo. Considerando que tinha uma vantagem injusta sobre os demais, você, Sir, deveria devolver o prêmio.

Lady

———

Minha cara Lady,

Devolvo os cem dólares com prazer, mas não devolvo o prêmio: você.

Seu, vitorioso,

Sir

———

Meu caro Sir, com respeito relutante,

Boa resposta. Aliás, você recebeu o presente que mandei pro seu escritório? Chamei de Homem dos olhos azul-piscina II, a sequência.

Lady

———

Minha cara Lady,

Recebi. Você podia ter avisado que era um nu.

Minha mãe viu.

Nunca vou me recuperar disso.

Seu,

Sir

———

Meu caro Sir, com alegria,

Fique agradecido. Hugh e Myron falaram que, se eu expusesse na galeria, eu alcançaria meu preço mais alto até hoje.

Lady

———

Minha cara Lady,

Vou ignorar isso. E você, recebeu o meu presente?

Seu, curioso,

Sir

———

Meu caro Sir, com amor,

Um bercinho em formato de sapatinho da Cinderela para a bebê Andrews? Ainda estou procurando as palavras para agradecer.

Lady

———

Gracie,

Depois você pensa nisso. Agora para de me mandar mensagem da sala e vem pra cama.

Seu marido apaixonado,

Sebastian

Nota da autora

Querido leitor,

Muito obrigada por ler *Para Sir, com amor*. Se você chegou até aqui, espero que isso queira dizer que terminou o livro, e espero mais ainda que tenha gostado dele tanto quanto gostei de escrevê-lo.

Há anos que a história de Sebastian e Gracie me acompanha — desde muito antes que eu digitasse as palavras *Capítulo um*. Nora Ephron é uma das minhas heroínas, e *Mensagem para você* sempre foi o meu preferido entre os seus trabalhos. Mas, por mais que eu tenha me sentido impelida a contar minha própria versão de um casal que se apaixona *duas vezes* — uma pessoalmente, e a outra por "cartas" —, precisei de um bom tempo para descobrir *como* seria a minha versão dessa história de amor.

Na peça húngara de 1937 *Parfumerie*, de Miklós László (a obra original!), foram cartas. Em *A loja da esquina*, de 1940, assim como nos musicais *In the Good Old Summertime* e *She Loves Me*, também.

Em 1998, Nora Ephron modernizou a história em *Mensagem para você*, fazendo com que os rivais nos negócios se apaixonassem por e-mail. Em *Para Sir, com amor*, quis trazer essa premissa maravilhosa, clássica, para o século XXI, e, como sou uma *millennial* (ainda que uma *millennial* mais velha), para mim isso significava que Gracie e o misterioso Sir precisavam se apaixonar... onde mais? Num aplicativo.

Uma coisa que me impressionou, mesmo quando descrevi Gracie conferindo constantemente o celular de um jeito tão característico do século XXI, foi a atemporalidade da história. Gracie esperando ansiosa por uma notificação do aplicativo não parecia muito diferente de Margaret Sullavan e James Stewart conferindo suas caixas de correio físicas em

A loja da esquina, em 1940. Ou Meg Ryan e Tom Hanks ouvindo aquele barulho inconfundível dos anos 1990 (para aqueles de nós que se lembram dele) da internet discada, prendendo o fôlego na esperança de ouvirem as três palavrinhas: *Mensagem para você!*

Percebi que, apesar de ter me proposto a criar uma homenagem moderna a *Parfumerie*, no fim das contas, não importava se seria uma carta, um e-mail, um cartão-postal, um telegrama, uma mensagem de texto ou uma mensagem num aplicativo de relacionamento. Esta não é uma história sobre tecnologia ou sobre os meios específicos de comunicação. É uma história sobre esperança. Sobre um otimismo determinado a acreditar que a pessoa do outro lado dessa comunicação escrita *será* tão maravilhosa quanto parece ser. É uma história sobre a loucura das primeiras impressões, sobre perdão e crescimento, sobre bondade e amizade.

Cartas manuscritas podem estar se tornando cada vez mais uma coisa do passado, mas os sentimentos de se encontrar e de se apaixonar nunca saem de moda. A minha maior esperança é que eu tenha capturado esses sentimentos nestas páginas.

Os primeiros estágios da história aconteceram na minha cabeça — foram anos de reflexões, de descobertas dos personagens, de diferentes momentos encontrando a essência da história, e *muitas* manhãs debruçada sobre o laptop às cinco horas, tentando desesperadamente digitar a história com a mesma rapidez com que ela se desenrolava na minha imaginação.

Ao terminar o primeiro rascunho, no entanto, *Para Sir, com amor* se tornou um esforço coletivo, da melhor maneira possível. Sem sombra de dúvida, esta história não existiria em sua forma atual sem o trabalho duro, a paciência e o gênio da minha editora, Sara Quaranta. Ela parecia saber melhor do que eu o que eu estava tentando fazer com a história, e, em algum ponto no meio do mundo desagradável das revisões, descobri não só o coração da história, mas também uma nova amiga em Sara.

Tenho tanta sorte de ter encontrado uma parceira editorial incrível na Gallery Books. O apoio da editora, tanto para mim quanto para este livro, foi quase palpável. A Faren Bachelis e a Crissie Johnson Molina, por sua invejável atenção aos detalhes enquanto aparavam pacientemente todas as arestas da minha escrita. E em especial a Christine Masters, que estou convencida de que é algum tipo de maga, com a habilidade sobrenatural de pegar dezenas de milhares de palavras e transformá-las em livro.

E, como sempre, nenhum livro da Lauren Layne existiria no mundo sem o apoio inabalável de Nicole Resciniti, minha agente incrível, cuja crença em mim nunca diminuiu desde aqueles primeiros dias em que pegou meu primeiro e bagunçado manuscrito de uma pilha enorme e me deu uma chance de tornar meus sonhos realidade.

Também preciso agradecer ao meu círculo íntimo — as pessoas que me conhecem não como Lauren Layne, mas só como Lo, ou Fern, ou "Bom, a Lauren sempre lia muito quando era criança, então acho que faz sentido que ela tenha se transformado numa escritora eremita...". O amor e o apoio de vocês, mesmo quando desapareço por semanas dentro de um manuscrito, significam tudo para mim. Ao meu marido, Anthony, em particular, por encher minha xícara de café sem eu precisar pedir, por preparar minha comida mesmo quando estou mergulhada numa cena e provavelmente esqueço de agradecer. Amo meus heróis literários, mas não se engane: *você* é o herói de verdade.

A todos os meus leitores, sobretudo os que estão comigo desde a época do *Stiletto*, que acompanham pacientemente o que a minha Musa resolve escrever, que oferecem palavras de encorajamento e que sinto — de verdade —, me aplaudindo em silêncio, mesmo quando me afasto das mídias sociais e da "vida pública" para me concentrar na escrita. Sou muito grata a vocês, mesmo quando estou quieta. Sobretudo quando estou quieta.

E, por último, a Miklós László, por criar uma história tão maravilhosa, tão amada, que inspirou escritores e criadores muitas vezes, e à grande e já falecida Nora Ephron, por ser tão fabulosa.

Beijos e abraços,
Lauren Layne
Dezembro de 2020

TIPOGRAFIA Adriane por Marconi Lima
DIAGRAMAÇÃO Vanessa Lima
PAPEL Pólen Natural, Suzano S.A.
IMPRESSÃO Gráfica Bartira, março de 2023

A marca FSC® é a garantia de que a madeira utilizada na fabricação do papel deste livro provém de florestas que foram gerenciadas de maneira ambientalmente correta, socialmente justa e economicamente viável, além de outras fontes de origem controlada.